AF792483

Elysium
Horror-Ausgabe

Impressum

Copyright: Michael Lutz
Jahr: 2020

ISBN: 9789463984140

Lektorat/ Korrektorat: Michael Lutz
Illustrationen: Michael Lutz
Covergestaltung: Michael Lutz („Der Nachtmahr" von Johann Heinrich Füssli) **Bild-PD-alt**
Weitere Mitwirkende: -

Verlagsportal: Bookmundo
Gedruckt in Deutschland

Die Deutsche Nationalbibliothek verzeichnet diese Publikation in der Deutschen Nationalbibliografie *(falls zwei Pflichtexemplare an die DNB geschickt werden!)*.

Das Werk, einschließlich aller seiner Teile, ist urheberrechtlich geschützt. Jede Verwertung ist ohne Zustimmung des Verfassers unzulässig

Elysium
Horror-Ausgabe

Michael Lutz

Inhalt

Einführung:

Elysium – Ein Buchprojekt, welches ursprünglich als ein Band geplant war, ist nun entgegen meiner eigenen Erwartung als Zweiteiler erschienen! Dieser Band ist in diesem Zusammenhang als Ergänzung zu betrachten, sozusagen als „Special-Edition“. Eine Aufteilung des Manuskripts war sowohl aus praktischer, wie auch aus inhaltlicher Sicht vollkommen sinnvoll, weshalb ich mit der Entscheidung und natürlich dem fertigen Produkt überaus zufrieden bin. Zum einen wäre ein einziger Band aufgrund des enormen Umfangs sehr unattraktiv und teuer in Bezug auf die Druckkosten geworden. Zum anderen unterscheiden sich die Geschichten in dieser Ausgabe erheblich von denen aus dem anderen Band. Wie Sie dem Titel dieses Werkes sicherlich entnehmen konnten, handelt es sich hierbei um eine Sammlung von Gruselgeschichten, Schauerliteratur, Horrorerzählungen oder wie auch immer Sie es gerne bezeichnen möchten. Bezüglich des Stils hat sich dagegen nichts geändert. Es liegen nach wie vor separat und unabhängig voneinander zu betrachtende Kurzgeschichten vor, die über einen Zeitraum von zwei Jahren entstanden sind.
Bei der Konzeption der Erzählungen habe ich mich stark an den Motiven und Idealen der literarischen Epoche der Romantik orientiert.

Die Romantik war eine geistesgeschichtliche und literarische Epoche, die sich ungefähr über die Zeitdauer der ersten Hälfte des 19. Jahrhunderts erstreckte und sich weltweit entwickelte. Aufgrund der Bezeichnung „Romantik“ wird die Epoche zumeist nur auf Motive wie Liebe, Betonung des Gefühls und unerfüllte Sehnsucht reduziert. Wenngleich diese Aspekte zweifellos wichtige Merkmale dieser Art von Literatur darstellen, so ist die Romantik doch wesentlich komplexer in ihrer Denkart. Die Romantik ist ein Lebensgefühl, sie legt den Fokus auf die subjektive Weltanschauung des Individuums. Durch diese besondere Zentrierung des Ichs werden selbstverständlich auch mit großer Vorliebe die dunklen Seiten des einzelnen Menschen behandelt. Krankheit, Wahnsinn, existenzielle Krisen und Interesse an Verbrechen zeichnen diese Epoche somit wesentlich aus. Die idealistischen Romantiker sind immer auf der Suche nach einer besseren Welt, in welcher der Mensch im Einklang mit sich und der Natur lebt. Die Literatur kennzeichnet ein Streben nach Freiheit und Unendlichkeit, wenngleich die melancholischen Romantiker ihre Protagonisten allzu oft scheitern lassen, da sie letztendlich an ihren unerfüllten Sehnsüchten zugrunde gehen. Die Romantik versteht sich selbst als eine Gegenbewegung zur rationalen und vernunftgesteuerten Epoche der Aufklärung und tritt dieser mit eigenen Werten entgegen. In der romantischen Literatur wird der Verstand durch die Darstellung übernatürlicher Phänomene und Ereignisse, die oftmals nicht eindeutig als Realität oder doch nur als Traum aufgefasst werden können, abgewertet, wohingegen die menschlichen Triebe und Instinkte idealisiert werden. Geschichten, die aus dieser Zeit stammen finden häufig in der Nacht statt, um die dunkle Atmosphäre zu untermauern und um das Motiv des Traumes und der damit einhergehenden Realitätsflucht zu verdeutlichen.

In der Romantik entstanden die ersten Kriminalgeschichten und das, was wir heutzutage als Horrorgeschichten bezeichnen. Die Romantiker sind in dieser Hinsicht also Pioniere, die den Grundstein für spätere erfolgreiche Autoren legten, die sich ebenfalls gerne dieser Genre bedienten, wie Agatha Christie oder Stephen King.

Diese Art von Erzählungen lassen sich der Gattung der sogenannten „Schauerliteratur", auch genannt „Schwarze Romantik" zuordnen. Von eben jenen Erzählungen habe ich mich bei meinen eigenen Geschichten inspirieren lassen.

Insbesondere den romantischen Dichter Edgar Allan Poe (1809-1849) bewundere ich zutiefst. Seine Werke dienten mir als Vorbild. Kein anderer Schriftsteller hat meinen eigenen Stil

derart geprägt, wie er. In Bezug auf den Aufbau und die Strukturierung einer Erzählung, sowie der inhaltlichen Merkmale habe ich von Poe enorm viel gelernt aber auch von anderen Romantikern, wie E.T.A. Hoffmann und Mary Shelley, deren Werke ich intensiv studierte.
Diese Sonderausgabe von „Elysium“, diese Sammlung von Grusel-Geschichten, ist nicht zuletzt den oben genannten Dichtern gewidmet und stellt eine Hommage an meine Idole und die Genies dieser Zeit dar.
Um den Spannungsaufbau nicht zu hemmen, möchte ich keinerlei weitere Worte verlieren, da die Texte ohnehin für sich sprechen.

Ich wünsche Ihnen viel Freude bei der Lektüre, gute Unterhaltung und hoffentlich den ein oder anderen Moment des Erschauderns. Wenn Sie mich nach dem Lesen für verrückt halten, nehme ich dies als Kompliment! Machen Sie es sich gemütlich, verdunkeln Sie den Raum bei Kerzenlicht, versetzen Sie sich in eine andere Zeit, in eine andere Welt hinein und lassen Sie sich von mir in den Bann ziehen!

„Jeder, der mit einiger Phantasie begabt, soll, wie es in irgendeinem lebensklugheitsschweren Buch geschrieben steht, an einer Verrücktheit leiden, die immer steigt und schwindet, wie Flut und Ebbe.“

E.T.A. Hoffmann

1 Das Fenster

Er stand nur da und starrte aus dem Fenster. Es war ein dunkler und stürmischer Tag. Und er stand nur da und starrte aus dem Fenster. Er sah die dunklen Wolken am Himmel, die Blätter, die vom stürmischen Herbstwind davongetragen wurden. Er hörte das Heulen des Windes und die Regentropfen schlugen wild auf die Fensterscheibe ein, aus dem er starrte. Das Laub, das er sah war zwar bunt, dennoch sah für ihn alles grau aus. Genauso wie der Raum, in dem er sich befand.

Sie war daran schuld. Nur wegen ihr saß er hier und starrte aus dem Fenster und sah die grausame Welt dort draußen.

"Hätte ich es doch nicht getan", dachte er. Trotzdem war sie daran schuld. Sie war verantwortlich. Sie hätte ihn nicht provozieren sollen. Aber sie hat es getan und ist daher schuld.

Er wollte nur schreiben. Der Stift lag auf seinem Schreibtisch, daneben der Wein.

Immer wurde sie direkt böse. Sie kam ihm zu nahe. Dabei wollte er nur schreiben. Er arbeitete an einem Stück. Eine Satire sollte es werden. Doch damit war es nun vorbei, denn er stand nur da und starrte aus dem Fenster. Und Sie war daran schuld.

Das Kind ereilte ein früher Tod. Seitdem war sie...anders. Sie hatte ihn provoziert. Manchmal hat er sein Temperament nicht unter Kontrolle. Das war einer dieser Tage, den er bereute, nicht dieser Sache wegen, sondern weil er nun nur noch aus dem Fenster starrte.

Lange saß er nun schon hier fest. "Was würde ich nur für ein Glas Wein geben", dachte er. Doch den bekam er hier nicht. Nur den Stift haben Sie ihm gelassen und ausreichend Papier. Doch was sollte er damit anfangen? Es war alles ihre schuld.

Er hatte genug gesehen, konnte nicht weiter aus dem Fenster starren. Sah sich stattdessen in dem Raum um, in dem er sich befand. Nichts besonderes, einfach eingerichtet, was sollte man auch erwarten. Nennenswert war nur das große Bild des Wolfes über dem kleinen Bett.

Vielleicht sollte er schlafen gehen. Doch dann kamen die Träume. Die Träume von ihr...und ihm. Sie war an allem schuld.

Seine Augen brannten wie Feuer. Seine Knie wurden weich. Immer wurde ihm schlecht, wenn er daran dachte. Also entschied er sich wieder aus dem Fenster zu starren. Er hatte doch nur noch das Fenster. Doch es wurde nicht besser. Es wurde schlimmer und schlimmer.

Geister und Dämonen, die hinter ihm her waren. Er wurde von etwas verfolgt. Er wusste nicht, was es war, doch war es bestimmt ihre schuld, denn sie war immer schuld.

Er nahm sich den Stift zu Hand und starrte weiter aus dem Fenster.

Auf einmal ging die schwere Tür auf. Er erschrak und drehte sich um, hob den Stift wie ein Messer, so wie er es damals getan hatte.

Doch es war nur der alte Mann im schwarzen Anzug, der ihm immer das Essen brachte. Der alte Mann hatte ein Tablett in der Hand. Darauf waren ein Stück Brot und ein Glas Wein.

"Wie lange hatte er keinen Wein mehr getrunken", dachte er.

"Leg den Stift weg, ich bin es doch nur", sprach der alte Mann.

Er ließ den Stift sinken. Er könnte doch wieder mit dem Schreiben anfangen und so tun, als wäre alles wieder so wie früher. Sie wie damals, bevor es geschah, bevor er die Beherrschung verlor. Doch wie sollte er wieder von vorne anfangen? Sie war an allem schuld.

Der alte Mann riss ihn aus seinen Gedanken als er sagte: "Den hier hast du dir verdient. Nicht mehr lange und du darfst uns verlassen". Dabei deutete der alte Mann auf das Weinglas. Doch auf einmal hatte er keine Lust mehr auf Wein, denn er dachte an sie.

"Ein Neustart", dachte er. Vielleicht woanders, nicht hier. Da wo niemand ihn kennt. Er drehte sich um und starrte wieder aus dem Fenster. Irgendwo dort draußen musste doch der passende Ort für jemanden wie ihn sein. Der alte Mann sagte etwas, worüber er zunächst nicht nachdachte. Doch dann ging der alte Mann und sperrte die Tür wieder ab.

Er schloss seine Augen und konnte die Tränen nicht länger zurückhalten. Sie war schuld. Die Worte des alten Mannes waren: "Was starrst du aus dem Fenster? Das ist kein Ausgang!"

2 Das Weib im Spiegel

Fraglich, welche Ereignisse sich dem realen Geschehen, so wie es wirklich vonstatten ging, zuordnen lassen und was nur der Einbildungskraft eines zutiefst verwirrten Hirns entstammt, das darüber hinaus von einer gepeinigten Seele ergriffen wird.

Ist nicht die Welt eine Projektion meiner Vorstellungen, meiner Gedanken, Fantasien und Träumen auf neutrale Objekte? Wer vermag schon zu sagen, wie die Dinge wesentlich an sich beschaffen sind? Wer vermag uns zu garantieren, dass das, was wir unserer individuellen Weltsicht entsprechend für real halten, auch unseren Mitmenschen auf die gleiche Weise erscheint? Vor dem Hintergrund dieser Überlegung ist es dementsprechend unmöglich, etwas derart komplexes wie die sinnliche Wahrnehmung zu verallgemeinern. Wer Dinge sieht, die außer ihm sonst niemand wahrzunehmen scheint, wird für wahnsinnig, unzurechnungsfähig und dergleichen erachtet. Doch was wäre wenn jener als Einziger im Recht ist? Ist der Wahnsinn folglich nicht das Tor zu außergewöhnlichen Eigenschaften, der Weg, der zur absoluten, unwiderruflichen Erkenntnis führt? Eine gesteigerte Einbildungskraft und lebhafte Fantasie dürfte dem jedenfalls förderlich sein.

Ohne zu übertreiben, darf ich von mir behaupten, dass letztgenannte Fähigkeiten mir in besonderem Maße zu eigen waren. Stets neigte ich dazu, das Leben meinen persönlichen Wunschvorstellungen entsprechend zu formen. Es ist der Wille, der die Welt gestaltet. Mitnichten hätte ich mich damals noch als wahnsinnig erachtet. Was bedeutete schließlich Wahnsinn? Sich außerhalb der Norm zu bewegen! Doch wer legte die Norm fest, wenn nicht selbst ein Wahnsinniger, der sich selbst außerhalb derselben bewegte und nur das Bedürfnis verspürte, sich dazugehörig zu fühlen. Aus diesem Grund machte ich mir nie etwas aus gesellschaftlichen Konventionen, sozialen Klassen und dergleichen. Ich war ich und lebte mein Leben. Lange Zeit ging das auch gut, zumindest bis zu dem Zeitpunkt, an dem meine Erzählung einsetzt.

Mir als melancholischen Menschen war die Fähigkeit, bedingungslos glücklich zu sein, niemals vollkommen zu eigen. Keineswegs lag dies daran, dass es mir in der Blüte meiner Jugendzeit an etwas gemangelt hätte. Das Elternhaus verwöhnte mich nach allen Regeln der Kunst, die verehrte Frau Mutter scheute nicht, mir jeden Wunsch zu erfüllen, ja, ihn mir wahrlich von den Lippen abzulesen, noch ehe ich ihn überhaupt ausgesprochen. Die Erkenntnisse, die mir diese Zeit meines Daseins auf Erden einbrachte, lehrten mich jedoch, dass der Mensch stets dazu neigt, sich dem Unerfüllbaren zu verschreiben, den Fokus auf das zu legen, was außerhalb seiner Selbst liegt, was ihn belastet und bedrückt. Somit konzentrierte ich, ein Kind aus gutbürgerlichen Verhältnissen, dem es augenscheinlich an nichts mangelte, meine vollste Aufmerksamkeit auf die wenig negativen Erlebnisse und Erfahrungen, die zuweilen in mein Leben traten. Dies führte zu meiner großen Unzufriedenheit. Ich begann Kinder aus armen Elternhäusern, die gar auf der Straße hausten und schrecklich Hunger litten, zu beneiden. Jene Menschen wurden stets von Schicksalsschlägen ereilt, weshalb sie ihren Fokus unweigerlich auf die wenig schönen Ereignisse legen mussten, die ihnen widerfuhren. Daraus schloss ich, dass sie, trotz ihrer miserablen Lage, sich erheblich mehr des Lebens erfreuten, als ich es tat, ein reicher, verwöhnter Bengel. Die Leere in meinem Herzen, die wie eine schwere Last meine Seele hinab in den Untergrund drückte, beraubte mich jedweder Freude, sodass ich die Welt um mich herum wie einen Spiegel wahrnahm, der mein tiefschwarzes Inneres widerspiegelte.

Dies änderte sich plötzlich schlagartig, als ich das Knabenalter hinter mich gelassen und das Elternhaus verließ. Ich suchte G. auf und beschloss dort mein Studium der Geisteswissenschaften aufzunehmen. Da es mir an Geld, bedingt durch die Großzügigkeit der Eltern, insbesondere der Mutter niemals gemangelt hatte, hatte ich die Möglichkeit, zu schreiben und Literatur in unfassbaren Mengen zu produzieren. Wahrlich schrieb ich wie ein Besessener und eignete mir alles Wissen durch eigene Lektüren an. Kaum ein Themenbereich fand nicht Einklang in mein mittlerweile sehr umfangreiches Werk, dennoch zeigte ich besonderes Interesse an Geister-und Schauererzählungen, die mich in meinen innersten Grundfesten zu erschüttern pflegten und mir somit das Gefühl einverleibten, wahrlich lebendig zu sein. In jenen Momenten des Schreibens und Lesens verspürte ich die vollständige Energie des Lebens, doch wahrlich glücklich wurde ich, ein nachdenklicher, schwermütiger junger Mann mit sentimentalen Anwandlungen erst, als ich Hope kennenlernte, ein in den schönen Künsten geschultes, mit Talenten des Geistes und Eigenschaften des Temperaments ausgestattetes Mädchen von äußerlicher wie innerlicher Schönheit.

Mein Leben glich fortan dem Paradies auf Erden. Unbeschwert wie ein Engel nahm ich alle Herausforderungen und Pflichten auf mich, die ich mit einer mir ungekannten Leichtigkeit erledigte und meisterte. Hope war alles, was ich benötigte, um mich des Lebens zu erfreuen. Ihretwegen nahm ich Abstand von allem, was mich zuvor schädigte. Dem Alkohol und dem Opium, dem ich keineswegs abgeneigt war, kehrte ich den Rücken. Nie zuvor in meinem Leben fühlte ich mich derart befreit, derart ausgeglichen, derart gesund.

Alles, was Hope und ich gemeinsam anpackten, schien sich in Gold zu verwandeln. Unmöglich ist es mir darzulegen, wie sehr sie vor Enthusiasmus und Tatendrang nur so strotze. Sie war das Leben selbst. Die Personifizierung der abstrakten Idee des Guten und Erhabenen, die für mich immer mehr zur fixen Idee wurde. Sowie die Zeit verstrich, begann ich mehr und mehr zu realisieren, wie abhängig ich mittlerweile von Hope geworden war. Meine gesamte Existenz schien sich nur noch um sie zu drehen, war unzertrennbar mit der ihren verknüpft, miteinander verbunden, fest zusammengenäht. Das Schicksal des Einen, stellte selbiges ebenfalls für den anderen dar.

Ihre Gestalt blieb mir derart in Erinnerung, dass ich sie auch auf dem Totenbett, von Krankheit und Schmerz gepeinigt, des Verstandes beraubt, wohl noch in allen Einzelheiten hätte beschreiben können. Noch heute stehen mir die anmutigen, grazialen Bewegungen der Hope noch ohne jedweden Schleier des Vergessens klar und eindeutig vor Augen, so klar wie der wolkenlose Himmel im Sommer, der ungetrübte See bei vollkommener Windstille, klar wie die Sterne am düstern Nachthimmel. Vergebliches Bemühen wäre es, wenn ich eine Beschreibung der Erhabenheit, welche sie ausstrahlte, gepaart mit der würdevollen Haltung und ihrem anmutigen Schreiten versuchen wollte.

Vielmehr noch als ihr zweifelsohne engelähnliches Äußeres war es jedoch die Unbefangenheit ihrer Seele, ihre Gelassenheit und scheinbar spielerische Leichtigkeit, die mit einer unglaublichen Selbstverständlichkeit, mit der sie all ihre Aufgaben anging, einherging, die meine Bewunderung auf sich zog und mir im höchsten Maße imponierte. Kurz gesagt zogen mich an Hope sämtliche Eigenschaften ihrer Persönlichkeit in den Bann, die ich mich an mir selbst zu bemerken, vergeblich bemühte.

Umso mehr litt ich darunter, als ich gewahr wurde, wie sich ein finstrer Schatten über das herrliche Gemüt der Hope legte und wahrlich ihren Witz, ihre Urteilskraft und reine Vernunft derart benebelte, dass die Person, die ich nun vor mir hatte, nichts mehr mit der zu tun hatte, die ich einst zu lieben gelernt.

Sie wurde verschwenderisch, ging wenig umsichtig mit meinem Geld um, kaufte allerhand sinnloses Zeug, darunter einen großen Wandspiegel, den sie direkt vor unserem Bett aufstellte und dies meinem eigenen Wunsch vollkommen zuwiderhandelnd. Was ich bisher noch verschwiegen, war die Tatsache, dass ich mich seit frühster Kindheit zutiefst vor Spiegeln ängstigte. Die damalige Zofe meiner verehrten Mutter, pflegte mir kurz vor dem Schlafengehen als allabendliches Ritual von dem bösen Weib im Spiegel zu berichten, was mich des Nachts heimsuche, sollte ich bis dahin nicht schon eingeschlafen sein. In diesem Falle würde sie mich verschonen und ein anderes Opfer zu ihrer grausamen Triebbefriedigung suchen. Darüber hinaus warnte mich die Zofe davor, nachts einen Blick in den kleinen Spiegel zu werfen, der in meinem Gemach, dem Bette gegenüber angebracht und daher für mich aus der nächtlichen Position heraus sehr gut ersichtlich war. Das Weib im Spiegel würde sich dadurch genötigt fühlen mir sofort einen Besuch zu erstatten. Sollte ich auch einen kurzen Blick in Richtung des Spiegels werfen, würde ich ihrer augenblicklich ansichtig werden und von dem grässlichen, sich mir bietenden Anblick derart entsetzt sein, dass meine Augen stehen bleiben würden und ich sie nie wieder in eine andere Richtung bewegen könnte. Als gereifter Heranwachsender stellte ich natürlich irgendwann fest, dass diese Märchen der Zofe nur dazu dienten, mich gehorsam werden zu lassen und aus Angst sofort einzuschlafen. Selbstverständlich funktionierte dies mitnichten, sondern ließ mich ganz im Gegenteil erst recht wach bleiben. Wie entsinne ich mich noch der unzähligen Stunden als junger Knabe, in denen ich mich verzweifelt im Bett hin und her wandte, tief unter der Decke verkrochen, in der Hoffnung somit unentdeckt bleiben und dem Blick des achtsamen Weibes im Spiegel entziehen zu können. Angstschweiß verlor ich literweise, am ganzen Leibe zitterte ich wie Espenlaub, eine furchtbare Eiseskälte ließ mich wie zu Stein erstarren, während das Herz in meiner Brust vor lauter Hämmern zu zerbersten drohte. Der starken, wenngleich von Furcht geprägten Neugierde, die wohl jedem Jüngling zu eigen ist, hatte ich es zu verdanken, dass ich nicht anders konnte, als doch von Zeit zu Zeit in Richtung des verhassten Spiegels zu schielen, wenngleich ich es direkt im Anschluss zutiefst bereute. Meine überstrapazierte Einbildungskraft, die verborgenen Ängste meines Unterbewusstseins, ließen mich im Spiegel allerhand Erscheinungen erblicken, von denen ich bis heute nicht mit Sicherheit zu sagen vermag, welche davon tatsächlich der Realität entsprachen und welche wirklich einzig und allein auf die angeregte Fantasie eines zutiefst verstörten Kindes zurückzuführen waren. Ich sah Schatten im Spiegel in Windeseile vorbeifliegen, verschwommene Oberflächen, die von dem dünnen, zerbrechlichen Glas auf bedrohliche Weise reflektiert wurden und um mich herum zu kreisen schienen und einmal, ja einmal, glaubte ich wirklich so etwas wie schwache Umrisse eines weiblichen Körpers zu überblicken. Mit Sicherheit vermag ich jedoch zu sagen, dass die entsprechenden Schatten und Spiegelungen zumindest diesen Schluss nahelegten. Wie ich dies sah, bemächtigte sich eine Art Ohnmacht meiner und ich, der dachte, das Leben sei nun beendet, nahm nur noch Dunkelheit um mich herum war und verschmolz mit dieser.

Nie hatte ich mit jemandem über die Ängste meiner Kindheit gesprochen, keine Menschenseele vermochte sich auch nur eine Vorstellung der entsetzlichen Ängste zu machen, die ich auf grausame Weise habe ausstehen müssen und die mich für mein Leben prägten. Einzig der verständigen und verständnisvollen Hope vertraute ich mich diesbezüglich an, stieß mit meiner Angst jedoch unglücklicherweise auf wenig Verständnis, was mich zutiefst betrübte.

Als Hope in ihrem Zustand hochgradiger Verwirrung einen Spiegel für unser Gemach anschaffte und selbigen mit voller

Überzeugung dem Bette gegenüber anbrachte, fühlte ich mich mit einem Mal an jene schrecklichen Nächte der Kindheit erinnert, die ich zuvor doch recht erfolgreich aus meinem Kopf zu verbannen vermochte. Voller Inbrunst bemühte ich mich, Hope von ihrem Vorhaben abzubringen, doch scheiterte kläglich. Sämtliche Empathie und Zurechnungsfähigkeit hatte sie auf einen Schlag hin auf mir bis heute unerklärliche Weise eingebüßt.

Wie in einem Opiumrausch begann sie fortan zu halluzinieren, schrie des Nachts und riss mich somit aus dem Schlaf, wandelte tagsüber wie ein Geist durch unser Haus und ließ mir einen eiskalten Schauer über den Rücken laufen, wenn sie sich wie ein Schatten in mein Arbeitszimmer bewegte und ich sie erst bemerkte, als sich ihre eiskalte Hand auf meine Schulter legte.

Als sich Hopes Zustand zunehmend verschlechterte begriff ich, dass sie ernstlich krank war und dringend fachmännischer Hilfe bedurfte. Die besten Ärzte, die ich ausfindig machen konnte, lud ich ein, sich ihrer anzunehmen, doch alle fällten das gleiche Urteil: Hope war kerngesund, es mangelte ihr an nichts. Ihre akuten Wahnvorstellungen seien nur eine Nebenerscheinung der harten Arbeit, der sie sich in der Vergangenheit ausgesetzt hatte. Hope hatte sich schlichtweg übernommen und bedurfte nur der Ruhe, nichts weiter mehr, so lautete der allgemeine Tenor. Was blieb mir schon anderes übrig, als der Ärzte Einschätzungen Glauben zu schenken? Dies stellte sich als gewaltiger Fehler heraus, denn dass es Hope offensichtlich nicht wohl war, hätte gar ein Blinder erkannt. Ich ärgerte mich über die Unfähigkeit der Fachmänner, sowie meiner eigenen Machtlosigkeit und wenngleich ich begann mich vor Hopes seltsamen Verhalten zu ängstigen, so kümmerte ich mich mit einer derartigen Hingabe und Leidenschaft um sie, wie es nur ein wahrhaftig Liebender zu tun in der Lage war.

Was allerdings zur Verschlechterung meines eigenen

gesundheitlichen Zustands beitrug, war die Tatsache, dass die Nächte derart an meinen Nerven zehrten, wie ich selbst es nicht für möglich gehalten hätte. Immer wieder ertappte ich mich selbst dabei, wie ich einen verstohlenen Blick in Richtung des Spiegels warf, der dort still und erhaben, mich zu beobachten und dabei heimtückisch zu grinsen schien. Hopes gelegentliche Panikattacken, die des Nachts in auffälliger Häufigkeit auftraten, trugen ihren Teil zu dem beklemmenden, eingeengten Gefühl bei, dass sich meiner zunehmend bemächtigte. Die Angst vor dem Weib im Spiegel war zurückgekehrt, die endlosen Qualen der Kindheit wiederholten sich. Hinzu kamen die unerträglichen Sorgen um Hope, die mich noch zusätzlich des Schlafes beraubten und meine Seele peinigten wie das Ohr das Gekritzel eines Messers auf Glas.

In einer Nacht, jener verhängnisvollen Nacht, war es mir besonders unerträglich. Die draußen vorherrschende Ruhe und absolute Stille war mir derart zuwider, dass ich befürchtete, bald ebenfalls den Verstand zu verlieren. Der Vollmond strahlte gleich der Sonne durch das Fenster und erhellte das Gesicht, der sich neben mir im Bett befindenden Hope, wobei ihr restlicher Körper, ebenso wie das komplette Zimmer in vollständige Dunkelheit gehüllt war, die kein menschliches Auge zu durchdringen vermochte. Hope schlief ruhig, jedenfalls erweckte sie den Anschein. Dennoch stellte dies mein unruhiges Herz nicht zufrieden, da ich befürchtete jederzeit könne etwas schreckliches geschehen. Doch nichts dergleichen trat ein. Alles war ruhig. Nur die Ruhe vor dem Sturm, dachte ich. Trotz meiner schier unfassbaren Angst schlief ich ein. Ich träumte entsetzlicherweise von dem Spiegel. Eine Frau stieg aus diesem heraus, ich erkannte nur ihre Umrisse, Konturen und Gesichtszüge waren nicht erkennbar. Sie näherte sich mir langsam, streckte ihre toten Hände aus und schrie immerzu: "Der unartige Bengel schläft nicht! Dann muss ich ihn holen. Deine Seele gehört mir!"

Schweißgebadet wachte ich mit einem leisen Schrei auf. Sofort drehte ich mich zu Hope um und erschrak heftig. Ihr Kopf war in meine Richtung geneigt, unsere Gesichter nur wenige Zentimeter voneinander entfernt. Unter dem hellen Licht des prallen Mondes sah ich, dass ihre braunen Rehaugen weit aufgerissen waren und mich anstarrten, der Mund war ebenfalls leicht geöffnet. Ich flüsterte zitternd ihren Namen. Nur ihren Namen, nichts weiter mehr. Plötzlich erhob sich ihre schwache Stimme, die derart verzerrt und unwirklich klang, dass ich sie beinahe nur für Einbildung gehalten hatte.

"Hänge niemals den Spiegel ab!"

Unwillkürlich wanderte mein Blick in Richtung des Spiegels. Wie damals in meiner Kindheit vermeinte ich erneut die schwachen Umrisse eines weiblichen Körpers zu erkennen. Ich sah genauer hin, bis ein schwacher Seufzer der Person neben mir, meine Aufmerksamkeit wieder auf Hope lenkte. Ihr Blick war nun leer, das Gesicht gleich einer Statue erstarrt. Wieder flüsterte ich ihren Namen und immerfort flüsterte ich ihn in die Dunkelheit. Ich wusste sofort, was geschehen war. Sie war tot. Und mit ihr all meine Lebensfreude, all mein Lebenssinn. Es war das Werk des Spiegels, ich wusste es einfach. Tränen rannen mir die Wangen herab, umarmte verzweifelt den eiskalten, erstarrten Leichnam, der sich direkt neben mir in meinem Bett befand und warf erneut einen verstohlenen Blick in Richtung des Spiegels, nach dem Weibe Ausschau haltend. Doch ich erkannte nichts mehr. Keine Schatten, keine Umrisse. Der Spiegel war in vollständige Dunkelheit gehüllt, sodass jemand, der nicht wusste, dass sich dort an jener Stelle an der Wand, direkt dem Bette gegenüber ein solcher befand, ihn niemals auch nur dort vermutet hätte.

Nachdem in den Folgetagen die Beerdigung meiner Geliebten, die nun tief in der Erde liegt, vonstatten gegangen war, verfiel ich in meiner Depression dem Alkohol und dem Opium, war schließlich nach Hopes Ableben niemand mehr da, der mich fortan daran zu hindern vermochte. Meine Affekte stiegen bis ins Unermessliche. Ich verspürte unendlichen Hass auf die inkompetenten Ärzte, auf Hope, dass sie mich in meinem Elend einfach allein zurückließ und nicht zuletzt auch auf mich selbst, dass ich nicht imstande war, ihr Hilfe und Beistand zu leisten.

Von nun an, mied ich jedwede Gesellschaft, zog mich in mein Gemach zurück und arbeitete ununterbrochen, um den unendlichen Schmerzen und der sich rasant in meinem Herzen ausbreitenden Leere entgegenzuwirken. Niemals zuvor waren meine Dichtungen derart düster, melancholisch und verzweifelt gewesen. Sie spiegelten des Künstlers Inneres wider und gaben Aufschluss über meinen gegenwärtigen Geisteszustand.

Nur im Opiumrausch vermochte ich den Verlust Hopes zu ertragen. Um mich sämtlicher schmerzlicher Erinnerungen zu berauben, entfernte ich alle Gegenstände, die meiner Geliebten gehört hatten. Ich verschenkte ihre Kleider, verbrannte ihre Bücher und Dichtungen, warf all jene nutzlosen Gegenstände weg, die sie am Ende ihres Lebens in ihrem desolaten Zustand der Unzurechnungsfähigkeit anschaffte und tauschte gar das alte Bett gegen ein neues um. Wenn ich jedoch sage, ich hätte alles aus meinem unmittelbaren Sichtfeld verbannt, was sich zweifelsohne Hope zuordnen ließe, ist das nicht die ganze Wahrheit. Es gab eine Ausnahme: Der Spiegel!

Ausgerechnet jenes verhasste Objekt, das eine Erinnerung an die schrecklichsten Stunden meines Lebens darstellte, die schlaflosen Nächte als Kind und jene Nacht, in der mir meine Geliebte genommen wurde, behielt ich in meinem Gemach. Tatsächlich war ich einmal kurz davor, ihn abzuhängen, doch just in diesem Augenblick hörte ich in meinem Kopf die Stimme Hopes, die letzten Worte, bevor sie der irdischen Welt den Rücken kehrte.

"Hänge niemals den Spiegel ab!"

Unter gewöhnlichen Umständen hätte ich vermutlich dieser Bitte zuwidergehandelt, doch ich brachte es nicht über das Herz, Hope, meiner einzigen Geliebten, ihren letzten Wunsch auszuschlagen. Ich kam dem nach und rührte den Spiegel nicht an. Dennoch linderte dies meine Angst keineswegs. Immer, wenn ich an dem großen Wandspiegel vorbeigehen musste, richtete ich meine Augen starr geradeaus, um nicht der Versuchung zu erliegen, doch den Blick vorsichtig in dessen Richtung schweifen zu lassen. Doch auch, wenn ich des Spiegels nicht richtig ansichtig wurde, so vermochte ich es doch nicht jenes entsetzliche Bild aus meinen frühen Knabenjahren aus dem Gedächtnis zu verbannen. Vor meinem geistigen Auge sah ich das verstörte Kind, die schattigen Umrisse eines Weibes im Spiegel, Hopes weit aufgerissene Augen, die Leichenstarre ihres Körpers, meine einsamen Schreie in der Dunkelheit, die Tränen, die meine Augen benetzten und den Blick trübten, das hämische Gelächter des Spiegels, vorbeiziehende Schatten, dunkle Wolken. Wahrlich, ich drohte in jenen Tagen den Verstand zu verlieren. Ob meine Alkoholexzesse dem Vergessen förderlich waren oder meine Ängste und emotionale Versehrtheit nur noch verstärkten, vermochte ich nicht zu sagen. Jedenfalls ging es mir fürchterlich, ich litt Qualen, die kein Sterblicher nachzuvollziehen in der Lage ist. An besonders entsetzlichen Tagen der Furcht, brachte ich es nicht einmal fertig, mich zum Schlafen in mein Bett zu legen, da ich des Spiegels, der nach wie vor dem Bette gegenüberhing, nicht ansichtig werden wollte. Stattdessen schlief ich an meinem Arbeitsplatz, die wenigen Stunden Ruhe, die mir überhaupt vergönnt waren.

Einzig im Traume fühlte ich mich noch erfüllt. In jenem Zustand der vollkommenen Sorg-und Furchtlosigkeit fühlte ich mich wahrlich lebendiger als in all den elenden Stunden des

Wachseins zusammen. Ich träumte von Hope, von ihren anmutigen Bewegungen, dem traumhaften Lächeln, dem engelsgleichen Antlitz. Ich träumte von meiner Vorstellung von Glückseligkeit und Lebensfrohsinn. Ich träumte von Erfolgen, Talenten, von Leichtigkeit, Freiheit, Macht und Liebe. Umso härter war im Anschluss die Rückkehr in die triste Realität meines beklagenswerten Lebens, dem Aufwachen am nächsten Morgen, darüber hinaus zumeist noch begleitet von entsetzlichen Kopfschmerzen, zweifelsohne die Folge meines ausgiebigen Alkoholkonsums am Vorabend.

Das vertraute Gemach, das mir immer mehr zum Gefängnis wurde, verließ ich alsbald nur noch, um dem Friedhof und dem Grabe Hopes einen Besuch abzustatten. Die Erde des Grabes benetzte ich mit meinen Tränen, Blumen legte ich hernieder und beklagte mein trauriges Schicksal vor dem Allmächtigen.

Befand ich mich dann wieder auf dem Heimweg, den ich schweren Schrittes anzutreten hatte, packte mich erneut das entsetzlichste Grauen: Die Furcht vor dem Spiegel, der dort in aller Seelenruhe in meinem Gemach an der Wand, dem Bette gegenüber hängt und nur darauf wartet, mich wiederzusehen und mich weiterhin mit sadistischer Grausamkeit zu demütigen, zu erinnern an das, was war.

So schnell ich konnte, rannte ich an dem Spiegel vorbei, mich bemühend, ihn keines Blickes zu würdigen, was mir nicht immer gelang. Einen flüchtigen Augenblick blickte ich in mein eigenes Antlitz, mit den vor Schrecken geweiteten Augen und den großen Schweißperlen auf der Stirn. Ich bot einen grauenhaften Anblick, dem ich selbst nicht standzuhalten vermochte. Im Anschluss setzte ich meine Arbeit fort und öffnete die nächste Weinflasche.

Mein Leben bestimmte in dieser Zeit vor allem die Frage, warum es Hope derart wichtig war, dass ich den Spiegel nicht abhänge und was sie überhaupt dazu bewegte, diesen anzuschaffen. Letzteres erklärte ich mir recht einfach: Die Schuld war ihrem verwirrten Geisteszustand zuzuschieben. Doch Ersteres auch? Möglicherweise, doch warum ausgerechnet der Spiegel und nicht etwa unser Bett? So sehr ich mir auch den Kopf darüber zerbrach, düster grübelte, die absurdesten Gerüchte und Theorien aufstellte, ich wurde nicht schlauer daraus. Eine meiner entsetzlich krankhaften Theorien lautete folgendermaßen: Ich wusste, dass unsere damalige Zofe, jene der ich meine irrsinnige Angst vor Spiegeln zu verdanken habe, bald nachdem sie uns verlassen hatte, der Tod ereilte. Da ich nicht allzu längere Zeit später Hope kennenlernte, schloss ich daraus, dass die Zofe in Form eines hübschen Mädchens von den Toten auferstanden war, um mich weiter zu quälen. Dies würde das seltsame Verhalten Hopes in Bezug auf unseren Spiegel erklären. Als mir jedoch bewusst wurde, wie irrational, ja gar unmöglich, dieser Gedanke war, verwarf ich ihn schnell wieder, wenngleich ich das mit jener Idee einhergehende beklemmende Gefühl niemals gänzlich zu verbannen vermochte. Das Leben bot schlichtweg zu viele mysteriöse, mit der reinen Vernunft nicht zu erklärende Phänomene, um prinzipiell etwas auszuschließen. Aus diesem Grund hatten, zumindest nach meinem Gutdünken, auch die krankhaften Fantasien eines Geisteskranken durchaus eine gewisse Berechtigung und Legitimation. Gegen mich war eine Verschwörung im Gange und es hatte etwas mit Hope und der Zofe zu tun, dessen war ich mir sicher. Zwar können auch Gefühle nicht immer mit dem Verstand erklärt werden, und doch sind sie meist zutreffend. Dieser Gedanke ließ meine Panik und irrationale Furcht ins Unermessliche steigen.

Eines Nachts war von dem Fenster meines Gemaches aus, der bestirnte Sternenhimmel zu erkennen. Es war eine wolkenlose, klare Nacht. Der Vollmond schien durch das Fenster und erhellte den Raum im Innern. Ich war in die Lektüre eines esoterischen Werkes über Seelenwanderung und Reinkarnation vertieft, da ich mir auf die Art neue Erkenntnisse in Bezug auf das mich belastende Rätsel um Hope, ihr geheimnisvolles Ableben und die Zofe erhoffte. Ich las viel über den Willen, der unsere subjektive Weltsicht formte, doch zu meiner Enttäuschung gelangte ich zu keiner befriedigenden Antwort. Wütend schmiss ich das Buch auf den Boden und nahm einen kräftigen Schluck aus der Weinflasche zu mir. Nachdem ich noch einige Verse gedichtet hatte, um meinem großen Unmut entgegenzuwirken, warf ich einen Blick nach draußen und beobachte die Sterne, die dort so fern am Firmament leuchteten und selbigen mit ihrer Strahlkraft erhellten. Die bereits zur Hälfte abgebrannte, sich auf meinem Tisch befindende Kerze, brannte unregelmäßig. Die kleine Flamme wackelte unruhig und warf bedrohliche Schatten an die Wand, die mich zu umgeben und sich mir gefährlich zu nähern schienen. Ich ließ mich jedoch nicht davon beirren, hatte die Wirkung des Alkohols mein zutiefst gepeinigtes Herz doch etwas beruhigt. Stattdessen widmete ich meine vollste Aufmerksamkeit den Sternen und die Flamme der unerträglichen Sehnsucht loderte in meiner Brust. Tränen liefen mir das Gesicht herab, als ich mir vorstellte, wie Hope auf einem der unzählbaren Sterne im Kosmos saß und geduldig auf mich wartete. Zutiefst ergriffen von diesem quälenden Gedanken, fasste ich den Entschluss, mich zu endigen. Herauszufinden, was es mit dem Geheimnis des Spiegels auf sich hatte, bestimmte in der Zeit nach Hopes Ableben mein Dasein. Doch da mir des Rätsels Lösung zumindest in diesem Leben verwehrt blieb, nahm ich an, die Antwort auf all meine Fragen nur im Tod zu finden, sobald ich mit meiner Geliebten wieder vereint war. Nicht länger wollte ich in ständiger Angst und Einsamkeit leben, keinen Ausweg aus meinem Leid findend auch nicht in der heiß geliebten Kunst. Eine derart menschenunwürdige Existenz, war demütigend und diese Entwürdigung wollte ich nicht länger mitmachen und lieber das Leben in vollem Bewusstsein selbstbestimmt und würdevoll beenden, bevor der Tod mich erst spät ereilte nach endlosen Jahrzehnten des ununterbrochenen Leidens.

Ich öffnete die Schublade und nahm das Rasiermesser hervor. Zuvor warf ich noch einen Blick auf den bedrohlich schimmernden Mond, der mir hell entgegenschien und mein Herz höher schlagen ließ. Erst jetzt bemerkte ich, dass sich der Einfallswinkel, in welchem er durch das Fenster schien, sich unerklärlicherweise geändert hatte. Er beleuchtete nun nicht mehr meinen Arbeitstisch, sondern eine andere Stelle in meinem Gemach. Mit einer Vorahnung, die meine Gedärme verkrampfen ließ, drehte ich mich langsam um, um das nun im Fokus des Mondes stehende Objekt ausfindig zu machen. Zu meinem Leidwesen bewahrheitete sich meine Befürchtung. Der gesamte Raum war in Dunkel gehüllt, ein kräftiger Windzug von draußen hatte die Flamme der Kerze zum Erlischen gebracht, einzig der von der Strahlkraft des blassen Mondes beschienene, entsetzlich verhasste Wandspiegel dem Bette gegenüber, war meinen Augen ersichtlich. Die Umrandung des Spiegels glänzte, zwar schwach, jedoch eindeutig vernehmbar. Meine Furcht war allerdings aus mir unerklärlichen Gründen gewichen, ebenso der Drang, zu sterben. Ich legte das Messer sofort wieder beiseite und stand von meinem Platz auf, um auf den Spiegel zuzugehen, der auf einmal eine ungeheuerliche Anziehungskraft auf mich ausübte, vergleichbar mit dem Einfluss des Mondes auf die Gezeiten.

Vorsichtig, behutsam einen Schritt vor den anderen setzend, wobei der Fußboden unter mir bei jedem Schritt aufheulte und klagte, näherte ich mich dem Objekt der Begierde, das meine Neugierde gefunden hatte. Je näher ich dem Spiegel kam, desto mehr erkannte ich. Genau wie in den zahllosen Nächten meiner Kindheit, sollte es sich um Einbildung halten, soll der Teufel meine Seele holen, sah ich aufs Neue die Umrisse eines weiblichen Körpers. Nun kannte ich die Wahrheit! Das Weib im Spiegel war kein altes Märchen, keine lächerliche Spukgeschichte um kleine Kinder zu ängstigen. Nein, es war die Realität, in jenem Augenblick zumindest meine Realität. Und obwohl ich die Angst kaum noch zu ertragen vermochte, obwohl mir das Herz bis zum Halse schlug und ich kurz vor der Ohnmacht stand, bewegte ich mich unaufhaltsam, von der Kraft des Mondes angetrieben, auf den Spiegel zu, um die Quelle aller Geheimnisse, die Mutter aller Rätsel ausfindig zu machen. Und ich erkannte mehr, und mehr, und mehr, und mehr. Schatten nahmen Konturen an, unbestimmte Muster bildeten konkrete Formen und als ich mich endlich direkt vor dem Spiegel stand, meinen Augen nicht trauend, erfuhr ich endlich die lang ersehnte Wahrheit.

Im Spiegel erblickte ich, meinen Erwartungen gemäß, nicht mein eigenes Abbild, sondern ein Weib, das Weib im Spiegel! Sie hatte eine Wespentaille, einen perfekt geformten Körper, langes, schwarzes, wallendes Haar und eine derart unnatürlich aussehende Haut, dass man sie getrost für aus Wachs bestehend halten konnte. Die braunen Augen blickten mich starr an, sämtliches Leben war ihnen entzogen. Allgemein machte die Frau, nicht zuletzt auch aufgrund ihrer grauen Lippen und dem ausdruckslosen, wenngleich melancholisch angehauchten Gesichtsausdruck den Eindruck, sie wäre bereits tot. Und als ich genauer hinsah, stellte ich fest, dass sie tatsächlich bereits dem Reich der Toten angehörig war. Bei dem Weib im Spiegel handelte es sich, ich vermochte es nicht zu fassen, um meine verstorbene und niemals vergessene Geliebte, Hope, die mir auf so tragische Art entrissen ward! Sie regte sich nicht, blieb stumm und ruhig. Es war, als betrachtete ich ein lebloses Portrait.

Ich blieb wie angewurzelt stehen, nicht in der Lage, mich zu rühren. Erst als ich mich wieder einigermaßen gefasst hatte, wisperte ich in die Dunkelheit und wisperte immerfort ihren wunderschönen Namen, der wie Musik in meinen Ohren klang und eine traurige Erinnerung an die schönste Zeit meines Lebens darstellte.

"Hope, Hope, Hope, Hope."

Ich konnte den Blick unmöglich von dieser Schönheit abwenden. Mir wurde bewusst, dass die Hope im Spiegel wesentlich hübscher war als die lebendige Hope es je gewesen, wenngleich auch sie bereits eine kaum in Worten zu beschreibende Schönheit darstellte. Dementsprechend war ich vollkommen in ihren Bann gezogen und wie verzaubert. Ich vermochte keinen klaren Gedanken zu fassen. Das Weib im Spiegel war alles, an was ich dachte, an was ich zu denken überhaupt in der Lage war.

Plötzlich erhob sich eine Stimme, die ich sofort als die der über alles geliebten Hope zuzuordnen in der Lage war.

"Sieh genau hin!"

Wieder wusste ich nichts mit dieser seltsamen Aufforderung anzufangen. Beängstigend war, dass das Weib im Spiegel, während ihre Stimme erklang, die grauen Lippen nicht bewegte. Hope stand weiterhin einfach nur regungslos wie eine Statue da und sah mich ausdruckslos, ergreifend an. Ihr Blick durchdrang Mark und Bein, offenbarte mein Inneres und ich fühlte mich vollkommen nackt, hilflos ausgeliefert und mit einer Macht konfrontiert, der ich nichts entgegenzusetzen hatte.

"Was meinst du?", erwiderte ich endlich.

"Sieh genau hin!"

Es wurde immer unheimlicher. Von meiner Brust ausgehend breitete sich ein extrem beklemmendes Gefühl aus, das meine

Seele in den Bann zog, in Ketten legte und mein Herz mit unfassbarer Grausamkeit zusammenschnürte.

"O Hope", seufzte ich von wahnsinniger Sehnsucht ergriffen, die Hand nach dem Weib im Spiegel greifend. "Sag mir, werde ich dich im Reich der Toten, im Land der Seligen, im gesegneten Himmelreich wiedersehen? Sag mir, was hat es mit all dem auf sich? Sag mir, liebst du mich noch?"

"Sieh genau hin!", folgte die Antwort aus dem Spiegel, ohne dass der Mund geöffnet oder auch nur leicht bewegt wurde. Endlich wandte ich die Augen ab, da ich dem starren, toten Blick der Frau nicht länger standzuhalten vermochte.

"Bitte Hope", sagte ich, als ich den Blick wieder auf die anmutige, wenngleich angsteinflößende Erscheinung im Spiegel richtete, die mir von Sekunde zu Sekunde unnatürlicher und gefährlicher vorkam. "Lass meine gepeinigte Seele nicht im Unfrieden das Antlitz dieser Welt verlassen. Füge diesem gequälten Herz nicht noch mehr Schmerzen zu, indem du es unwissend lässt und keine Antworten auf die allgegenwärtigen Fragen des Seins lieferst. Bitte, o Hope, du einzige Geliebte, du Licht meines Lebens, gewähre mir diesen letzten Wunsch, diese letzte Antwort, genauso wie ich auch deiner letzten Bitte nachkam. Mein Tod für deinen Tod!“

"Sieh genau hin!"

Ich verlor die Beherrschung. Die Grenze des Zumutbaren war erreicht.

"Du lebloses, scheinheiliges, verdammtes Abbild der echten Hope! Fahr zum Teufel, du entsetzlicher Dämon und lasse meine Seele zufrieden", schrie ich aus Leibeskräften, vor Wut scharlachrot anlaufend. Mit der Faust holte ich weit aus, näherte mich dem Spiegel und der toten Frau und wollte gerade zuschlagen als das Bild im Spiegel sich ohne Vorankündigung augenblicklich wandelte.

Die idealisierte Gestalt meiner verstorbenen Geliebten wich dem Bild einer anderen Frau, einer die mir aus Kindertagen noch in bester Erinnerung war. Ich hielt inne und erschrak heftig. Nie, nie, nie würde ich diesen sich mir anbietenden Anblick vergessen. Sofort erkannte ich die hässliche, von Warzen im Gesicht übersäte, kleine, buckelige, faltige Frau, mit ergrautem Haar, kleinen tiefschwarzen und bedrohlich funkelnden Augen, mit buschigen Augenbrauen und der gleich dem Schnabel eines Raben gebogenen Nase. Das Weib im Spiegel, das nun in grässliches, sadistisches, zutiefst erschütterndes, hämisches Gelächter ausbrach, war die alte Zofe!

"Deine Seele gehört mir, deine Seele gehört mir! Jetzt reiß ich dir die Äuglein aus dem Kopf, du unartiger Bengel, du unartiger Bengel, der des Nachts nicht schlafen will!"

Aus dem Spiegel streckte sich mir eine tote, verfaulte Hand entgegen, die mit ihren langen, an die Beine einer Spinne erinnernden Fingern, gierig und wollüstig nach mir griff. Ich schrie, doch niemand hörte mich. Ich war ausgeliefert, alleine in der Finsternis, alleine mit dem Weib im Spiegel in meinem Gemach, das sich immer mehr an meinem Leid ergötzte, mich auslachte und beobachtete.

Von unmenschlicher Furcht und unerfüllter Sehnsucht zutiefst ergriffen, sank ich zu Boden und die sich mir immer weiter nähernde Hand des Todes war das letzte, was ich sah, bevor ich in eine fieberhafte Ohnmacht einkehrte, die meine Sinne außer Gefecht setzte. Dunkelheit, unbestimmte Schatten, grausige Umrisse und das Nichts umgaben mich. Es war vorbei!

Unbestimmte Zeit später, ich vermag unmöglich einzuschätzen, wie lange ich weggetreten war, wachte ich mit heftigen Kopfschmerzen wieder auf. Neben mir auf dem Boden lag eine ausgelaufene Weinflasche. Sofort erinnerte ich mich an das, was geschehen war und setzte mich auf. Mein Herz machte einen gewaltigen Sprung, als ich feststellte, dass ich direkt vor dem Spiegel gelegen hatte. Unwillkürlich zuckte ich zusammen, war jedoch zu schwach, um aufzustehen. Schließlich fand ich den Mut, direkt in den Spiegel zu blicken, für alles gewappnet, bereit den Kampf auf Leben und Tod anzunehmen. Doch mit dem, was ich tatsächlich im Spiegel erblickte als ich genau hinsah, hatte ich niemals gerechnet und ließ mich derart erschaudern, dass ich einer weiteren Ohnmacht nur mit Mühe zu entgehen vermochte:

Aus dem Spiegel blickte mir mein eigenes, verstörtes Gesicht entgegen, das ich bereits seit langer Zeit nicht mehr gesehen hatte!

3 Der letzte Mensch

Liebe ist ein seltsames und daher schwer verständliches Phänomen. Rein objektiv betrachtet, ergibt sie keinerlei Sinn. Biologisch betrachtet ist einzig und allein der Fortpflanzungstrieb von Bedeutung. Er sorgt dafür, dass die menschliche Rasse weiterhin bestehen bleiben kann. Wozu also Liebe? Wozu Liebeskummer, wo es doch noch unzählige andere Menschen gibt? Wozu gleichgeschlechtliche Liebe, welche nicht zur Fortpflanzung beiträgt? Liebe ist bedeutungslos, rational betrachtet jedenfalls. Doch einem bestimmten Zweck muss sie schließlich dienen, hätte sonst wohl kaum die Jahrtausende menschlicher Existenz überstanden, die Evolution. Liegt nicht der wahre Zauber der Liebe in ihrer Unergründlichkeit? Dass sie auch noch vorhanden ist, wenn praktisch alles dagegen spricht. Dass das Herz letztendlich immer die Oberhand behält und sich gegen den Verstand durchzusetzen vermag. Aus diesem Grund ist Liebe vermutlich auch so schmerzhaft. Man wird abgelehnt, gedemütigt und doch kann man nicht aufhören zu lieben. Unerklärlich. Dabei stellt sich jedoch auch die Frage, wann dieses schwer zu definierende Gefühl noch als Liebe bezeichnet werden kann und wann es in reinste Wollust übermündet. Die Grenze zwischen leidenschaftlicher Liebe und Verlangen und Begehren, ist schwierig zu bestimmen, da das eine schnell in das andere übergehen kann. Die Übergänge sind wahrlich fließend. Selbst der erhabenste Mensch ist eben auch nur ein solcher. Jeder noch so gute Mensch erliegt letztendlich seinen Trieben. Er ist ihnen hilflos ausgeliefert und keineswegs erhaben. Und manchmal gehen sie mit einem durch...

Die Geschichte, die ich zu erzählen gedenke, meine Geschichte, handelt von eben jener geheimnisvollen Macht, die als Liebe bekannt ist. Das Bedürfnis, mich auszudrücken, das Verlangen danach, dass meine Worte Gehör finden, hat mich letztendlich dazu bewogen, dies hier zu schreiben. Lange wollte ich über das, was sich zugetragen, schweigen. Mir schien es selber zu unwirklich, um in Worte gefasst zu werden. Meine Geschichte handelt von Tragik und Leid und darum, wie eine unerfüllte Liebe mich ins Unglück stürzte, von innen zerfraß und wegen der ich beinahe meine Menschlichkeit eingebüßt hätte. Sie handelt von Leidenschaft, Begehren, Angst, Trauer, Wut, blanker Verzweiflung und Verwirrung. Sicher, mir ist bewusst, dass man nicht in Selbstmitleid verfallen sollte, doch zwangen mich die tragischen Umstände wahrlich dazu, ließen mir keine andere Wahl als mich selber zu bemitleiden. Zu sehr litt ich. Bevor der verehrte Leser fortfährt, möge er zweierlei bedenken. Zum einen muss er mir glauben, mir seine bedingungslose Unterstützung versichern, denn ich garantiere dafür, dass das, was ich zu erzählen gedenke, mag es auch noch so unglaubwürdig erscheinen, sich in der Tat genau so zugetragen, genau so geschah. Diese Geschichte ist die Wahrheit, nichts als die Wahrheit! Zum anderen bitte ich den verehrten Leser, nicht allzu schlecht von mir zu denken. Er bedenke, dass ich an geistiger Verwirrtheit in schier unermesslicher Höhe litt, dass mein Innerstes, meine Triebe mich zu Taten zwangen, die ich bei klarem Verstand selber verurteilt hätte und die ich rückblickend betrachte, zutiefst bereue. Schließlich bin ich nicht Herr meines Unterbewusstseins, des Eros, der Lust und Leidenschaft. Ich bin nur ein elender Mann und der Willkür meiner Triebe ebenso ausgeliefert wie jeder andere auch. Auf den Leser mag ich aufgrund meiner Handlungen nicht sonderlich liebenswert wirken, doch trotz allem möchte ich betonen, dass ich ein Mensch bin und kein Ungeheuer! Es gab Gründe für meine Taten, selbst wenn diese als nur schwer nachzuvollziehen gelten. Doch davon wird sich der verehrte Leser selber überzeugen...

Alles begann an dem Tag als meine über alles geliebte Mutter starb. Zweiundsechzigjährig war sie schwer und unheilbar erkrankt und bald darauf kehrte sie der materiellen Welt den Rücken, um in die Endlosigkeit des Universums einzugehen. Ich, zu dem Zeitpunkt dreiundzwanzigjährig und mein Bruder, dreißigjährig verkrafteten den Verlust kaum. Unsere Gedanken kreisten sich ständig um unsere Mutter. Der Tag ihres Ablebens war zweifelsohne der bis dato schlimmste Tag meines Lebens. Ich sah die Welt nur noch schwarz und weiß. Sämtlicher Lebenswille, mein Mut und mein Selbstvertrauen waren mit einem Mal zerstört, komplett ausgelöscht, als hätte etwas derartiges niemals zuvor existiert. Ich fühlte mich, als könnte ich nie wieder Freude für mich entdecken, nie wieder mein Leben genießen. Alles erschien mir plötzlich so sinnlos. Doch der Tag ihrer Beerdigung sollte für mich alles ändern...

An einem Donnerstag wurde meine Mutter auf dem ortsansässigen Friedhof beigesetzt. Viele Menschen wollten der guten Frau die letzte Ehre erweisen und daher wohnten sie der Veranstaltung bei. Während der Priester die Rede meines völlig aufgelösten Bruders vorlas, da dieser sich nicht dazu in der Lage fühlte, sah ich mich mit vom Weinen glänzenden Augen neugierig in der Menge um, um nach bekannten Gesichtern Ausschau zu halten. All meine Freunde und die meines Bruders waren gekommen und teilten uns beiden, den letzten Hinterbliebenen, ihr aufrichtiges Beileid und Mitgefühl mit. Doch bemitleidet werden wollte ich nicht. Ich wollte einfach nur wieder glücklich sein, doch dies kam mir vor wie ein unmögliches Unterfangen. Ich erblickte allerhand Leute. Solche, denen ich wohlgesonnen gegenüberstand und solche, die ich nicht gerne sehen wollte. Menschen, die ich sehr gut kannte und Menschen, die mir nur vom Sehen oder flüchtig bekannt waren. Inmitten der Menge blieb mein umherschweifender Blick plötzlich vor lauter Verwunderung an einem ganz bestimmten Menschen haften. Es war ein Mädchen, ungefähr meines Alters, dessen Antlitz mir gänzlich unbekannt war. Verwundert hielt ich einen Moment inne und starrte sie an. Vielleicht mochte sich mein Gedächtnis doch noch entsinnen, woher ich sie kannte, doch derlei trat nicht ein. Und dennoch hatte ich das merkwürdige Gefühl, sie zu kennen, sie schonmal gesehen zu haben. Es mag ganz und gar befremdlich klingen, doch tatsächlich kam es mir so vor als würden wir uns schon eine Ewigkeit kennen. Sie trug schulterlanges, elegant geflochtenes schwarzes Haar, das einen hervorragenden Kontrast zu ihrer hellen fast schon geisterhaft blassen Haut darstellte. Eine Kombination, die mir durchaus zusagte, da sie etwas verletzliches ausstrahlte und unweigerlich den Beschützerinstinkt in mir erweckte. Gleichzeitig wirkte sie doch auch unerklärlicherweise ungeheuerlich stark. Sie strahlte eine Aura aus, die mich sofort in ihren Bann zog und es mir unmöglich machte, den Blick von ihr abzuwenden. Neben mir waren alle Augen auf den Priester gerichtet, dessen Worte ich ebenso wenig vernahm wie das Schluchzen und Heulen hinter und neben mir. Ich konnte mich auf nichts anderes konzentrieren als auf die Schönheit der Unbekannten. Leider war ihr Gesicht zu Boden gewandt, sodass ich ihre Augen nicht erkennen konnte. Doch irgendetwas sagte mir, dass sie eindeutig über braune Augen verfügen musste, vollkommen dunkle Augen, die die Wärme ihres Herzens ausstrahlten. Ich hatte mich zunächst nur auf ihren Kopf konzentriert, doch schließlich begann ich den Rest ihres Körpers zu begutachten. Zu meiner Verwunderung trug sie einen recht knappen Rock, der ihre wohlgeformten Beine und den eleganten Körper sehr gut zur Geltung brachte. Etwas freizügig für eine Beerdigung, dachte ich mir. Bei jedem anderen Gast hätte ich dies zweifelsohne als überaus respektlos empfunden, doch diesem wunderschönen Geschöpf konnte ich es nicht verübeln. Ich wurde das Gefühl nicht los, diese Person zu kennen, seltsam vertraut kam sie mir vor, ich fühlte mich direkt zu ihr hingezogen. Zudem kann ich nicht leugnen, dass ihre Freizügigkeit mein Herz in Wallung brachte und das Feuer der Leidenschaft in mir entfachte. Ich trat einen Schritt auf sie zu, nur einen einzigen kleinen Schritt in ihre Richtung. In diesem Augenblick sah sie plötzlich auf, mir direkt ins Gesicht und endlich konnte ich ihre feinen Gesichtszüge genaustens erkennen und die Farbe ihrer Augen (braun, ich wusste es doch!). Sofort blieb ich stehen und unsere Blicke trafen sich. Es konnten nicht mehr als zwei Sekunden sein, in denen wir uns ansahen, doch mir kam es vor wie eine Ewigkeit, da ich mich in der ungeheuerlichen Tiefe ihrer melancholischen Augen verlor. Das Mädchen jedoch drehte sich von mir weg und schritt eiligst von dannen. Innerhalb von Sekunden war sie in der Menschenmenge untergetaucht und hatte sich ihren Weg hindurch gebannt, sodass ich sie nicht mehr sehen konnte. Entsetzt blickte ich mich um, versuchte verzweifelt, sie wiederzufinden. Doch sie war einfach so verschwunden, wie vom Erdboden verschluckt. Da die anderen Leute sich über meine Verrenkungen wunderten, hörte ich auf, nach ihr zu suchen und wandte mich wieder dem Priester zu, obwohl ich seinen Worten und überhaupt den Worten von irgendjemandem keinerlei Gehör schenkte. Ich hatte nur eines im Kopf...

Ich musste dieses Mädchen wiedersehen, koste es was es wolle. Die nächsten Tage und Wochen verliefen unfassbar träge. Zu produktiver Arbeit war ich nicht mehr imstande. Man vermutete, es läge am tragischen Verlust meiner Mutter, was für Außenstehende sicherlich der naheliegende Grund war, doch in Wahrheit war es dieses Mädchen. Sie war in Wahrheit mein Verlust. Die Erinnerung an meine geliebte Mutter verblasste und das Bild des Mädchens wurde immer stärker vor meinem geistigen Auge. Obwohl ich sie nur für wenige Minuten sah, prägte sich mein Gedächtnis jede Faser ihres wunderschönen Gesichts ein und dieses Bild wollte einfach nicht mehr aus meinem Kopf verschwinden. Ich konnte keinen klaren Gedanken mehr fassen. In meinen Träumen malte ich mir die unrealistischsten Szenarien aus. Tatsächlich ertappte ich mich selbst immer wieder bei recht unanständigen Gedanken, da ihre Freizügigkeit meine Fantasie doch mehr ankurbelte als ich mir eingestehen wollte. Immer wenn ich mich diesen Vorstellungen hingab, tauchte in meinem Kopf ein neues Bild auf. Das meiner mich tadelnden Mutter. Bei diesem Gedanken erschauderte ich und verdrängte meine geheimsten und verborgensten Träume, da ich mich schuldig und nackt fühlte.

Mein Bruder kam nicht über den Tod unserer Mutter hinweg. Wir hielten tapfer zusammen, wohnten gar eine Zeit lang zusammen, um uns gegenseitig Trost zu spenden, doch er wusste nichts von dem, was mich in Wahrheit beschäftigte. Ohnehin war er zu sehr mit sich selber beschäftigt. Er war in der Tat derart aufgelöst und zerbrochen, dass es mich fast schon wunderte, dass er sich noch nicht geendigt hatte. Er besaß eine Pistole und hätte schließlich damit seinem Leben und somit auch seinem Kummer endgültig ein Ende bereiten können. Doch er tat es nicht. Meinte er wollte durchhalten, stark sein, stark sein für unsere Mutter. Meinte, dass es doch niemals ihrem Wunsch entsprochen hätte, wenn er sich selber etwas antat.

Mir ist es unmöglich zu sagen, wer von uns beiden mehr litt. Ich, der das Gefühl hatte, die Liebe meines Lebens verloren zu haben und das Mädchen meiner Träume nie mehr wiederzusehen oder er, der doch so an unserer Mutter gehangen und ihren Tod nicht ertragen konnte. Wir hielten uns in den Armen, weinten stundenlang, sprachen jedoch kaum ein Wort miteinander. Mit unserer körperlichen Nähe zeigten wir dem anderen, dass wir für einander da waren und das reichte vollkommen aus. Mehr brauchten wir nicht, mehr konnten wir nicht füreinander tun.

In meiner endlosen Verzweiflung dachte ich fieberhaft nach, suchte rastlos nach Möglichkeiten, herauszufinden, wer das Mädchen war und wo ich sie antreffen konnte. Es stellte sich als überaus problematisch heraus, dass ich nicht ein einziges Wort mit ihr wechseln konnte und daher auch nichts über sie in Erfahrung bringen konnte. Nicht mal das kleinste Detail. Ich wusste nicht, wer sie war. Aus diesem Grund konnte ich mich auch nirgends nach ihr erkunden. Ihr Aussehen zu beschreiben, hätte mich auch nicht weitergebracht. Denn ihre wahre Schönheit war einfach unmöglich in Worte zu fassen und auch dem verehrten Leser dieser Geschichte konnte ich nur eine unzureichende Beschreibung liefern. Meine Empfindungen waren weder nachvollziehbar noch zu erklären. Nur ich vernahm ihre Schönheit, diese Erfahrung war mir einfach unmöglich wiederzugeben. Mein Verlangen nach ihr stieg ins Unermessliche, meine Begierde war grenzenlos. Diese Intensität der Gefühle veranlasste mich dazu, diese kritisch zu hinterfragen. Handelte es sich wirklich noch um Liebe, wo ich doch nichts von dem Mädchen wusste oder begehrte ich es einfach nur? Ich war hin und hergerissen und wusste meine eigenen Empfindungen nicht richtig einzuordnen. Sicherlich hatte ich erotische Vorstellungen, doch ich war ebenfalls Romantiker, der sich nichts sehnlicher wünschte, als mit ihr zusammen ein glückliches Leben zu führen und sie für immer und ewig zu behüten und mich so gut um sie zu kümmern, wie es überhaupt nur möglich war. Sie stellte für mich also durchaus mehr dar als nur die Befriedigung meiner Bedürfnisse, der Besänftigung meiner Triebe. Wie könnte mein Herz doch nur derartig schmerzen und leiden, wenn es sich bei meinen Empfindungen nur um primitive animalische Bedürfnisse handelte, die auf die Willkür meiner menschlichen Triebe zurückzuführen waren? Nein, das wollte ich einfach nicht wahrhaben. Ich war mehr als das, sie war mehr als das. Sie hatte was besseres verdient und ich war auch besser als meine Triebe, dessen war ich mir vollkommen sicher. Also kam ich zu dem Schluss, dass ich unsterblich verliebt und nicht der Wollust verfallen war. Sie war diejenige, das wusste ich einfach intuitiv. Ich musste sie haben, ansonsten wäre mein Leben belanglos. Liebe wäre eine einzige Lüge, wenn ich sie nicht bekommen könnte.

Meine Trauer und der Herzschmerz steigerten sich in Raserei. Ich wurde ein Zeitgenosse, von dem man sich besser fern halten sollte. Da ich meine Wutausbrüche nicht kontrollieren konnte, litt mein Umfeld sehr darunter, besonders mein bemitleidenswerter Bruder, der eigentlich meiner Hilfe bedurfte. Doch diese stellte ich für ihn nicht mehr dar. Wir wohnten zwar weiterhin zusammen, doch gingen wir uns doch weitestgehend aus dem Weg. Überließen uns gegenseitig unserem Leid. Meine Verzweiflung mündete in Wahnsinn über und zu dieser Zeit fühlte ich mich tatsächlich einem Tier näher als einem Menschen. Da ich das Mädchen so sehr vermisste, dass ich es nicht mehr aushalten konnte schmiedete ich die grausamsten Pläne, um sie endlich wiedersehen zu können. Ich klammerte mich an verworrene und durchaus fragwürdige Theorien, dachte über die unsinnigsten Methoden nach, die ich an dieser Stelle nicht teilen möchte. In meinem Wahn kam mir eine Idee von solch extremer Unmenschlichkeit, dass ich mich dessen zutiefst schämte. Am liebsten hätte ich darüber auf Ewig geschwiegen, mein düsteres Geheimnis mit ins Grab genommen, doch dem verehrten Leser möchte ich es nicht vorenthalten und meiner geschundenen Seele wird es definitiv zugute kommen, wenn ich es endlich ausspreche. Ich kann nicht länger mit meiner Lüge leben und meine Schuldgefühle übermannen mich. Also muss ich es einfach erzählen, doch der verehrte Leser möge sich bitte an das Versprechen erinnern, das er als Bedingung, meine

Geschichte lesen zu dürfen, abgelegt hatte...

Obwohl es erst neun Uhr waren, schlief mein Bruder bereits tief und fest. Mittlerweile schlief er fast den ganzen Tag, ließ sich nirgendwo mehr blicken. Eindeutige Anzeichen für eine schlimme Depression. Ich schlich mich leisen Schrittes in sein Schlafgemach, öffnete bedächtig die Tür und gab mir alle Mühe, möglichst geräuschlos zu sein. Da ich jedoch nicht imstande war, in der Dunkelheit etwas zu erkennen und ich nicht im Besitz einer Taschenlampe war, betätigte ich den Lichtschalter und das Zimmer wurde augenblicklich erhellt. Ich biss die Zähne zusammen und mein Herz schlug sofort höher, in der Angst, mein Bruder könnte davon aufwachen. Zu meinem Glück geschah dies nicht. Er lag zugedeckt auf dem Rücken in seinem Bett, in einen tiefen wahrscheinlich traumlosen Schlaf verfallen. Mein Pulsschlag beruhigte sich wieder und ich atmete kurz durch. Dann ging ich zum Schrank, öffnete das oberste Fach und nahm seine Pistole zur Hand, die er dort aufbewahrte. Sie war noch geladen, vielleicht hatte er also doch irgendwann mal mit dem Gedanken gespielt, sich das Leben zu nehmen.

Sorgfältig nahm ich sie zur Hand, etwas überrascht von ihrer unerwarteten Leichtigkeit. Mir wurde speiübel und ich schämte mich zutiefst als ich die Waffe auf den armen ahnungslosen Schlafenden richtete. Die Minuten vergingen und ich stand einfach nur regungslos vor dem Bett meines Bruders. Meine Hände zitterten zu sehr als dass ich das Ziel fixieren konnte. Mir war natürlich bewusst, dass ich für diese Tat in die Hölle kommen würde, doch für meinen großen Traum war ich bereit, alles zu opfern. Ich würde für meine Geliebte morden und das war es schließlich wert, auch wenn mir mein Bruder unfassbar leid tat. Leider blieb mir keine andere Wahl als ihn zu instrumentalisieren und ihn für meine, für unsere Zwecke zu benutzen. Ich beraubte ihn zwar damit seiner menschlichen

Würde, doch ich redete mir ein, dass er ohnehin nie wieder glücklich werden würde in seinem Leben und ich ihm mit dieser Tat sogar einen Gefallen tat. Schließlich nahm ich ihm ja die Arbeit ab. Auf diese Art versuchte ich diese moralisch verwerfliche Handlung mit meinem Gewissen zu vereinbaren und mich vorm Allmächtigen zu rechtfertigen.

Ich schwitzte vor Angst und Schuldgefühlen. Was, wenn es nicht funktionieren würde? Was, wenn mein Plan nicht aufginge? Ich ging definitiv ein verdammt hohes Risiko ein, denn wenn ich Pech hatte würde ich nicht nur meine Geliebte nie wiedersehen, sondern auch noch völlig unnötigerweise meinen Bruder geopfert haben. Doch irgendetwas in meinem Inneren sagte mir, dass es funktionieren würde und ich glaubte dieser Stimme. Mir blieb nichts anderes übrig, denn es gab jetzt kein Zurück mehr. Meine Entscheidung stand unwiderruflich fest! Von meiner flachen und hektischen Atmung wachte mein Bruder schließlich doch auf. Ich hatte immer noch nicht den Mut gefunden, einfach abzudrücken und stand immer noch vor ihm, die Waffe auf ihn gerichtet. Langsam öffnete er die Augen und blickte fast wie benommen in meine Richtung.

"Es tut mir so leid. Aber ich muss tun, was notwendig ist. Ich liebe dich, mein Bruder", sagte ich mit zittriger Stimme.

"Was...Uhrzeit? So müde...was ist los? Waffe...was?", stammelte mein Bruder.

"Mutter wird sich freuen, dich wiederzusehen", meinte ich nur und presste ihm die Waffe an den Schädel. Schlaftrunken murmelte er noch etwas unverständliches, realisierte gar nicht wirklich, was vor sich ging und ich drückte ab. Ein lauter Knall ertönte, Blut spritzte auf das weiße Kissen und das Leben entwich meinem Bruder. Ich drückte dem Toten, der sofort in die Leichenstarre überging, die Pistole, seine Pistole in die Hand, um es nach Selbstmord aussehen zu lassen. Anschließend stürmte ich, entsetzt von meiner abscheulichen Tat ins Badezimmer und übergab mich, bevor ich in Tränen ausbrach und anfing, mich selber zu hassen für das Monster, das aus mir geworden war. Oder sollte ich eher sagen, für den Menschen?

In der darauffolgenden Woche fand die Beerdigung statt, die zweite innerhalb kurzer Zeit für mich. Ich hatte den Tod meines Bruders nicht direkt in der Nacht meines Mordes gemeldet, sondern erst am nächsten Morgen. Selbstmord wurde als Todesursache anerkannt. Wie auch schon bei der Beerdigung meiner Mutter waren zahlreiche Schaulustige zugegen. Erneut sprach man mir Beileid aus, ich wurde zutiefst bemitleidet für den zweiten Schicksalsschlag, den ich innerhalb kürzester Zeit ertragen musste. Allerdings bekam ich auch mit, dass einige der Anwesenden untereinander tuschelten, von wegen dass mein Bruder ein Feigling wäre, einfach vor den Problemen wegzurennen und sich umzubringen, ohne Rücksicht auf seinen Bruder. Dies zu hören, auch wenn diese Worte natürlich nicht für meine Ohren bestimmt waren, machte mich depressiv und steigerte meine Scham ins Unermessliche. Doch dann erinnerte ich mich, warum ich das alles tat und die Hoffnung kehrte zurück. Für den verehrten Leser mag sich dies überaus befremdlich anhören, doch ich war eben von meinen Emotionen gesteuert, fest im Griff einer unerträglichen Liebe, die meine Sinne benebelte.

Den Worten des Priesters lauschte ich überhaupt nicht, denn ich sah mich nervös um, ließ meinen scharfen Blick vorsichtig durch die Menge streifen. Doch zu meinem Entsetzen entdeckte ich niemanden. Nun, ich sah unzählige Menschen, Freunde, Bekannte, entfernte Bekannte und Fremde, doch nicht die Person, nach der ich suchte, diese eine Person. Sie war nicht gekommen. All meine Hoffnungen zersprangen in tausend Einzelteile wie ein Spiegel, den man mit einem Stein zerschlägt.

Mein Herz durchzuckte ein stechender Schmerz. Mein Bruder war umsonst gestorben. Ich wurde zum kaltblütigen Mörder, der einen sinnlosen Mord begangen hatte.

Erst in diesem Moment wurde ich mir der wahren Schwere meines Vergehens bewusst. Ich hatte ein Menschenleben ausgelöscht und nicht irgendeines, sondern auch noch das meines eigenen leiblichen Bruders. Was würde sich meine Mutter für mich schämen. Was war ich für eine wertlose lebensunwürdige Kreatur. Sobald das hier vorbei ist, werde ich mir selber auch eine Kugel in den Kopf jagen, dachte ich. Wenn sie noch nicht mal da ist, gibt es für mich ohnehin keinen Anlass, weiterzumachen. Ich war des Kämpfens müde. Konnte und wollte einfach nicht mehr.

Tränen bildeten sich in meinen Augen und liefen die Wangen herunter. Ich versuchte stark zu bleiben und mir nichts anmerken zu lassen, doch der Schmerz wurde zu stark. Mein gebrochenes Herz und die schier übermächtigen Schuldgefühle erdrückten mich, lasteten auf meinen Schultern als würde ich ganze Zementsäcke schleppen.

Ich wagte noch einen letzten verzweifelten Versuch, mich nach dem Mädchen umzusehen. Ich wollte die Hoffnung einfach nicht aufgeben, loszulassen war mir ein unmögliches Unterfangen. Ich war es meinem Bruder zumindest schuldig, dass sein Tod nicht umsonst war. Und tatsächlich, obwohl ich selber nicht mehr richtig daran geglaubt hatte, wurde ich doch noch belohnt. Zwischen zwei großen Männern erblickte ich doch wirklich das Mädchen, nach dem ich so sehnsüchtig gesucht hatte, das ich so schmerzlich vermisst hatte! Sie war zwischen den beiden Riesen zwar gut versteckt, weshalb ich sie auch nicht sofort wahrnahm, doch es war sie absolut unzweifelhaft! Dieses einzigartig schöne Gesicht, das dunkle Haar und die verträumten Augen würde ich unter Millionen noch wiedererkennen. Zu meinem Entzücken trug sie genau denselben kurzen Rock, den sie beim letzten Mal auch getragen hatte. Meine Zweifel, meine Furcht und meine Trauer waren wie weggeblasen, als hätten sie nie existiert. Mein Scham-und Schuldgefühl war nicht länger vorhanden, der Schmerz war verflogen. Ich fühlte nur noch Glückseligkeit, Glückseligkeit in vollendeter Form. Die Welt war wieder in Ordnung, mein Mord hatte sich doch ausgezahlt. Mein Plan war aufgegangen und ich konnte mein Glück kaum fassen. Ich war hohes Risiko eingegangen und hatte alles aufs Spiel gesetzt und wurde dafür belohnt. Der gerechte Lohn für all meinen Aufwand. Ich durfte das Mädchen nach einer qualvollen Zeit des Wartens endlich wiedersehen. Diesmal würde ich sie nicht einfach davonkommen lassen. Nein, ich würde sie ansprechen und wenn es das letzte wäre, was ich täte.

Genau in diesem Moment erblickte mich das Mädchen ebenfalls und sie errötete. Ich ging auf sie zu, zwar langsam aber bestimmt und mit neu gewonnenem Selbstvertrauen. Je näher ich ihr kam, desto mehr glaubte ich die Wärme zu spüren, die von ihrem Herzen ausging. Das Mädchen hatte einen unglaublichen Charme, dem ich nicht widerstehen konnte. Wie ich so auf sie zuging, kam mir dies alles so unwirklich, so surreal vor. So, als wäre es nicht wirklich ich, der sich da bewegt. Als würde ich von einer übernatürlichen Macht fremdgesteuert werden, während mein eigentliches Bewusstsein weit entfernt war. Praktisch sah ich mich selber als Außenstehender. War diese magische Anziehungskraft die Liebe oder das Verlangen?

Was mich wunderte war, dass niemand das Mädchen wahrzunehmen schien. Selbst die Menschen, die sich in ihrem unmittelbaren Umfeld befanden nahmen keinerlei Notiz von ihr, was mir absolut unbegreiflich war bei einer solchen Schönheit. Andererseits freute es mich auch, da ich so zumindest keine Mitbewerber zu befürchten hatte.

Ich schob die beiden Männer, die neben ihr standen beiseite und befand mich nun direkt vor meiner Angebeteten. Sie war zwar ein gutes Stück kleiner als ich, doch immer noch recht groß für eine Frau. Wieder trafen sich unsere Blicke und ich setzte ein Lächeln auf. Doch sie erwiderte es nicht. Ihre Gesichtszüge blieben unverändert, fast schon kühl. Nie zuvor in meinem Leben hatte ich eine solch innere Ruhe verspürt wie in diesem Moment, als wir uns gegenüberstanden. Ich machte den Mund auf, um etwas zu sagen, doch sie legte mir ihren langen Zeigefinger auf die Lippen und bedeutete mir damit, ruhig zu sein. Nun beugte sie sich zu mir herüber und flüsterte mir ins Ohr: "Nicht hier. Folge mir."

Der Klang ihrer lieblichen Stimme war wie Musik in meinen Ohren und meine Nackenhaare richteten sich auf. Das Mädchen ging weg, ich folgte ihr. Nachdem wir den Friedhof verlassen hatten und für uns alleine waren, blieben wir stehen. Ich umarmte sie und die Umarmung wurde erwidert. Ich küsste sie auf den Mund und der Kuss wurde erwidert. Ob sie mich auch derart liebte, wie ich sie? Ob sie auch dauernd an mich denken musste und mich nicht mehr vergessen hatte seit dem Tag unserer ersten Begegnung?

Schließlich lösten wir uns und lächelten uns an. Beim Anblick ihres sanften Lächelns ging mir wahrlich das Herz auf. Ich wusste nicht, was ich sagen sollte, denn ein weiteres Mal vermochten Worte meine wahren Empfindungen nicht auszudrücken. Daher war ich froh, als sie das Wort ergriff.

"Heute bei dir. Um Mitternacht!"

Ich war vollkommen perplex. Zunächst erfreute ich mich noch am Klang ihrer Stimme, doch als mir der Inhalt ihrer Worte bewusst wurde, blieb mir nichts als Verwunderung übrig...und gleichzeitig Freude. Sie lächelte erneut und schritt von dannen. Ich folgte ihr nicht, da ich wusste, dass sie ihr Wort halten würde, wenngleich ich mich doch fragte, warum sie auf einmal so direkt wurde und woher sie überhaupt wusste, wo ich wohnte. Doch meine innere Stimme sagte mir, dass sie es ernst meinte und wirklich wusste. Die Art, wie sie auftrat war derart überzeugend und mit einer solchen Selbstverständlichkeit vorgetragen, dass es für mich keine andere Schlussfolgerung zuließ. Ich musste nur nach Hause gehen und warten. Und das tat ich auch. Sie würde kommen, das war so sicher wie die Gewissheit des Todes...

Nie zuvor in meinem Leben wünschte ich mir mehr, dass die Zeit schneller verging und sie das Gegenteil davon tat. Es waren sieben Stunden bis Mitternacht, die sich jedoch anfühlten wie sieben Jahre. Ich war in meinem Zimmer und saß einfach nur da, nicht in der Lage mich irgendwie abzulenken oder einer sinnvollen Beschäftigung nachzugehen. Dies waren die schlimmsten Stunden meines Lebens. Das endlose Warten, die Angst, sie würde vielleicht doch nicht kommen, der Teufelskreis bestehend aus Sorgen und Schwarzmalerei. Es war kaum zum Aushalten. Zu meinem psychischen Leiden gesellten sich zu allem Überfluss auch noch körperliche Beschwerden. Mein Herzschlag war unregelmäßig und völlig aus dem Rhythmus geraten, was mit einer schier unerträglichen Übelkeit und heftiger Migräne einherging. Keinerlei Arznei vermochte mir zu helfen, ich wusste, dass einzig und allein das Mädchen meinem Leiden ein Ende bereiten konnte. Nur sie verfügte über diese heilenden Kräfte.

Um Mitternacht hatten meine Qualen endlich ihr Ende gefunden. Als die Uhr zwölf schlug, klingelte es an meiner Haustür. Ich öffnete erwartungsvoll und wie erhofft stand in der Tat das begehrte Mädchen vor der Tür. Sie trug erneut einen Rock, dieser war jedoch noch knapper als der, den sie zwei Mal bei den Beerdigungen trug. Dies erweckte Hoffnungen bei mir, in welche Richtung sich dieses nächtliche Treffen entwickeln konnte. Was mich jedoch erstaunte war ihre unfassbare Blässe.

Ihre Haut hatte einen Farbton angenommen, der nicht mehr menschlich wirkte. Wahrlich sah sie aus wie eine Leiche, doch das störte mich keineswegs, denn ihrer Schönheit tat dies keinen Abbruch.

Freundlich ließ ich sie eintreten. Als ich die Tür hinter uns geschlossen und sie in mein Zimmer gewiesen hatte, fiel sie mir um den Hals und küsste mich leidenschaftlich. Bis dato hatten wir noch kein Wort miteinander gesprochen. Selbstverständlich ließ ich sie gewähren. Anschließend nahm sie auf meinem Bett Platz und begann sich auszuziehen. Ich konnte mir ein Lachen nicht verkneifen.

"Du kommst aber schnell zur Sache."

Keine Antwort. Ihre Schuhe und den Rock hatte sie bereits abgelegt und räkelte sich nur in Unterwäsche bekleidet verführerisch auf meinem Bett. Nicht in meinen kühnsten Träumen hätte ich mir dies vorstellen können. Ihr Körper war noch vollkommener als ich ihn mir ausgemalt.

"Ich...ich würde mich gerne...vorstellen", brachte ich gerade noch so heraus.

"Nicht nötig. Ich weiß alles über dich", säuselte sie.

Wahrlich hätte mir dies Angst einjagen müssen, doch meine Gefühle waren wie betäubt. Die Tatsache, dass sie wusste wo ich wohnte, war schon beängstigend genug. Ich dachte an meinen Bruder und mein dunkles Geheimnis.

"Das will ich nicht hoffen", meinte ich nur und zog mich meinerseits langsam aus. "Mich würde aber auch interessieren, wer du bist. Ich kenne noch nicht mal deinen Namen. Wer bist du, unbekannte Schönheit?"

"Das weißt du bereits. Du musst dich nur entsinnen."

"Ich habe dich noch nie zuvor gesehen. Aus dem Nichts warst du plötzlich da. Und jetzt liegst du auf meinem Bett und ich weiß immer noch nichts, von dir."

Der Verstand schaltete sich bei mir ein. Die ganze Sache kam mir auf einmal doch zu suspekt vor.

Sie antwortete: "Es geht hier nur um dich und mich. Lass dich einfach gehen und stelle nichts in Frage. Das ist deine Nacht und ich gehöre nur dir."

Diese Worte betäubten mein kritisches Urteilsvermögen und aktivierten endgültig meine Triebe, denen ich mich hingab. Ich verspürte ein Gefühl von Glückseligkeit in einer solchen Stärke, die ich niemals für möglich gehalten hatte. Und auf einmal war mein ganzes Leid vergessen und ich fühlte mich wie im Himmel. Mein Leben war ein Traum! Ich hoffte er würde niemals enden. Dies war die schönste Nacht meines Lebens.

Das Mädchen hatte gemeint, dass wir uns nicht mehr sehen sollten, dass es eine einmalige Sache gewesen war. Jedoch gelang es mir, ihr Herz mit meinem Betteln und Anflehen zu erweichen und sie willigte schließlich doch ein. Am nächsten Tag führte ich sie in ein Café aus. Zwar wollte ich unbedingt wieder eine Nacht mit ihr verbringen, doch zunächst wollte ich etwas über sie in Erfahrung bringen. Sie war erneut pünktlich am vereinbarten Treffpunkt und gemeinsam suchten wir uns einen schönen Platz aus. An diesem Tag war sie dezent gekleidet, nicht freizügig. Wir bestellten beide einen Kaffee und ich eröffnete schließlich das Gespräch.

"Schön, dass du kommen konntest."

Sie wurde direkt: "Warum hast du mich hierhin bestellt? Wir hätten uns doch wieder bei dir treffen können. Oder hat es dir gestern etwa nicht gefallen?"

"Und ob es das hat. Es war die schönste Nacht meines Lebens und wich würde dies auch gerne wiederholen. Jedoch möchte ich auch etwas über dich erfahren. Ich will nicht nur mit dir schlafen. Ich will dich auch kennenlernen."

"Warum willst du das?" Sie verzog keine Miene und zum ersten Mal, machte sie mir wirklich Angst. Ihre Schönheit war schon fast zu vollkommen, zu ideal. Es war beängstigend. Wenn sie mich mit ihrem durchbohrenden Blick musterte, fühlte ich mich nackt und wehrlos. Sie machte mich willenlos, ich konnte ihr nicht widerstehen, egal wie sehr ich mich auch bemühte. Ich wurde zum Opfer meiner Triebe.

"Weil...weißt du, es ist so...", begann ich, nach den richtigen Worten suchend. Da ich ihrem Blick nicht länger standhalten konnte, sah ich beschämt zu Boden und lief rot an.

"Ich wünschte mir nichts sehnlicher als dich wiederzusehen. Seit wir uns das erste Mal begegneten, gingst du mir nicht mehr aus dem Kopf. Ich fühlte mich noch nie derart zu einem unbekannten Menschen hingezogen. Es ist wirklich beängstigend..."

"Was versuchst du mir mitzuteilen", unterbrach sie mich ungeduldig. Ich rang nach Atem. Genau in diesem Moment kam die Kellnerin an unseren Tisch, worüber ich sehr dankbar war, da sie mir Zeit zum Durchatmen und zum Überlegen verschaffte.

"Einen Kaffee, wie der Herr wünschte", sagte sie mit heiterer Stimme und stellte die Tasse vor mir auf den Tisch. Sie wollte gerade wieder gehen als ich sie zurückrief.

"Entschuldigung, aber wo ist der Kaffee für meine Begleitung?" Ich sah das Mädchen an. Sie starrte mich mit glasig wirkenden Augen an, reagierte und regte sich nicht. Erst jetzt fiel mir auf, dass ihre blasse Haut im Gesicht auf einmal von purpurfarbenen

Adern durchzogen war. Dies war am Vortag noch nicht der Fall gewesen, dessen war ich mir absolut sicher.

Die Kellnerin warf einen Blick auf das Mädchen, schien es jedoch nicht wahrzunehmen. Dann sah sich mich mit einem seltsamen Ausdruck an, der entschuldigend und verwirrt zugleich war.

"Sie haben nur einen Kaffee bestellt. Ehrlich gesagt habe ich Sie auch nicht mit Begleitung eintreten sehen. Ist die Person vielleicht auf Toilette?"

"Soll das ein Witz sein", platzte es aus mir heraus. Mit dem Finger deutete ich auf das Mädchen mir gegenüber. "Dort sitzt sie doch! Sind Sie etwa blind?"

Die Kellnerin musterte mich argwöhnisch. "Werden Sie nicht unverschämt und halten Sie mich nicht zum Narren. Sie sitzen alleine an diesem Tisch."

Die Wut packte mich und lauthals schrie ich: "Bringen Sie uns endlich noch einen scheiß Kaffee!"

Die anderen Leute sahen in meine Richtung und ich spürte förmlich die Blicke, die auf mich gerichtet waren.

"Unterstehen Sie sich. Wie können Sie es wagen?"

"Es tut mir leid. Ich habe einen schlechten Tag. Eigentlich bin ich nicht so. Ich würde nur gerne noch einen Kaffee bestellen."

Die Frau schüttelte nur den Kopf und murmelte: "Womit habe ich das verdient."

Kurze Zeit später kam sie mit einer weiteren Tasse zurück und stellte sie auf den Tisch mit den Worten: "Hier bitteschön. Für ihre imaginäre Freundin."

Das Mädchen hatte kein einziges Wort gesagt. In diesem

Augenblick fiel mir wieder ein, dass man sie auch schon auf der Beerdigung nicht wahrgenommen haben zu schien. Vielleicht konnte ja nur ich sie sehen. Doch sie war echt, aus Fleisch und Blut. Gestern hatte ich noch mit ihr geschlafen. Natürlich war sie real. Es konnte nicht anders sein!

Verwundert fragte ich sie: "Was war das denn bitte?"

"Was hattest du zuvor versucht mir mitzuteilen", entgegnete sie, ohne auf meine Frage zu antworten.

"Moment mal, ich will wissen, was hier vor sich geht! Ich glaube, du bist mir eine Erklärung schuldig. Warum sieht dich niemand außer mir?"

Das Mädchen beugte sich zu mir herüber und küsste mich, um mich zu besänftigen, was ihr auch gelang.

"Zunächst will ich wissen, was du mir sagen wolltest", sagte sie und ich gab schließlich nach.

"Ja...ich wollte sagen...Ich...Ich liebe dich."

Es erforderte viel Mut, diese Worte auszusprechen doch ich fühlte mich sogleich viel befreiter. Eine große Last fiel von meinem Herzen. "Ich möchte mein Leben mit dir verbringen. Du bist in meinem einsamen und tristen Leben die einzige Lichtquelle. Du bist die Personifikation des Glücks."

Das Mädchen setzte ein Lächeln auf, schwieg jedoch.

"Was ist? Na los, sag schon", drängte ich.

Schließlich sagte sie: "Bist du dir da auch sicher?"

"Ja, das bin ich. Es war Liebe auf den ersten Blick."

"Liebe?"

"Natürlich, was denn sonst?"

"Du gibst vor, nichts von mir zu wissen..."

"Das tue ich auch nicht."

"Und doch sprichst du von Liebe."

"Die Liebe meines Lebens!"

"So, so. Dann möchte ich dir etwas sagen. Wir haben uns nur einmal getroffen. Du hast dich ohne nachzudenken von mir verführen lassen. Verwechselst du nicht eher Liebe mit Verlangen?"

Mit diesen Worten hatte sie bei mir einen wunden Punkt getroffen. Wie ich dem verehrten Leser bereits mitteilte, befürchtete ich selber Liebe mit Verlangen zu verwechseln. Sie hatte im Prinzip recht. Von Anfang an stand das körperliche Verlangen im Vordergrund, da sie mich mit ihrer Schönheit bereits in den Bann gezogen hatte, als wir noch kein einziges Wort miteinander gesprochen hatten. Dennoch fiel mir ein überzeugendes Argument ein, dass ich zu meiner Verteidigung einbringen konnte.

"Wenn ich dich nur begehren würde, hätte ich dich erneut Nachts zu mir eingeladen und nicht um ein Treffen an einem öffentlichen Ort gebeten."

"Das tust du nur, aus Neugierde. Du willst wissen, warum ich dir so vertraut vorkomme, obwohl du schwörst, mich noch nie zuvor gesehen zu haben. Du willst nur etwas über mich herausfinden, um dein Bedürfnis nach Wahrheit zu stillen und nicht etwa aus Liebe. Ist es nicht so?"

Ich antwortete nicht. Es war ohnehin nicht nötig, da sie wusste, dass sie recht hatte. Allerdings fragte ich mich, woher sie so viel über mich wusste, selbst Dinge, die sie unmöglich hätte in

Erfahrung bringen können. Sie konnte in mein Inneres blicken. Ich wusste nicht welcher Zauber es war, der sie umgab, mir war nur bewusst, dass ich diesem nicht entrinnen konnte. Sie hatte mich in ihrem Bann, ich war gefangen und abhängig von ihr. Aus diesem Grund konnte sie tun, was sie wollte, da sie wusste, dass ich ohnehin nicht loslassen konnte. Als sie schließlich nackt auf meinem Bett lag, setzte mein Denkvermögen endgültig aus. Sie war mir einfach in jeglicher Hinsicht überlegen und ich war ihrer Willkür hilflos ausgeliefert. Es machte mich wahnsinnig, brachte mich um den Verstand.

Das Mädchen fuhr fort: "Aber keine Sorge. Heute werde ich dir erneut einen mitternächtlichen Besuch abstatten. Dann wirst du die Antwort auf all deine Fragen erhalten."

Mit diesen Worten stand sie auf und ließ mich alleine zurück. Wollte ich sie wirklich wiedersehen? Nein, ich wollte nicht. Dafür war sie mir einfach zu unheimlich. Wenn ich doch nur gewusst hätte, wie ich mich von ihr hätte lösen können. Doch dies vermochte ich nicht.

Ich kann nicht leugnen, dass ich mich dennoch sehr auf den Abend freute. Eigentlich wollte ich die Wahrheit nicht erfahren. Ich wollte mich lieber weiterhin meinen Illusionen hingeben, in meiner eigenen Traumwelt verweilen. Ich hoffte, sie würde mich nicht mit der Wahrheit konfrontieren, da ich befürchtete, ich könnte diese nicht ertragen und würde daraufhin endgültig dem Wahnsinn verfallen. Wenn ich ehrlich zu mir war, hoffte ich nur, sie würde den verdammten Mund einfach nicht aufmachen und es wieder genau so machen wie beim letzten Mal. Daraufhin wurde mir klar, dass ich tatsächlich nicht länger von Liebe sprechen konnte. Sie hatte mich verführt und mein Verlangen war kaum zu bändigen. Der animalische Teil, der von Natur aus jedem Menschen innewohnte, hatte die vollständige Kontrolle über mein Bewusstsein erlangt. Ich hatte in dieser Zeit nichts mehr von einem Menschen. Ich war ein Mörder und ein Wollüstling. In der Zeit, in der ich auf das Mädchen wartete, dachte ich an meinen armen Bruder. Ich verspürte Reue. Das Mädchen sollte dafür bezahlen, dass sie mich zu einer solchen Tat zwang. Es war ihre schuld, sie hatte mich dazu getrieben und war somit zu verantworten. Zwar war ich derjenige, der die Handlung letztendlich ausführte, doch sie steckte hinter alldem. Sie war der wahre Mörder meines Bruders, ich war eine Marionette. Würde sie tatsächlich wiederkommen (woran für mich kein Zweifel bestand), würde ich sie nicht mehr gehen lassen. Ich würde sie bei mir behalten und foltern. Sie sollte richtig leiden für das Leid, das sie mir zufügte. Ich würde mich rächen und mein Vergeltungsschlag würde verheerend sein. Nun war auch der Gewalttrieb in mir geweckt. Vorsichtshalber lud ich die Pistole meines Bruders, die ich behalten hatte und verstaute sie in der Schublade. Ich hatte das Gefühl, ich würde sie in dieser schicksalhaften Nacht noch gebrauchen. Und ich wartete...wartete voller Sehnsucht auf meine Rache.

Die Geisterstunde kam und das Mädchen stand vor der Tür. Ich ließ sie freundlich eintreten und versuchte mir nichts anmerken zu lassen. Äußerlich war ich ruhig, doch innerlich brodelte es in mir. In meinen Gedanken machten sich die krankhaftesten Vorstellungen breit. Oh, was würde ich ihr in dieser Nacht alles antun...

Das Mädchen nahm auf meinem Bett Platz, zog sich jedoch nicht aus. Ich verriegelte die Tür. Wir waren alleine in meinem Zimmer. Nur sie und ich. Und so hilflos wie ich ihrem Charme zuvor ausgeliefert war, so sehr sollte sie jetzt meinen Trieben ausgeliefert sein.

"Guten Abend, Schatz", säuselte ich.

"Tu nicht so scheinheilig. Ich weiß genau, was du denkst. Wann verstehst du endlich, dass ich alles über dich weiß?"

"Ich habe keine Ahnung, wovon du redest." Meine Miene verfinsterte sich.

"Du stellst dir gerade vor, wie du mich möglichst schmerzhaft umbringen kannst."

Ich lachte. "Oh, du Liebe meines Lebens", sang ich mit nicht zu überhörender Ironie in meiner Stimme. "Ich würde dir niemals weh tun! Niemals würde ich dir Leid zufügen!"

Ich setzte mich neben sie aufs Bett und legte meinen Arm an ihre Schulter. Meine Hand wanderte unter ihr Kleid und suchte eine Stelle an ihrem Hals, an dem sie zudrücken konnte.

"Und jetzt befehle ich dir, dich auszuziehen", verkündete ich feierlich und setzte ein teuflisches Grinsen auf, das meine Zähne entblößte. Da keine Reaktion folgte, begann ich, sie zu würgen, doch selbst das schien ihr nichts auszumachen. Sie regte sich nicht.

"Du verdammtes Miststück hast meinen Bruder umgebracht", brüllte ich sie an. "Dafür wirst du bezahlen! Ich werde dich derart leiden lassen, dass du dir wünschst, du wärst nie geboren wurden."

Die blasse Haut des Mädchens wurde plötzlich aschfahl und die purpurfarbenen Adern traten deutlich heraus, genau wie ihre Augen. Erschrocken von diesem Anblick, löste ich meinen Griff und sprang auf. Mit vor Entsetzen geweiteten Augen beobachtete ich, wie das Mädchen auf einmal größer und größer wurde. Sie warf einen dunklen Schatten, der genau auf mich fiel und breitete die Arme aus. Sie begann in Sekundenschnelle zu altern und lachte währenddessen in verschiedenen Oktaven. Dieser Anblick war derart verstörend, dass ich glaubte, den Verstand zu verlieren. Ich sackte zusammen und kroch in die andere Ecke des Zimmers, in Richtung der Schublade...

Die Kreatur lachte: "Du hast nichts, nichts womit du mir Angst einzuflößen vermagst. So viel Kraft, so viel Temperament und du kannst nichts damit anfangen."

Ich schrie aus Leibeskräften: "Du Teufel, du Verkörperung des Bösen! So lass mich doch in Frieden! Was bist du?"

Auf einmal stand wieder das schöne Mädchen vor mir, nicht die grässliche Gestalt. Sie sah wieder genau so schön aus wie auf der Beerdigung.

"Du hast deinen Bruder umgebracht. Das war nicht ich!"

"Du hast mich dazu gezwungen!"

"Das warst du selber."

Die Ruhe, mit der das Mädchen sprach ängstigte mich mehr als alles andere. Mittlerweile hatte ich die Schublade erreicht, öffnete sie am ganzen Leibe zitternd und nahm die Waffe in die Hand. Ich richtete sie auf die Kreatur.

"Jetzt ist es an der Zeit, die Wahrheit zu erfahren", sprach ich. "Was bist du?"

"Darum war ich dir die ganze Zeit so vertraut vorgekommen. Aus diesem Grund hast du dich, ohne mich zu kennen, zu mir hingezogen gefühlt. Deswegen wurdest du vor lauter Kummer zum Mörder, weil du mich wiedersehen wolltest."

"Ich will endlich die Wahrheit wissen", schrie ich, außer mir vor Zorn und betätigte den Auslöser. Da ich jedoch zu stark zitterte und daher nicht richtig zielen konnte, verfehlte ich sie und die

Kugel bohrte sich in die Wand.

Das Mädchen lächelte müde und sah mich fast schon mitleidig an, mit der gleichen Wärme in ihren Augen, die mich damals so in ihren Bann zog.

"Ich bin du!"

Ich begriff nicht. "Was redest du?"

"Ich bin eine Verkörperung deines Unterbewusstseins. Dein ganzes Leben lang musstest du deine Triebe zurückhalten. Die strenge Erziehung deiner Mutter sorgte dafür, dass du deine Fantasien verdrängt hast. Nach ihrem Tod kamen diese verborgensten Wünsche wieder an die Oberfläche und fanden in mir ihre Verkörperung."

"Das heißt, du bist nicht real? Du bist nur in meinem Kopf?"

"Warum sollte etwas, das nur in deinem Kopf ist nicht real sein? Ich bin ein Teil von dir. Der dunkelste, geheimste Teil von dir. Deine triebhafte böse Seite."

"Daher konnte dich niemand sehen."

"Ich bin eine Idee. Ein Ideal. Dein Ideal. Ein perfektes Mädchen, das dich verführt, zu furchtbaren Taten treibt und deine Flucht aus der Realität darstellt. Für einen Traum hast du dein eigenes Leben aufgegeben und zerstört. Wegen einer Idee bist du zum Mörder geworden. Du hast deinen Bruder umgebracht. Ich bin dieser Trieb. Ich bin der menschlichste Teil deiner Selbst. Der Mensch ist von Natur aus triebgesteuert, animalisch, primitiv, gewalttätig. Nur durch die Gesellschaft, durch den Staat und Gesetze, wird er verharmlost. Doch früher oder später holt die wahre Natur des Menschen ihn ein. Du bist deinen Trieben gefolgt, ohne dich von Gesetzen und Normen einschränken zu lassen. Gewissermaßen bist du somit der letzte Mensch!"

Wie gelähmt lag ich auf dem Boden und konnte nicht fassen, was mir mein Unterbewusstsein soeben mitgeteilt hatte. Langsam erhob ich wieder die Waffe und richtete sie auf das Mädchen.

"Du kannst mich nicht töten, denn ich bin kein Teil der materiellen Welt. Das bedeutet nicht, dass ich nicht real wäre, es bedeutet nur, dass ich so lange existiere, wie auch du existierst."

"Wenn das so ist, werde ich dem wohl ein Ende bereiten müssen", seufzte ich und hielt mir die Waffe nun an die eigene Schläfe. "Ich kann so nicht weiterleben. Ich drohe in meinen Schuldgefühlen zu ertrinken. Es hat keinen Sinn mehr."

Das Mädchen sagte: "Du vereinst alle menschlichen Eigenschaften in dir. Du hast Liebe empfunden. Für deine Mutter, für deinen Bruder und eine Zeit lang sogar für mich. Du spürst Verlangen und Begierde. Du mordest, bist emotional, aggressiv, gewalttätig, leidenschaftlich. Du bist das menschlichste Wesen, das man sich nur vorstellen kann. Meine Aufgabe war, dir dies zu vermitteln und dich mit der Wahrheit zu konfrontieren. Ich habe dich aus deinen Fesseln befreit und dir gezeigt, wer du wirklich bist. Deine Menschlichkeit wurde zu lange unterdrückt. Sie musste freigesetzt werden, um der Freiheit willen. Ich werde jetzt verschwinden, zurück in dein Unterbewusstsein kehren. Was du machst, ist allein deine Entscheidung. Du bist frei und es steht dir zu, wählen zu dürfen. Deine Triebe haben dich zu gewissen Handlungen gezwungen, doch du hast deine Lektion gelernt. Also darf dein Verstand wieder aktiv werden. Denn auch dieser gehört zum Menschen dazu und du verfügst ebenfalls über diesen. Leb wohl, letzter Mensch!"

Nachdem sie geendigt hatte, war das Mädchen verschwunden. Es löste sich in Luft auf. Fassungslos lag ich nun dort. Ich war kurz davor, mich selbst zu erschießen. Doch gerade als ich abziehen wollte, ließ ich die Waffe fallen und tat es nicht. Ich dachte rational nach. Meine geliebte Mutter hätte nicht gewollt, dass sich beide ihrer Söhne umbrachten. Ich war ein Mörder, hatte meinen Bruder umgebracht. Dieser Erkenntnis war ich mir erst jetzt völlig bewusst geworden und meine Gefühle übermannten mich. Ich weinte, ich weinte erbittert, stundenlang. Endlich hatte ich der Wahrheit ins Auge gesehen. Mein Bruder verdiente Gerechtigkeit. Ich musste für meine Tat büßen, da ich selber mit meiner Lüge nicht länger leben konnte.

Ich suchte die Polizei auf, mit der Absicht, einen Mord zu melden...einen, den ich begangen hatte. Es gab einen Prozess, ein großer medialer Aufschrei. Die Leute waren schockiert, entsetzt. Für ein Monster wurde ich gehalten, doch nur ich selber wusste, wer ich wirklich war.

Wie erwartet, wurde ich lebenslänglich eingesperrt. Ich schreibe diese Geschichte im Gefängnis. Zeit zum Nachdenken und Reflektieren habe ich hier schließlich genug. Es ist Zeit, der Welt mein wahres Gesicht zu zeigen. Ich selbst habe mittlerweile akzeptiert, wer ich bin und bin mit mir im Reinen. Meine Seele habe ich befreit, indem ich meine Geschichte niedergeschrieben habe. Dem verehrten Leser möchte ich für seine Zeit danken. Diese ist das höchste Gut, das uns Menschen zur Verfügung steht und daher möchte ich ihm raten, seine sinnvoll zu nutzen. Denn die Menschlichkeit verbindet uns alle miteinander. An dieser Stelle endet meine Geschichte. Was für eine Ironie, dass der letzte natürliche Mensch in seinem Ursprung und Kern in einer staatlichen Einrichtung zur Bestrafung der Triebe endet...

4 Der Schatten des Todes

Zweifellos äußere ich keinen revolutionären Gedanken, wenn ich feststelle, dass das Leben eine einzige Qual darstellt. Beginnend mit den Schmerzen der Geburt setzt sich wahrhaftig ein Teufelskreis aus Leid ein, der nur kurzzeitig unterbrochen wird von der Unbeschwertheit der Jugend. Eben jene scheinbar glückliche Zeit des Daseins löst beim Menschen die Illusion aus, dass das Leben doch nicht so furchtbar ist, dass es Hoffnung auf Besserung gibt, dass alles noch in gewünschte Bahnen gelenkt werden kann. Somit errichtet sich der Mensch ein Geflecht aus Lügen, um diese völlig an der Realität vorbeigehende Illusion aufrechtzuerhalten. Doch selbst das stärkste Geflecht, selbst das scheinbar undurchdringlichste Netz stößt ab einem gewissen Zeitpunkt an die äußersten Grenzen seiner Belastbarkeit. Eine Erfahrung, die der Mensch schmerzhaft machen muss, notwendigerweise machen muss, denn keine Lüge hält ewig und die Wahrheit findet stets eine Möglichkeit, sich ihren Weg zu bahnen. Lebt doch der Tor sein ganzes elendes Leben in dem Irrglauben, dass doch noch nicht alles verloren und dass er selbst imstande sei, einen Weg aus der Misere zu entdecken und jener eigenständig zu entkommen, so erkennt der Weise die Ausweglosigkeit aus diesem Labyrinth und akzeptiert die Sinnlosigkeit des Daseins. Ich selbst vermag nicht zu entscheiden, welcher Weg der bessere ist. Entweder einigermaßen, soweit es die Umstände des Lebens zulassen, glücklich zu sein, sich dabei jedoch was vorzulügen, um sich vor der Wahrheit zu drücken oder die Erkenntnis wahrhaftiger Weisheit und edlen Wissens zu erlangen, sich dabei jedoch logischerweise vollkommen unerfüllt zu fühlen. Ich weiß, wovon ich spreche, erlebte ich in meiner eigenen Existenz doch sowohl die Zeiten als Tor als auch als Weiser. Schmerz lässt sich unter Kontrolle halten, Leid kann vergessen werden. Doch nur für eine gewisse Dauer, denn irgendwann holt das Leben einen immer ein. Und der Moment, in dem die eigenen Augen geöffnet werden, in dem man sich der Ausmaße des eigenen Versagens bewusst wird, spürt man, wie das Leben einen verraten hatte und an einem vorbeizog, ohne dass man selber davon erfahren hat. Ein einziger Fehler und alles war vorbei. Unwiderruflich und endgültig. Vorbei! Der Wahnsinn ist die einzig logische Reaktion auf die Tragödien des Lebens. Somit erübrigt sich die Frage, warum in unserer Welt immer mehr Menschen den Verstand verlieren. Wie sei es schließlich möglich die Vernunft, die den Menschen ebenso wie dessen Triebe charakterisieren, walten zu lassen, wenn der Schmerz der unerfüllten Liebe, des Verlusts eines nahestehenden Menschen und die allgemeine Sinnlosigkeit des Seins einen plagen. Wie es immer so ist und schon immer war, prasselt das Böse nur so auf einen ein. Nicht langsam und der Reihe nach, sondern auf einmal. Als sei der Mensch wie eine Zielscheibe an einem Baum gefesselt und der Schütze in Gestalt des Schicksals durchlöchere ihn mit seinen Pfeilen. Traurig aber wahr. Niemand hat je behauptet, das Leben sei gerecht, dass es eine Art höhere Moral gebe oder das Gute am Ende siege. Denn am Ende jeden Lebens lauert der Tod, dessen gewaltiger Schatten sich allgegenwärtig über alles Irdische legt. Spätestens dann muss auch der Tor einsehen, dass all sein Streben zu nichts geführt hatte, gab es doch im Leben kein Glück, abgesehen von dem flüchtigen und vergänglichen wie jedweder Form des Genusses und der Wollust. Ebenso ins Leere muss unweigerlich jede Form des Strebens führen. Sie vergiftet den Geist, belastet die Seele mit unwahren Erwartungen. Der größte Irrglaube ist zweifelsohne die Annahme, der Mensch sei seines Schicksals eigener Schmied. Da wir den Sinn unserer eigenen Existenz und somit auch der der gesamten Rasse nicht auszumachen vermögen, führt kein Weg an der sich daraus ergebenden Konklusion vorbei, dass wir einer höheren Macht, wie auch immer diese aussehen mag, ausgesetzt sind. Diese allein entscheidet über Gedeih und Verderb, ohne dass wir auch nur den geringsten Einfluss darauf hätten. Sollte etwas so sein war es ebenso vorherbestimmt wie wenn etwas nicht hatte sein sollen. Sich seinem Schicksal zu widersetzen ist somit nichts als unnötiger Kräfteverschleiß. Dennoch lässt sich derjenige, der dies dennoch tut, nicht verurteilen, hat er doch im Grunde keinen Einfluss auf sein eigenes Handeln, obwohl er doch in eben jenem verräterischen und krankhaften Glauben lebt. Der Rebell ist ebenso nicht für sein Tun zu verantworten wie der Genügsame, da dieses Verhalten doch jeweils so und nicht anders schon seit Anbeginn der Zeit vom Universum vorherbestimmt war und sich somit nicht ändern lässt. Demzufolge stellt das Widersetzen der eigenen Triebe, des eigenen Verstandes, des eigenen Handelns ein unmögliches Unterfangen dar. Denn sollte sich dieser Mensch in eine andere Richtung entwickeln, wäre dies so vorherbestimmt gewesen. Tritt dieser Fall folglich, wie so oft, nicht ein, so wird er es auch nie, ganz gleich wie sehr sich der Betroffene auch danach sehnt und es verzweifelt versucht. Im Übrigen ist auch jenes Sehnen und Wünschen im vorherbestimmten Charakter fest verankert. Jegliches Zuwiderhandeln bricht also die Gesetze der Natur und ist in der realen Welt nicht umsetzbar. Es ist das Schicksal, dem wir ergeben dienen, nach dessen Regeln wir spielen und nicht etwa unser uns innewohnendes Gutdünken. Um festzustellen, dass es dieses metaphysische, nicht identifizierbare Etwas nicht gut mit dem Menschen meint, bedarf es keiner umfassenden wissenschaftlichen Analysen. Es genügt ein Blick auf die Leiden in der Welt. Auf das Böse, das wir selbst jederzeit verkörpern können, ohne daran etwas ändern zu können. Möglicherweise stellt dieses Jammertal des Lebens eine Herausforderung dar, um den Menschen auf die Seligkeit des Lebens nach dem Tod vorzubereiten. Doch glaube ich nichts dergleichen. Da sich unser gesamtes Weltbild, unsere Empfindungen und die

Wahrnehmung in unserem Kopf abspielen und dieser nicht mehr zu arbeiten in der Lage ist, wenn der düstere Tod ihn einholt, komme ich zu dem Schluss, dass der Tod das Ende bedeutet und danach nichts weiter geschieht. Doch wer will weiterleben, möglicherweise gar ein weiteres Mal in diese grauenhafte Welt zurückkehren? Ist dieses eine irdische Leben nicht schon so schlimm, dass es jeglichen Wunsch nach Fortbestand der Existenz bereits im Kern erstickt? Da ich selber in der absoluten Ausweglosigkeit geendet bin, möchte ich gerne berichten, was mich zu diesem überaus pessimistischen, wenngleich einzig wahrem Weltbild veranlasst hat. Meine Erfahrungen und traurigen Erlebnisse werde ich im Folgenden schildern. Doch möchte ich nicht bemitleidet werden, ist das Leben doch nun einmal so. So und nicht anders. Ungerecht, grausam und etwas, das besser nicht wäre und dennoch ist. Für mich und für jeden anderen, denn Mensch sein, bedeutet unglücklich sein.

Schwermütig und melancholisch wie ich schon immer war, suchte ich stets nach einem höheren Sinn in meinem Leben, etwas, das mir zur Orientierung verhalf, nach dem ich mich richten konnte. Ich glaubte nicht an einen Gott, dem ich mich unterwerfen konnte. Schließlich glaubte ich den Sinn meines Daseins in der Liebe ausgemacht zu haben, in der Leidenschaft. Zu dem Zeitpunkt war ich noch ein Tor, der noch nicht zur wahren Erkenntnis gelangt war. Jung und unschuldig wie ich war, glaubte ich also noch an etwas. Mein größter Lebenswunsch blieb mir in jungen Jahren noch verwehrt. Die Mädchen beachteten mich nicht, straften meine verzweifelten Annäherungsversuche mit Ignoranz, Unverständnis und zuweilen gar Respektlosigkeiten. Die Dummen und Unfähigen wurden mir vorgezogen, dabei war ich derjenige, der den Mädchen jeden Wunsch von den Lippen abzulesen schien, sich um sie fürsorglich kümmerte und dem keine Anstrengung für ihr

Wohlergehen zuwider war. In dieser schweren Zeit meines Lebens, die ich rückblickend als sehr lehrreich erachte, wurde ich zum ersten Mal jäh aus meinen Illusionen der Kindheit gerissen, denen ich mich so leidenschaftlich hingab. Die Liebe, die niemals erwidert wurde zeigte mir die Ungerechtigkeiten des Lebens auf. Doch noch hatte ich die Hoffnung bewahrt. In meinem jugendlichen Leichtsinn wollte ich schlichtweg nicht wahrhaben, dass es im Leben nicht das gab, was ich mir derart sehnsüchtig erhoffte. Ich versuchte es wieder und wieder, umwarb die schönsten und gutherzigsten Mädchen, die mir begegneten und verschrieb mich vollkommen der Liebe, ließ mich fallen und ging nahezu vollständig in dieser Leidenschaft auf. In dieser Art Wahn, den ich als krankhaft bezeichnen möchte, verlor ich mich selbst. Ich litt die Qualen der Liebe wie kein anderer. Es gelang mir nicht, loszulassen. Schließlich wollte ich dem aktuell angebeteten Mädchen doch unter Beweis stellen, dass ich es mit der Liebe ernst meinte und dass es sich bei mir keineswegs nur um einen Wollüstling handelte. Dieses scheinbar noble Verhalten ließ mich mehr leiden als es notwendig gewesen wäre. Stets versuchte ich diejenigen zu beeindrucken, die kein Gefallen an mir fanden.

Ich verfiel dem Alkohol. Dieser stellte fortan den einzigen Halt in meinem Leben dar, da ich keine Familie hatte. Meine Eltern waren früh gestorben, die Pflegeeltern hasste ich und verließ sie umgehend, nachdem ich zum Manne gereift. Ich trank niemals um des Trinken willens. Ich trank, um zu vergessen. Ich trank, um der Ausweglosigkeit meiner Situation zu entrinnen. Ich verlor mich im flüchtigen Glück, denn nur im stark alkoholisierten Zustand, vermochte ich die Last meines Lebens zu ertragen. Ich nahm an, nur in diesem Zustande inneren Frieden zu erlangen.

Mein augenscheinlich erfolgloses Werben, fand letztendlich wider Erwarten doch noch ein positives Ende. Im Alter von 28 Jahren kam ich mit einem Mädchen zusammen, das meine

Liebe endlich erwiderte. Immer noch jung und sorglos wie ich war, gab ich mich erneut den geliebten Illusionen hin. Alles war gut, das Leben sei doch nicht so schlimm und ähnliches. Im Glauben des sicheren Sieges, ließ ich mich gehen. Mit dem Mädchen, Luisa war ihr Name, entbrannte eine derart heftige Leidenschaft, wie ich sie selbst nie für möglich gehalten, wie ich sie mir schöner nicht hätte erträumen lassen. Und doch quälte mich etwas tief in meinem Innern. Ich ließ mir nichts anmerken. Ich war schließlich geübt darin, eine Maske zu tragen. Die Fassade machte einen glücklichen und stets gut gelaunten Eindruck. Vor dem Spiegel hatte ich jenes falsche Lächeln eingeübt, dessen ich mich immer wieder bediente, um auch Luisas Illusionen aufrechtzuerhalten.

Eigentlich hatte ich alles. Mein größter Lebenstraum ging mit der Heirat Luisas in Erfüllung. Zwar besaßen wir nicht viel an Materiellem und wir mussten uns unseren Lebensunterhalt mit Gelegenheitsaushilfen verdienen, doch fühlte ich mich trotzdem wie ein reicher Mann. Und eben dies gab mir zu Denken und stimmte mich derart melancholisch. Denn nun, wo ich wahrlich für meine bescheidenen Ansprüche alles besaß, machte sich in meinem Herzen eine schauerhafte Furcht breit. Nämlich die, meinen ganzen Besitz zu verlieren! Je mehr der Mensch besitzt, desto unglücklicher wird er, da das Streben den Geist vergiftet. Und in der Armut ist er ebenso unglücklich, da er nichts besitzt und ihm seine tiefsten Wünsche verwehrt werden. Aus diesem Grund ließ sich die Vorstellung vom Glück getrost in das Reich der Sagen und Märchen verbannen!

Ganz gleich wie sehr man auch etwas begehrte, bewunderte, wenn man es schließlich bekam und die anfängliche Welle der Euphorie überwunden hatte, wurde das Besondere zum Gewöhnlichen. So war es auch bei Luisa. Je mehr Zeit ins Land strich, desto weniger reizte mich ihre prächtige Weiblichkeit und ihr frommes Herz. Ich sah ihr ins Antlitz und spürte nichts dabei. Kein sinnliches Zucken, kein pochendes Herz, nicht einmal ein schwaches Lächeln konnte sie mir abgewinnen. Nach sechs Jahren der Ehe hatte meine Frau ihren ganzen Reiz einbüßen müssen. An dieser Stelle wäre es wahrscheinlich Zeit gewesen, die Ehe zu beenden. Wir taten es jedoch nicht. Vermutlich, weil ich merkte, dass Luisa nicht so empfand wie ich. Ich spürte, dass sie mich nach wie vor aufrichtig liebte. Zwar freute mich einerseits die Aufmerksamkeit, die mir nach all den Jahren des elenden Wartens so sehr gefehlt hatte, andererseits bedauerte ich das arme Mädchen jedoch auch, da ich nicht länger in der Lage war, ihr das zu bieten, was sie wünschte, was sie verdiente.

Das zuvor stets so glückliche Mädchen verfiel in eine tiefe Depression. Die räumliche Nähe zwischen uns beiden war zwar nach wie vor vorhanden, schließlich lebten wir noch gemeinsam im selben Haus und teilten uns das gleiche Bett, doch die emotionale Nähe war verflogen. Unsere Beziehung verkam zu einer Art Zweckgemeinschaft, worunter meine Frau sehr zu leiden hatte. Ich dagegen hinterfragte mein gesamtes Weltbild. War es nicht immer die Liebe, die ich als Sinn meines Lebens auserkoren? Wieso war ich dann immer noch so unglücklich? Konnte es gar sein, dass ein glückliches Leben für mich gar nicht vorherbestimmt war? Dass ich Zeit meines Lebens der Unerfüllte, der Rastlose war? Gab es so etwas wie Glück überhaupt? Jene Fragen, auf die ich mittlerweile eine Antwort gefunden habe, stellte ich mir damals.

Ich neigte dazu, mich der grausamen Realität zu entziehen. Um so wenig wie möglich von meiner inneren Leere und Unerfülltheit wahrzunehmen, steigerte ich mich in niemals für möglich gehaltene Trinkexzesse. Zwischen dem Alkohol und mir entwickelte sich eine Hassliebe. Ich konnte nicht mehr ohne ihn leben. So leerte ich noch vor dem ersten Mahl des Tages eine

Flasche Schnaps. Über den Tag verteilt benötigte ich mehrere Flaschen Wein. Zudem suchte ich Zuflucht in der Kunst, der ich Zeit meines Lebens sehr zugewandt war. Ich verschlang eine Lektüre nach der anderen und ließ mich in der Kunst der Musik unterweisen. Luisa vernachlässigte ich dabei vollkommen. Sie sorgte sich sehr um mich, doch alle Versuche, sich mir zu nähern, unterband ich. Ich wollte einfach nur meine Ruhe. Ewige Ruhe war das einzige, wonach ich mich sehnte.

Wie ich zu meiner Schande gestehen muss, behandelte ich das Mädchen in dieser Zeit äußerst grob. Wenn ich mitten in der Nacht stark betrunken nach Hause kehrte, wo sie mich sehnsüchtig erwartete, öffnete ich in der Regel noch eine weitere Flasche Wein. Sie versuchte mich davon abzuhalten und in meinem Wahn kam es oft dazu, dass ich sie beinahe tot prügelte. Trotzdem tat dies ihrer unsterblichen Liebe keinen Abbruch. Ebenso wenig die zahlreichen Affären mit anderen Frauen, in die ich mich wahllos stürzte und wovon ich ihr im alkoholisierten Zustand stolz berichtete. Zweifelsohne war sie zutiefst verletzt, weinte oft und zog sich meist zurück, doch würde sie mich niemals verlassen. Dafür bewunderte ich sie zutiefst. Dass ich selber offenbar nicht zu einer solch innigen Liebe fähig war, obwohl dies doch meinen allergrößter Herzenswunsch darstellte, deprimierte mich nur noch mehr und stürzte mich immer tiefer in die Abhängigkeit.

Wir gerieten in finanzielle Nöte, da ich unser mühsam erspartes Geld für Alkohol ausgab. Versunken in dieser Hoffnungslosigkeit, musste Luisa sich prostituieren, die letzte Möglichkeit, um an Geld zu gelangen. Sie willigte schließlich ein, jedoch nur äußerst widerwillig, was ich gut nachvollziehen konnte. Ich dagegen versuchte mich als Straßenmusikant, da meine musikalischen Fähigkeiten mittlerweile ausreichten, um damit wenigstens ein bisschen Geld zu verdienen, wie ich jedenfalls selber glaubte. Den Menschen schien meine Musik auch zu gefallen, bezahlten mich allerdings nicht, da sie mich spätestens beim Anblick der sich immer in meiner Nähe befindenden Schnapsflasche nicht mehr ernstnahmen. Somit waren all meine Unternehmungen nicht von Erfolg gekrönt. Daran war ich gewöhnt!

Nur wenige Wochen später erhielten wir eine schreckliche Nachricht. Luisa hatte sich von einem unbekannten Mann die Syphilis eingefangen und war somit dem Tode geweiht. Die Diagnose erfolgte durch einen angesehenen Arzt, der uns auch mitteilte, dass keinerlei Hoffnung auf Heilung bestand.

Luisa selbst schien diese Nachricht recht gelassen hinzunehmen. Ich spürte, dass ihr diese schlimme Krankheit gar gelegen kam, hatte sie doch jeglichen Lebenswillen aufgrund ihrer unerfüllbaren Liebe verloren. Sie schwelgte in Erinnerungen an vergangene Zeiten, als wir noch ein glückliches Paar waren, vor meiner Abhängigkeit, vor der meinerseits erloschenen Liebe zu ihr. In der Folgezeit bekam ich sie nur noch selten zu Gesicht. Sie befand sich praktisch den ganzen Tag in ihrem Schlafgemach. Der Schatten des Todes legte sich über unser Haus. Er erfüllte die Luft, die ich atmete mit einer Eiseskälte. Die Stille war derart unerträglich, dass ich kaum noch logisch zu denken vermochte, zumal meine Sinne durch meinen noch stärker gewordenen Alkoholkonsum ohnehin vernebelt waren.

So sehr ich auch Mitleid mit dem armen Geschöpf empfand, das dort in unserer Schlafkammer lag, so sehr ängstigte es mich auch. Selbst vollkommen betrunken grauste mir noch vor ihrem Anblick. Wenn ich des Nachts von meinen Trinkexzessen nach Hause kehrte, getraute ich mich kaum, unser gemeinsames Schlafgemach zu betreten, wo die kaum noch als meine ehemals geliebte Frau Luisa identifizierbare Gestalt mich erwartete. Wortlos legte ich mich neben sie. Ich drückte ihr noch einen flüchtigen Kuss auf die Wange, woraufhin sie ihre Augen weit aufriss. Dies ließ mich erschaudern, widerte mich an. Ihre Augen waren blass und wie von einer dünnen Haut überspannt. Ihrem Antlitz war jegliche Menschlichkeit gewichen. Sie glich wahrhaftig mehr einer Toten denn einer Lebenden.

Im Schlaf träumte ich immer von diesen Augen, diesen weit aufgerissenen Augen. Mir war durchaus bewusst, dass sich dieser grauenhafte Anblick derart in mein Unterbewusstsein gebrannt hatte, dass es mir nicht möglich war diesen jemals vergessen zu können.

Es geschah an einem 9. Oktober als Luisa die materielle Welt verließ um in eine höhere Dimension einzukehren. Wie immer betrat ich das Haus mitten in der finstersten Nacht. Finster wie der Tod. Als ich mich taumelnd in Richtung Treppe bewegte erstarrte ich plötzlich und stieß einen grauenhaften Schrei der Angst aus. Auf der obersten Stufe stand Luisa. Gekleidet in ein weißes Kleid, definitiv ein Totenkleid. Ihre Haut war weiß, völlig weiß. Jegliches Leben war aus ihr gewichen. Die schrecklichen Augen aufgerissen und starr auf mich gerichtet. Ausdruckslos. Ihre Lippen waren blau und von unnatürlichen Furchen durchzogen. Das Haar, aus dem die Farbe gewichen war, hing in fettigen Strähnen von ihrem Haupt herab.

Ich suchte nach Halt, der Schock saß allerdings derart tief, dass ich zu Boden stürzte und voller Furcht hinauf sah. Ich fühlte mich ausgeliefert, was jedoch keinen Sinn ergab, schließlich hatte ich es mit einer nun schon mehr als halb toten Frau zu tun, mit der ich im Notfall problemlos fertig werden würde. Doch ohnehin würde sie mir niemals Leid zufügen. Dafür liebte sie mich einfach zu sehr. Ich verharrte also auf dem Boden und beobachtete die geisterhafte Erscheinung auf der Treppe, wobei ich mich fragte, ob ich in meinem Rausch nur halluzinierte.

Luisa erhob plötzlich einen hageren, langen Arm und streckte mir ihre tote Hand entgegen. Zu meinem Entsetzen stellte ich fest, dass sie ein Messer in der Hand hatte. Langsam stolperte sie die Treppe herunter. Eine Stufe nach der anderen. Kam näher, näher und näher. Und ich blieb regungslos liegen, unfähig zu sprechen oder mich zu bewegen. Der Angstschweiß bildete sich auf meiner Stirn und mein Herz pochte derart heftig, dass ich befürchtete, es würde mir den Brustkorb sprengen. Nun war ich mir bewusst, dass ich, sollte Luisa tatsächlich den Verstand verloren haben und planen, mich umzubringen, möglicherweise um sich bei mir für meine jahrelange Ignoranz zu rächen, ich ihr vollkommen wehrlos ausgeliefert war. Ich war schlichtweg zu schockiert, um Gegenwehr zu leisten. Im Prinzip wollte ich dies auch gar nicht. Sollte dies mein Ende sein, sollte es so vorherbestimmt sein, dann wäre es eben so. Mal abgesehen davon lag mir ohnehin nichts mehr an meinem Leben. Zu übermächtig war die innere Leere mittlerweile geworden. Ich war bereit zu sterben, bereit durch ihre Hand zu spüren, wie sich der Schatten des Todes über mich legt. Also blieb ich in meiner Paralyse auf dem Boden liegen und kauerte mich zusammen.

Auf einmal erklang Luisas Stimme, doch es war nicht sie die sprach. Ihre Stimme klang nicht wie die ihre, sondern kalt und mechanisch. Es war der Tod selbst, der sich ihrer bemächtigt hatte und nun kam, um mich zu holen.

"Ich werde diese Nacht nicht überstehen, Geliebter", sprach der Tod, dessen Schatten sich nun endgültig meiner bemächtigte. "Doch wir werden zusammen diese Welt verlassen. Ich liebe dich zu sehr als dass ich dich alleine zurücklassen könnte. Ich weiß, dass du totunglücklich bist. Also wirst du mit mir kommen! Ich werde diesem Spuk ein Ende setzen und uns beide von der Last dieses unerträglichen Lebens befreien."

Luisa hatte tatsächlich den Verstand verloren. Mit irren Augen und dem erhobenen Messer stürzte sie sich auf mich, sprang von der vorletzten Treppenstufe herab und stieß einen zutiefst erschütternden, unbeschreiblich schrecklichen Schrei aus, der wie eine Sirene erklang und mir beinahe das Trommelfell zerstörte.

Im letzten Augenblick rollte ich mich zur Seite weg. Ich ließ es nicht geschehen. Mein Überlebensinstinkt war auf einmal aktiviert, obwohl ich selber gar nicht mehr wusste, dass dieser überhaupt existierte. Luisas abgemagerter Körper knallte also mit voller Wucht auf den Boden, das Messer bohrte sich in den Boden aus Holz und nicht wie von ihr beabsichtigt in mein Herz. Beim Aufprall musste sie sich, dem lauten Knacken und ihrem schwachen Stöhnen zufolge einige Knochen gebrochen haben. Etwas verwirrt und mit Tränen in den Augen, die diese nur noch blasser und grauenhafter erscheinen ließen, blickte sie sich nach mir um. Ich rollte mich noch ein Stück weiter bis ich an der Wand angelangt war und verblieb dort, unfähig, mich zu erheben. Der Tod riss das Messer aus dem Boden, umklammerte es mit festem Griff und kroch langsam auf mich zu.

"Ich will dir nur helfen. Es ist nur zu deinem Wohl. Lass es geschehen, Geliebter. Lass es einfach geschehen", sprach Luisa. Ein eiskalter Schauer lief mir den Rücken herunter. Das Blut in meinen Adern gefror. Ich vermochte nicht zu antworten und beobachtete stattdessen wie sie immer näher und näher und näher kam. Mein Wille war nun endgültig gebrochen, woran auch der Überlebensinstinkt nichts zu ändern vermochte. Ich war des Kämpfens müde und sehnte mich nach dem Tod.

"Beende es", brachte ich schließlich mühsam und mit zittriger Stimme heraus. "Ich will ohnehin nicht mehr leben. Erlöse mich vom Schmerz. Erlöse uns beide! Es wird Zeit!"

Wie um dem Tod einen gebührenden Empfang zu bereiten, breitete ich die Arme aus und brach in irres Gelächter aus. Zum ersten Mal seit Jahren spürte ich wieder so etwas wie Freude und das ausgerechnet im Angesicht des sich mir bedrohlich nähernden Todes. Die Aussicht auf Erlösung ließ mein angespanntes Herz wieder ruhig schlagen. Wie von meinem Verhalten angesteckt, stieg Luisa in das Gelächter mit ein. Ihre Mundwinkel verzogen sich zu einer unbeschreiblich furchtbaren Grimasse, ihr Gelächter erfüllte das ganze Haus. Sie befand sich nun in Reichweite, sodass ein Angriff mit dem Messer möglich war. Sie erhob es, die Klinge schnellte durch die Luft, visierte mein Herz an. Doch dann geschah etwas höchst Unerwartetes. In ihrer hastigen Bewegung streifte sie versehentlich das Tischbein. Daraufhin begann der ganze Tisch zu wackeln. An der Tischkante befand sich eine noch ungeöffnete Flasche Wein, die aufgrund der Erschütterung umkippte und herunterfiel. Meine ohnehin getrübte Wahrnehmung versagte endgültig. Mehrere Dinge schienen gleichzeitig einzutreten, verschwammen in meiner Vorstellung miteinander und ergaben ein einziges Bild des Grauens. Ich spürte einen stechenden Schmerz in meinem linken Oberarm, der mich wie wild aufgellen ließ. Mein eigener Schmerzensschrei verschwamm mit dem Luisas. Ich vernahm einen lauten Knall. Glas zerschmetterte und die kleinen Splitter flogen durch die Luft und verstreuten sich auf dem Boden. Blut rann aus sämtlichen Poren. Dann wurde alles schwarz. Der Schatten des Todes. Ich fiel in Ohnmacht.

Es war mir ein Unmögliches eindeutig zu sagen, wie lange ich im Schlaf des Todes versunken war. Es konnten fünf Minuten gewesen sein. Oder aber auch fünf Tage. Jedenfalls wachte ich wieder auf. Ein schrecklicher Anblick bot sich mir. Direkt zu meinen Füßen lag die Leiche Luisas. Ihre Augen, obwohl schon längst in Totenstarre gefallen, waren nach wie vor weit geöffnet und auf mich gerichtet. Ihr Mund war ebenfalls weit aufgerissen und entblößte die gelben Zähne. Die Luft war satt vom widerlichen Gestank von Fäulnis und Tod. Luisa lag in einer Lache ihres eigenen Blutes, das so schwarz war wie der Tod selbst und keinerlei Menschlichkeit mehr aufwies. An ihrem Kopf konnte ich eine schwere Platzwunde ausmachen, aus der das Blut über ihr erstarrtes, leichenblasses Gesicht rann und zu Boden tropfte. Überall waren Glassplitter verteilt. Wein vermischte sich mit Blut. Ich sah an mir herab. Die Klinge hatte sich tief in meinen Arm gebohrt und auch an mir rann das Blut nur so herab. Behutsam und unter starken Schmerzen zog ich das Messer heraus und warf es beiseite. Es war vollkommen durchtränkt von meinem Blut. Ich übte mit der Hand großen Druck auf die klaffende Wunde aus und verzog schmerzverzerrt das Gesicht. Just in diesem Augenblick wurde mir bewusst, was sich zugetragen. Beim Versuch, mich zu ermorden, stieß Luisa gegen den Tisch, auf dem sich eine Flasche Wein befand. Diese fiel herab und schlug mit voller Wucht auf ihren Hinterkopf und zerplatzte. Sie verfehlte deswegen mein Herz, rutschte ab und stieß mir die Klinge noch in den Arm, bevor sie tot zusammensackte.

Nachdem ich erbittert geweint und mich etwas beruhigt hatte, reifte in mir der Entschluss, dies alles hinter mir zu lassen. Jedoch war ich mir darüber im Klaren, dass es sich bei diesen Überlegungen in Wahrheit gar nicht um die meinen handelte, sondern sie ohnehin von einer höheren Macht vorherbestimmt waren. Die Leere und Sinnlosigkeit breitete sich erneut in mir aus. Dieses Ereignis hatte mir die Augen geöffnet und plötzlich erkannte ich, was ich getan hatte. Es war alles meine Schuld. Ich hatte das große Glück mit der besten Frau der Welt zusammen gewesen zu sein und hatte dies nicht angemessen zu würdigen gewusst. Voller Reue und Bedauern sah ich auf Luisas Leiche herab und die Liebe bemächtigte sich meiner. Jene Liebe, die ich vor so vielen Jahren gespürt und die scheinbar verloren gegangen war. Sie kehrte zurück und erfüllte mein Herz. Doch dann wurde mir schmerzhaft bewusst, dass es zu spät war. Luisa war tot und nichts würde sie wieder zurück ins Leben rufen. Ich hatte erneut versagt.

"Es tut mir so leid", flüsterte ich der Leiche ins Ohr. Die Leidenschaft erfüllte mich plötzlich und eine gigantische Welle der Lust fiel über mich her. Wie besessen riss ich der Leiche die Kleider vom Leib. Beim Anblick ihres nackten, geschundenen Körpers, zuckte ich unwillkürlich zusammen. Diese Wunden stammten von mir. Ich hatte ihr mit meinen Prügelstrafen diese Schmerzen zugefügt. Entsetzlich weinend und ständig um Verzeihung flehend, liebkoste ich den toten Körper wie ich es zu ihren Lebzeiten unglücklicherweise nie getan.

Ich entschied, oder um genauer zu sein, das Schicksal entschied, dass ich das Haus niederbrennen musste. Ich wollte alle Erinnerungen an diesen Ort des Grauens auslöschen. Das tat ich. Noch in derselben verhängnisvollen Nacht stand mein Haus in Flammen, mitsamt der Leiche des bedauernswerten Mädchens, dessen Leben ich wie mein eigenes ruiniert und in den Abgrund geführt hatte. Die Flammen loderten und der Löschdienst hatte alle Hände voll zu tun. Ich beobachtete dies jedoch nicht mehr, sondern entfernte mich umgehend, um mir eine neue Bleibe zu suchen.

Ich verbrachte mehrere Tage auf der Straße. Meine Suche nach einer neuen Unterkunft war schließlich aber doch von Erfolg gekrönt. Die Wohnung ließ zwar sehr zu wünschen übrig, doch was besseres konnte ich mir einfach nicht leisten. Und ich war bei all dem was ich auf dem Gewissen hatte wahrlich der letzte Mann, der es sich erlauben konnte, hohe Ansprüche zu stellen. Ich gab mich also mit dem zufrieden, was ich hatte.

All meine Versuche, den Alkoholkonsum einzuschränken, scheiterten. Ich fiel in ein tiefes Loch aus dem ich nie wieder entkommen sollte. Denn der Schatten des Todes verfolgte mich, hüllte mich in seine Dunkelheit und ließ mich nachts nicht schlafen. Ich spürte nämlich, dass er mich beobachtete, dass ich nie alleine war, auch wenn ich es gerne gewesen wäre. Als meine Wahnvorstellungen mich schließlich übermannten, stand ich panisch auf, um nachzusehen, ob sich außer mir noch jemand im Haus befand. Vorsichtig blickte ich durch das Schlüsselloch und erschauderte heftig, denn ich sah etwas mir allzu Vertrautes.

Jemand spähte durch das Schlüsselloch und beobachtete mich die ganze Zeit über. Ich blickte in ein blasses, wie von einer dünnen Haut überspanntes, grauenhaftes Auge, das starr und leblos auf mich gerichtet war...

5 Der seltsame Fall des Dr. Wilhelm von Anzengruber

Einst kannte ich einen ganz besonderen, um nicht zu sagen äußerst eigenwilligen Menschen, dessen Name Anzengruber lautete. Dr. Wilhelm von Anzengruber (in seiner Doktorarbeit setzte er sich mit der Frage auseinander, inwiefern es dem Menschen möglich ist, in die Naturgeschehnisse einzugreifen, einer Frage, die sein gesamtes restliches Schaffen prägen sollte) war die vollständige Anrede. Es steht mir zu, über das Leben und Schaffen dieses Mannes zu berichten, da ich mit ihm eng vertraut war und in intensivem Kontakt stand. Zumal ist meine Wenigkeit ebenfalls in den Geschehnissen involviert, von denen zu berichten mir sehr gelegen ist. Ehrlicherweise muss ich gestehen, dass ich, im Angesicht meines drohenden Todes (eine furchtbare und unheilbare Erkrankung des Nervensystems bemächtigte sich meiner und der Zahn der Zeit nagt an meinem Gemüt) das unstillbare Verlangen verspüre, endlich darzulegen, was damals wirklich geschah. Zu lange habe ich bereits geschwiegen und jetzt, da sich mein irdisches Dasein unaufhaltsam dem Ende entgegenneigt, gedenke ich meiner armen Seele Frieden zu verschaffen, sodass sie den Weg in das himmlische Reich zu finden in der Lage ist und der Herrgott sie offen zu empfangen bereit ist. Dementsprechend ist mir daran gelegen, die Ereignisse der Wahrheit entsprechend darzulegen, um neben der Sünde der lange andauernden Verheimlichung meiner selbst nicht auch noch die schändliche Sünde der Lüge aufzuerlegen. Voraussichtlich wird dieses Schreiben das letzte sein, das von mir überliefert wird, denn ich spüre zusehends wie meine Kräfte schwinden. Wem auch immer es in die Hände fallen wird, so bitte ich diesen, es der Nachwelt zu erhalten. Ich erhoffe mir dadurch, künftigen Generationen ein warnendes

Beispiel zu sein, um somit zu verhindern, dass Fehler sich wiederholen. Lernet also aus meiner Geschichte und passt auf, nicht auf denselben fehlgeleiteten Wege zu gelangen, wie es meinem alten Freund unglücklicherweise widerfuhr.

Wir schreiben das Jahr 1809 des Herrn. Ich, Albert (den vollständigen Namen möchte ich aus Gründen des Schutzes meiner Familie nicht preisgeben), achtundzwanzigjährig, stand zu jener Zeit in der Blüte meines Lebens und dem Zenit meines Schaffens. An der Universität zu Göttingen widmete ich mich dem Studium der Theologie und erlernte darüber hinaus die hohe Kunst der Philosophie. Geprägt hatte mich vor allem die Lehre Immanuel Kants, den ich zutiefst bewunderte und der mir als Vorbild diente, meine eigene Philosophie zu verbreiten. Ich entsinne mich noch genaustens der unzähligen Stunden, die ich alleine in meinem stillen Kämmerlein zubrachte und schrieb als hinge mein Leben davon ab. Ich verfasste Abhandlungen, Biographien, Aufsätze und Reden und ordnete mein ganzes Leben der Arbeit unter. Aus diesem Grund nahm ich auch stets Abstand vom weiblichen Geschlecht. Ich befürchtete die sinnlichen Reize eines Weibes könnten meinen Verstand derart benebeln, dass ich zu wissenschaftlichem Arbeiten nicht länger in der Lage wäre und der Verführung durch die Sinne vollständig erläge. Stolz vermag ich aufrichtig von mir zu behaupten, dass mir dieses Unterfangen auch gelang, wenngleich es durchaus ein Mädchen gab, das mich derart verzückte, dass ich um ihretwillen tatsächlich von meinen strikten Prinzipien abgewichen wäre. Da diese Liebe jedoch einzig von Annäherungsversuchen meinerseits ausging, die zu keinem Zeitpunkt erwidert und gar abgelehnt wurden, blieb ich folglich alleine. Auf eine kurz anhaltende Periode des unerträglichsten Herzschmerzes folgte die großartige Erkenntnis, dass Gott mir einen großen Gefallen getan und fortan bedankte ich mich bei ihm in meinen Gebeten, dass er meine eigene Schwäche mit der vermeintlichen Herzenskälte eines Weibes ausglich und mich somit vor der Sünde der Fleischeslust bewahrte. Ich deutete dies Eingreifen Gottes als Zeichen dafür, dass mein Leben genau in der Art wie es war, fortzuführen wäre. Genau das tat ich auch, jedenfalls bis zu dem Tage, an dem mich eine überraschende Mittelung ereilte.

Ich, mittlerweile ein angesehener Geisteswissenschaftler, erhielt einen Brief von jemandem, der sich mir als ein gewisser Dr. Wilhelm von Anzengruber vorstellte. Augenblicklich überschlug sich das Herz in meiner Brust wie es bei jedem der Fall ist, wenn er auf einen altbekannten, jedoch fast schon in Vergessenheit geratenen Namen stößt. Die wohligsten Gefühle machten sich in mir breit als ich den Brief meines alten Freundes las. Er stellte sich zu Beginn kurz vor, da er befürchtete, ich habe ihn nach all den Jahren, in denen wir keinerlei Kontakt pflegten vergessen. Anzengruber und ich kannten uns bereits von Kindesbeinen an, da wir das gleiche Internat besuchten. Gemeinsam reiften wir zu Männer heran, unsere Wege trennten sich jedoch, als wir beide unterschiedlichen Studien nachgingen. Wie bereits erwähnt, widmete ich mich der Philosophie und Theologie, wohingegen mein Freund sich den Naturwissenschaften zuwandte, in denen er gar promovierte. Bedingt durch die fehlende räumliche Nähe verloren wir unglücklicherweise auch den Kontakt zueinander, denn was das Auge nicht sieht, das vergisst das Herz schnell. Dass er sich jedoch meiner erinnerte, erfüllte mein Herz mit tiefreichender und aufrichtigster Freude, wie sie einem Jüngling zuteil wird, dessen unsterbliche Liebe zu einem Mädchen auf Erwiderung stößt. Meine Glückseligkeit wich jedoch Furcht, als ich das Anliegen des Briefes gewahr wurde. Anzengruber teilte mir mit, dass er in einer überaus bedenklichen Verfassung des Gemüts wäre und dringend meiner Hilfe bedürfte. In seinen verzweifeltsten Stunden entsann er sich meiner, der einzige Freund, den er je besaß. Inständig hoffe er, ich wäre ihm gegenüber nicht mit Gram erfüllt, da er so lange nichts hat von sich hören lassen und flehte mich wahrlich an, ihn so bald als möglich in seinem Heim aufzusuchen, wo er mir genaueres zu seiner misslichen Lage mitzuteilen gedenke. Zuletzt hinterließ er mir die Adresse seines Wohnorts (ich stellte fest, dass er sich mittlerweile in Frankfurt am Main niedergelassen hatte) und empfahl sich. Nachdem ich geendigt hatte, starrte ich beinahe eine ganze Stunde ins Leere. Vor meinem inneren Auge spielten sich all jene herrlichen Erinnerungen aus der Vergangenheit ab. Ich dachte an all die wunderschönen und einzigartigen Momente, die ich in der Kindheit mit meinem Freund erlebt. Ich dachte daran, wie wir gemeinsam gespielt, Schabernack getrieben und uns in das gleiche Mädchen verliebt hatten, von dem wir jedoch, aus gegenseitigem Respekt voreinander, beide Abstand genommen. Der Gedanke, wieder in Kontakt mit meinem langjährigen Freund zu treten, ließ mich ganz unruhig werden. Was mir dagegen sehr zu schaffen machte, war die Vorstellung, dass es ihm schlecht gehe. Ich fragte mich, was dem armen Manne nur so Grausames widerfahren wäre. Ob er schwer erkrankt wäre? Oder vom unerträglichsten Herzschmerz gepeinigt? Die düstersten Fantasien malte ich mir aus, dachte daran, wie mein Freund aufs Elendigste zugrunde gehen könne, während ich nicht zur Stelle war und ihm keinerlei Beistand leistete. Dieser Gedanke war mir derart unerträglich, dass es keinerlei Überlegung bedurfte, ob ich nun nach Frankfurt reisen solle oder nicht. Noch am selben Tag packte ich meine Sachen und setzte mich in eine Kutsche, die mich nach Frankfurt brachte.

Je näher wir der Stadt am Main kamen, desto stärker wurde meine Sehnsucht nach Anzengruber. Tatsächlich ward es mir plötzlich unbegreiflich, wie ich derart lange ohne ihn hatte leben können. Ich vermisste ihn aufs Innigste und ihn wiederzusehen war alles, an das ich denken konnte. Selbst meine geliebte Arbeit rückte in diesen Stunden in den Hintergrund, da ich nicht in der Lage war, einen klaren Gedanken zu fassen. Unter allen Geschöpfen der Sonne sehnte ich mich einzig nach meinem alten Freund. Wie mochte er wohl aussehen? Hatte er sich im Laufe der Zeit merklich verändert oder war er noch so wie früher? Sicher war ich mir nur bezüglich seines Charakters. Er musste nach wie vor ein feiner Mensch sein, denn einen derart edlen Charakter vermochte nichts zu trüben.

Nach mehreren Tagen der anstrengenden Reise erreichten wir endlich Frankfurt und alsbald auch das Anwesen meines Freundes, eine prächtige Villa (er stammte aus einer wohlhabenden Familie und nachdem der Vater früh verstorben war, erbte mein Freund das gesamte Vermögen). Zu meiner Freude erwartete mich mein Freund bereits. Vor dem Eingange stehend winkte er mir freudig zu und eilte mir entgegen, als ich von der Kutsche stieg. Als er sich mir schnellen Schrittes näherte, wurde ich endlich nach ewiger Zeit des Wartens seiner ansichtig. Er war ein großgewachsener und breitschultriger Mann, der mich an Größe deutlich übertraf, äußerst vornehm in ein schwarzes Frack gekleidet, braunäugig, schwarzhaarig und prächtige Koteletten tragend. So sehr sich sein Äußeres auch gewandelt hatte, entsann ich mich dennoch der Gesichtszüge, die ihm nach wie vor zu eigen waren, was mich sehr erfreute. In dieser stattlichen Erscheinung erkannte ich tatsächlich meinen alten Freund wieder. Seinem Verhalten nach zu urteilen, erging es ihm ähnlich.

Sehr enthusiastisch, beinahe stürmisch fiel er mir in die Arme und begrüßte mich mit den wohligsten Worten des Empfangs, bevor er mich feierlich in sein Haus geleitete. Zwar erwiderte ich seine Freude über das Wiedersehen, fühlte mich von diesem Überschwang der Gefühle jedoch überwältigt, weshalb ich mich zunächst eher zurückhaltend zeigte, zumal ich nach wie vor nicht wusste, weshalb er mich so dringend sehen wollte. Erst als ich meinen Freund aus nächster Nähe sah, fiel mir auf, dass er recht blass war und sein Gesicht bereits einige Furchen und Falten aufwies, was ich auf den Stress zurückführte, dem ein derart erfolgreicher und angesehener Mann zweifelsohne ausgesetzt war.

Anzengruber führte mich in das Esszimmer wo wir beide uns gegenübersetzend Platz nahmen. Ich ließ meinen neugierigen Blick durch den Raum schweifen und staunte nicht schlecht ob der äußerst imposanten Architektur und geschmackvollen Einrichtung. Aus unseren gemeinsamen Jünglingsjahren war ich mir noch bewusst, dass mein Freund schon immer eine Vorliebe für den Barock hatte. Dementsprechend war sein Anwesen auch eingerichtet. Die Möbel sowie die prunkvolle, luxuriöse Kunst, die die Wände schmückte, stammte noch aus jener Zeit oder war zumindest in diesem Stile angefertigt. Des Weiteren wurde ich eines großen Bücherregals ansichtig, in welchem sich die wissenschaftlichen Werke, die sich in meines Freundes Besitz befanden nur so tummelten. Neben Grundlagen der Physik, Werken über die höhere Mathematik sowie einiger biologischer und chemischer Abhandlungen, bemerkte ich vor allem die zahlreichen Werke, die sich mit Themen wie der Erschaffung menschlichen Lebens sowie der Verhinderung des Todes auseinandersetzen, was ich den Titeln dieser Schriften entnahm. Den Wahrheitsgehalt dieser Bücher zweifelte ich jedoch stark an, glaubte ich als überzeugter Theologe und Philosoph doch nicht an etwas derartiges, da es doch alleine Gott obliegt, Leben zu erschaffen und den Tod herbeizuführen. Diesen Gedanken schob ich jedoch beiseite und schenkte meinem Gegenüber die vollste Aufmerksamkeit.

Nachdem mein Freund und ich einige Neuigkeiten ausgetauscht, indem wir dem anderen voller Inbrunst versicherten, wie sehr wir uns freuten den anderen wiederzusehen und uns gegenseitig von unserem beruflichen Werdegang und dem Leben im Allgemeinen berichtet hatten (ich erfuhr beispielsweise, dass

Anzengruber es zum angesehenen Wissenschaftler gebracht hatte, er sich jedoch weitestgehend aus der Öffentlichkeit zurückzog, um sich seiner Arbeit zu widmen und daher auch kein Interesse am weiblichen Geschlecht zeigte und generell nur äußerst selten Menschen in sein Haus einlud), kamen wir endlich zu meines Freundes wahrem Anliegen. Meinem scharfen Blick entging nicht, dass Anzengruber sich alles andere als wohl fühlte, als ich das Thema ansprach und ihn bat, mir alles zu erklären. Nachdem er sich jedoch gefasst hatte, begann er mir Folgendes zu berichten:

Der einzige Mensch, zu dem er in all diesen Jahren ein enges Verhältnis aufgebaut hatte, war Johannes, sein fünf Jahre älterer Bruder, den er im Übrigen auch in seiner Unterkunft beherbergte. Einer unglücklichen Wendung des Schicksals wegen, ward dieser jedoch schwer erkrankt und folglich dem Tod überlassen. Ihn, Wilhelm, habe dies schwer zugesetzt und in eine tiefe Depression gestürzt. Johannes befand sich zum gegenwärtigen Zeitpunkt im Bette im Untergeschoss des Anwesens und war nicht mehr ansprechbar. Es konnte sich also nur noch um Tage handeln, bis er endgültig dahinschied und nichts vermochte dies zu verhindern. Mein wissenschaftlich geschulter Freund kümmerte sich vorbildlich um seinen über alles geliebten Bruder und suchte verzweifelt, ein Heilmittel herzustellen, jedoch bislang ohne Erfolg, was ihn die Grenzen der eigenen Leistungsfähigkeit und allgemeinen Eingeschränktheit des Menschen drastisch vor Augen führte und nur noch tiefer in die Verzweiflung stürzte. In diesen schrecklichsten Stunden seines Lebens erhoffe sich mein Freund meines Beistandes und bedürfe meiner, um der Einsamkeit zu entkommen. Einzig mir könne er vertrauen und nur ich vermöge sein Leid zu lindern, war ich ihm doch stets ein treuer und ergebener Freund gewesen.

Nachdem er mit seinem Bericht geendigt hatte, brach

Anzengruber in Tränen aus. Ich hielt ihn fest, suchte ihn aufzuheitern und vergoss selber die ein oder andere Träne, wobei ich ihm versprach, die nächste Zeit bei ihm zu verweilen und ihm Beistand versprach. Da es bereits spät war und ich ohnehin müde von der langen Reise war, beschlossen wir, uns schlafen zu legen, doch zuvor sahen wir noch nach Johannes, dessen Krankheit im Übrigen nicht ansteckend war. Wilhelm führte mich die Treppen hinunter und öffnete eine schwere Tür. Wir betraten einen dunklen, jedoch durch den Kamin gut beheizten Raum. Die brennende Kerze in meines Freundes Hand diente uns als Lichtquelle. Wir näherten uns einem Bett in der eine furchtbar zugerichtete Gestalt lag. Ein völlig ausgemergeltes Gesicht, umgeben von einem Vorhang fettigen und schon ergrauten Haares. Die starren Augen, die denen eines Fisches glichen beobachten mich aufmerksam, zu sprechen war der Mann jedoch nicht mehr in der Lage. Mein Freund verabreichte dem Sterbenden Medikamente, die nur noch der Linderung der Schmerzen dienten und verabschiedete sich unter Tränen von ihm (dies pflegte er jeden Abend zu tun, da jeder Abend der letzte sein könnte, an dem er noch die Gelegenheit dazu hatte). Er wählte die herzzerreißendsten Worte, die wiederzugeben ich mich nicht in der Lage sehe. Zu nahe ging mir diese Szene des absoluten Elends. Auch ich sprach kurz mit Johannes, stellte mich in wenigen Sätzen vor und verabschiedete mich sogleich wieder. Meine Intuition, auf die stets Verlass war, sagte mir, dass ich seiner jedenfalls lebendig nie wieder ansichtig würde. Nach wenigen Minuten verließen wir das Zimmer, der immer noch vollkommen aufgelöste Anzengruber geleitete mich in mein künftiges Schlafgemach und suchte anschließend das seinige auf. Ich verbrachte eine äußerst unruhige Nacht und fand kaum Schlaf.

Der nächste Morgen brachte die von mir bereits mit Schaudern erwartete Botschaft. Johannes von Anzengruber war in der Nacht vom 25. auf den 26. April entschlafen. Meinem Freund ward das Herz gebrochen. Ich fand ihn in der Kammer seines Bruders auf, den Leichnam fest umarmend und die Haut des Verblichenen mit seinen Tränen benetzend. Nichts vermochte Wilhelm in diesen düsteren Momenten Trost zu spenden. Ich nahm ihn zwar in den Arm und versicherte ihm mein aufrichtigstes Beileid und betrauerte den Verlust, wobei ich auch darauf einging, dass die Seele des Verstorbenen nun endlich in Gott aufgehen und Frieden finden würde, doch Wilhelm schickte mich weg, da er der Ruhe bedurfte. Selbstverständlich akzeptierte ich dies und suchte erneut mein Gemach auf. In plötzlichem Nachdenken verfallen, setzte ich mich an den Schreibtisch, nahm etwas zum Schreiben in die Hand und nahm die Arbeit wieder auf. Die Konfrontation mit dem Tod hatte mich dazu bewegt, mich mit selbigem auseinanderzusetzen und lieferte mir einige philosophische Erkenntnisse, die aus der soeben gewonnen Erfahrung resultierten. Ausgiebig und mit äußerster Sorgfalt schrieb ich Zeile um Zeile, Seite um Seite und war schließlich derart in meinem Schaffen versunken, dass ich an nichts anderes mehr zu denken vermochte. Ich vergaß Zeit und Raum, den Ort an dem ich mich befand, sowie den Grund aus welchem ich mich hier befand. Der Verstand des Denkers funktioniert immer, selbst in den schrecklichsten Zeiten ist er noch in der Lage, sich der Vernunft zu bedienen und seinem gewohnten Arbeitsprozess nachzugehen. Besonders die furchtbaren Geschehnisse lieferten die herausragendsten und philosophisch bedeutsamsten Erkenntnisse (vermutlich dienten selbige auch nur diesem Zweck).

Der Tod stellte das Zentrum meines Denkens dar. Ich dachte über ihn nach, sowie dessen Sinn und Bedeutung. Der Tod, so schrecklich er auch für Außenstehende erscheinen mag, kann sicherlich nicht von derartiger Gefahr sein. Er ist ein natürlicher Bestandteil des Lebens und er wird früher oder später jedes irdische Lebewesen ereilen, da in der materiellen Welt alles dem Verfall unterliegt. Im Krankheitsfalle (wie bei Johannes von

Anzengruber) stellt er vielmehr Erlösung, denn Bestrafung dar. Letzteres war der Tod ohnehin nur für diejenigen, die ihr Leben verschwendet und ihre Veranlagungen nicht genutzt haben. Wer dagegen das Leben in all seinen Zügen genossen hat und auch aus schwierigen Zeiten gestärkt hervorgegangen ist, der hat bereits den Sieg davongetragen und somit auch den Tod nicht zu fürchten. Der Tod geht mit dem Aufgehen in Gott einher und ist zwar einerseits das Ende des irdischen Lebens, andererseits jedoch der Übergang in eine bessere Welt, das Reich des Himmels. In unserer materiellen Welt sehen wir nur den Vorhang. Unsere Realität, da sie an die Wahrnehmung unserer Sinne untrennbar gebunden ist und folglich nur in unserem Kopf, unserem Bewusstsein entsteht, stellt keineswegs die Wirklichkeit, die Wahrheit dar, sondern nur eine Scheinwelt. Erst der Tod ermöglicht uns den Übergang in die Welt der Ideen, die Welt des realen. Nach unserem Ableben öffnet sich der Vorhang und wir sehen die eigentliche Bühne, das eigentliche Schauspiel. Dann werden wir der Sinnlosigkeit unseres irdischen Lebens gewahr und uns wünschen, dass der Tod uns nicht schon viel früher ereilt hat. Doch trotz der Scheinhaftigkeit des Seins, der Sinnestäuschung, der wir tagtäglich ausgesetzt sind, ist unser irdisches Leben dennoch nicht ganz ohne Bedeutung auch wenn uns dies im Vergleich mit dem wahren, dem ewigen Leben im Jenseits durchaus so vorkommen mag. Schließlich werden wir im Hier und Jetzt auf das, was uns nach dem Tod erwartet, vorbereitet. Leben heißt folglich, sterben lernen und sich auf den Tod vorbereiten. Außerdem lernen wir dadurch, dass Wahre vom Falschen zu unterscheiden, was die wichtigste Erkenntnis und den obersten Zweck dieses irdischen Lebens darstellt.

Diese Überlegungen stellten das Kernstück meiner Philosophie dar. Es folgten von mir herbeigezogene Gottesbeweise und stellte indem ich mich meines Verstandes bediente, logische Beweise an. Ich vermag nicht mit Genauigkeit zu sagen, wie lange ich mit meiner Arbeit beschäftigt war, doch es musste sich um viele Stunden handeln, denn ich wurde plötzlich gewahr, dass es draußen bereits dunkel war. Ich lehnte mich zurück, legte die Feder beiseite und begutachtete überaus zufrieden den sich vor mir befindenden Stapel von oben bis unten beschriebener Seiten. Ich war davon überzeugt, dass es sich bei dieser Abhandlung um das Beste handelte, das ich jemals verfasst hatte und freute mich bereits auf die Veröffentlichung. Gleichzeitig überkam mich jedoch auch das schlechte Gewissen und entsetzt wurde mir wieder bewusst, wo ich war und warum ich mich an diesem Ort befand. Ich dachte an meinen Freund, der doch vermutlich gerade jetzt dringend meiner seelischen und moralischen Unterstützung bedurfte, während ich mich den ganzen Tag in mein Gemach zurückgezogen hatte und mich auch noch an meinen Schriften ergötzte, die nur dadurch zustande kamen, dass meinem Freund ein tragisches Erlebnis widerfuhr. Ich schämte mich meiner kindlichen und unangebrachten Freude und eilte sofort in das Esszimmer, wo ich Anzengruber vermutete. Allerdings war dort niemand. Das gesamte Haus schien verlassen und mir wurde unwohl. Die Gemälde an der Wand schienen mich zu beobachten, ich konnte unmöglich ihren tadelnden Blickn entgehen. Eine zutiefst beängstigende Stille war vorherrschend. Es war wie auf einem Friedhof. Tödliche Stille, absolute Einsamkeit und Dunkelheit. Ich rief nach meinem Freund und bemerkte selbst die Furcht, die aus meiner schwachen Stimme hervorging. Keine Antwort. Langsam stieg ich die Treppen zum Untergeschoss hinunter. Die Stufen unter mir heulten unter meinem Gewicht und ich wurde das unbehagliche Gefühl, beobachtet zu werden nicht los. Die Bilder an der Wand hatten Augen. Sie verfolgten mich, beobachteten mich auf Schritt und Tritt. Meine Anspannung steigerte sich bis ins Unermessliche, als ich vor der schweren Tür stand, hinter der in der vergangenen Nacht ein Mensch zu Tode gekommen war. Die Vorstellung, das Haus mit einer Leiche zu teilen, ängstigte mich nur noch mehr. Die

Schweißperlen standen mir auf der Stirn und ich spürte mein Herz bis in den Hals pochen. Mit zittrigen Händen, öffnete ich vorsichtig die Tür und bereitete mich schon auf den grässlichsten Anblick meines Lebens vor. Direkt vor mir würde Johannes von Anzengruber stehen, von den Toten auferstanden, ein Messer in der Hand und sich auf mich, auf den Verräter seines Bruders stürzen und meinem elenden Leben ein jähes Ende bereiten. Langsam trat ich ein und hielt den Atem an. Doch nichts dergleichen geschah. Niemand befand sich in dem Raum. Das Bett war verwaist, der Leichnam wurde bereits davongetragen. Ich redete mir ein, wie töricht ich doch wäre, dass ich derlei Fantasien hege, wobei mir der mir so wichtige Verstand doch mitteilen müsse, dass es keine Gespenster gebe und für alles eine logische Erklärung vorhanden sei. Dennoch beruhigte mich dieser Gedanke keineswegs, denn ich hatte Wilhelm nach wie vor nicht ausfindig machen können und musste weiter nach ihm suchen. Ich rief ihn erneut und erhielt erneut keine Antwort. Plötzlich bemächtigte sich ein entsetzlicher Gedanke meiner. Was wäre, wenn mein Freund sich aus Verzweiflung das Leben genommen hatte? Womöglich hatte er sich irgendwo in der Wohnung erhängt oder vergiftet. Von Panik ergriffen eilte ich wieder die Treppen hinauf und ignorierte diesmal das unbehagliche Gefühl, das sich meines Inneren bemächtigte. Verzweifelt schrie ich immerfort meines Freundes Namen, betrat sämtliche Räume und suchte überall im Haus nach ihm. Alles erfolglos. Er war nirgends aufzufinden. Ich setzte mich in das Esszimmer und weinte leise, während ich mich bemühte, einen klaren Gedanken zu fassen. Wo konnte Anzengruber nur hin sein? Hatte er das Anwesen etwa verlassen und mich zurückgelassen, ohne mich davon in Kenntnis zu setzen? Ist er etwa entführt worden? Hat er sich womöglich draußen etwas angetan? Und was hat er mit seines Bruders Leichnam angestellt? Warum befand sich dieser nicht mehr an dem erwarteten Platz? All jene Fragen quälten meinen

Geist und ließen mir keine Ruhe. Ich bereute es zutiefst, meinen Freund nicht unter Beobachtung gehalten zu haben. Ich hätte ihn niemals alleine lassen dürfen, auch wenn er vehement darauf bestand. Was wenn er mich nur wegschickte, um sich das Leben zu nehmen? Von Schuldgefühlen geplagt, legte ich meinen Kopf auf den Tisch und wusste nicht mehr weiter. Tatsächlich war ich derart müde, dass ich beinahe sofort einschlief.

Es ist mir unmöglich zu sagen, wie lange ich geruht hatte. Jedenfalls kam es mir vor, wie eine Ewigkeit, bis ich schließlich von irgendetwas wachgerüttelt wurde. In meinem Schreck fiel ich vom Stuhl und stieß einen entsetzen Schrei aus. Mit weit aufgerissenen Augen sah ich um sich und bemerkte zu meiner Erleichterung, dass es Anzengruber war, der mich weckte. In all seiner Pracht und Erhabenheit stand er vor mir, das Gesicht allerdings so blass wie der Mond und von noch mehr Falten durchzogen. Etwas irritiert fragte er mich, warum ich im Esszimmer geschlafen hatte. Ich erzählte ihm daraufhin von meiner verzweifelten Suche nach ihm und den Ängsten, die mich belasteten. Ich stellte ihm meinerseits die Frage, wo er die ganze Zeit über war. Meines Freundes Miene verdunkelte sich und er weigerte sich, mir darüber Auskunft zu geben. Dies teilte er mir mit einer unmissverständlichen Deutlichkeit mit, die jede weitere Nachfrage erübrigte. Er half mir schlussendlich auf die Beine und wir setzten uns zusammen, um uns zu unterhalten. Anzengruber bat mich, den Tod seines Bruders für mich zu behalten und niemandem davon zu berichten. Ich sagte, dass man sein Ableben zuständigen Behörden mitteilen müsse, sodass ihn niemand vermisse oder misstrauisch werde, doch diese Worte verärgerten meinen Freund zutiefst. Er brach in lautes Geschrei aus und teilte mir mit, dass ich zu schweigen habe, wenn am Leben zu bleiben mir lieb wäre. Dies ließ mich erschaudern und ich willigte ein. Anzengruber war stets ein sehr liebenswerter Mensch, weshalb es sehr schockierend für mich war, ihn in dieser Gemütsverfassung zu erleben. Nie zuvor hatte ich ihn derart zornig und aufgebracht erlebt, erst recht nicht gegen mich. Jedoch wurde ihm schnell bewusst, was er getan hatte und entschuldigte sich unter Tränen. Der Verlust habe so sehr an seinen Nerven genagt, dass er sich nicht mehr unter Kontrolle habe. Ich zeigte natürlich Verständnis dafür, nahm ihn in den Arm und versprach, niemandem von des Johannes Tod zu berichten, wenngleich ich mich insgeheim nach dem Grund dieses seltsamen Verhaltens fragte. Im Anschluss unterhielten Anzengruber und ich uns eine ganze Weile. Stundenlang schwärmte er von seinem Bruder, was für ein intelligenter und moralischer Mensch er doch gewesen sei, wie sehr er ihn doch liebe und vermisse. Ich leistete meinem Freund den größtmöglichen moralischen Beistand, den zu liefern ich in der Lage war. Ich kann jedoch nicht leugnen, dass mir schon zu diesem Zeitpunkt das Verhalten meines Freundes äußerst suspekt vorkam. So versicherte er mir seine aufrichtigste Dankbarkeit und dankte Gott, dass es mich gebe, ließ dies jedoch beinahe emotionslos verlauten. Die Kälte, die in seinem Blick lag, erschütterte mich bis ins Mark und selbst als er mich umarmte, fühlte es sich für mich so an, als würde er mich nur noch weiter von sich wegstoßen. Ich schob dieses Verhalten auf seine angeschlagenen Nerven, auf den Schock, den es noch zu verarbeiten, sowie die unsägliche Trauer, die es noch zu überwinden galt. Dennoch trug all dies dazu bei, dass ich mich im Hause Anzengruber zusehends unwohl fühlte. Zudem war die ganze Nacht über nichts als sein Geheul zu hören, das mich vom Schlafen abhielt. Das Seufzen und Jammern ging durch das ganze Haus und hallte bedrohlich wider. Es erfüllte mich mittlerweile nicht mehr mit Mitleid, sondern nur noch mit Grauen und ich wünschte mir nichts sehnlicher, als dieses Haus so bald als möglich wieder zu verlassen und in heimische Gefilde zurückzukehren, wo ich meinem gewohnten Alltag wieder nachzugehen gedachte. Einzig das bei mir tief verwurzelte

Gefühl der moralischen Verpflichtung und der Verantwortung hielten mich von diesem Vorhaben ab, da ich es nicht übers Herz bringen konnte, meinen Freund alleine zu lassen.

Die Tage wurden immer unerträglicher und sie zogen sich scheinbar endlos in die Länge. Die meiste Zeit über, waren Anzengruber und ich voneinander getrennt. Er wollte seine Ruhe haben und ich versuchte mich daher in die Arbeit zu flüchten, was mir jedoch nicht mehr gelang. Oftmals saßen wir beide nur schweigend nebeneinander vor dem Kamin und starrten in die lodernden Flammen, wobei ich jedoch den größtmöglichen Abstand zu meinem Freund hielt. Meistens sprach er kein einzig Wort, sondern war in die Lektüre seiner obskuren Bücher versunken, die ich bei meiner Ankunft, die mittlerweile schon Wochen zurücklag, bemerkt hatte. Seine aktuelle Lektüre stammte von einem Mann namens Satansbach und trug den Titel "Über die Macht Leben zu erschaffen". Anzengrubers Augen waren weit geöffnet und wie paralysiert saß er regungslos da und wandte seinen faszinierten Blick nicht von dem Buch ab. Als ich ihn auf den Inhalt des Buches ansprach, erhielt ich keine Antwort. Genaugenommen bedurfte ich auch keinerlei Auskunft, der Titel des Werkes verriet mir bereits alles, was ich wissen musste. Mich überkam eine entsetzliche Vorahnung, die auszusprechen ich nicht wagte. Stattdessen teilte ich meinem Freund meine Gedanken über den Tod mit, die ich in meiner kürzlich verfassten Abhandlung ausführlich dargelegt hatte. Ich berichtete, von der Notwendigkeit des Todes und dass es allein Gott obliegt, über Leben und Tod zu entscheiden und dass kein Mensch dieses Recht für sich beanspruchen dürfe, da es wider die Natur wäre und somit zutiefst moralisch verwerflich. Zudem argumentierte ich mit Immanuel Kant für den das moralisch richtige Handeln an oberster Stelle stehe. Ohne von seinem Buch aufzusehen, antwortete Anzengruber mit einem gleichgültigen und daher beängstigenden Ton in der Stimme, dass die Philosophen nicht allzu stolz auf ihren Verstand sein sollten. Dieser gehöre untrennbar zum Subjekt und stellt folglich nichts dar, was außerhalb seiner Selbst existiere. Daher würde er auch mit einem selbst zugrunde gehen. Er, Anzengruber suche jedoch nach Möglichkeiten, die eigene Existenz zu überdauern.

Die Mehrdeutigkeit dieser Aussage bereitete mir Unbehagen. Was meinte mein Freund nur damit, einen Weg zu finden, die eigene Existenz zu überdauern? Etwas zu erschaffen, wofür ihm der Ruhm der Nachwelt sicher wäre? Doch was könnte das nur sein? Oder strebte er die eigene irdische Unsterblichkeit an? Im Grunde wusste ich ganz genau, was er damit meinte, doch wollte ich es nicht wahrhaben. Zu entsetzlich war mir allein der Gedanke.

Ich fragte ihn erneut, wo sich Johannes Leiche befände und was mit ihr geschehen sei. Damit hatte ich etwas gesagt, was Wilhelm zutiefst traf. Er legte sein Buch beiseite, warf mir einen wütenden Blick zu und erhob sich. Sich vor mir aufbäumend sagte er, dass ich ihm zu viele Fragen stelle und mich aus seinen Angelegenheiten gefälligst heraushalten solle. Dann schickte er mich auf mein Zimmer, er wolle mich an diesem Tag nicht mehr sehen. Mir blieb nichts anderes übrig, als mich diesem Wunsch zu beugen, befürchtete ich doch einen erneuten Wutausbruch meines Freundes, der, so war ich sicher, beim nächsten Mal für mich deutlich verheerendere Konsequenzen nach sich ziehen würde als der vorherige. Somit entschuldigte ich mich und schritt von dannen. Jedoch suchte ich noch nicht direkt mein Gemach auf, sondern blieb auf der Treppe kurz stehen, um einen Blick zurückzuwerfen. Schließlich war ich mir sicher, außer Sichtweite zu sein. Von meinem Versteck aus, beobachtete ich Anzengruber, wie er sich in seinem Sessel ausstreckte und seine Aufmerksamkeit wieder vollends der Lektüre widmete. Während er aufmerksam las, murmelte er vor sich und hielt wichtige Erkenntnisse in Form von Notizen fest.

Nach einer Weile stieß er plötzlich einen Freudenschrei aus und sprang auf. Mit dem Buch unter dem Arm eilte er in eine dunkle Ecke des Raumes. Ich ging einige Stufen zurück nach unten, um dem Geschehen weiterhin folgen zu können. Überrascht stellte ich fest, dass Anzengruber sein Bücherregal zur Seite verschob. Dahinter offenbarte sich ein Geheimgang, den er nun betrat und eins mit der Dunkelheit wurde. Ich hatte nun keine Zweifel daran, dass dies der Ort war, an dem er sich zurückzog und wo er sich auch aufhielt, als er am Tage des Todes seines Bruders auf seltsame Weise verschwand. Ich starrte noch einige Minuten intensiv nachdenkend ins Leere, bevor ich wirklich mein Schlafgemach aufsuchte und mich ins Bett legte. Tausende Gedanken schossen mir gleichzeitig durch den Kopf. Nur eines vermochte ich mit Bestimmtheit zu sagen: Es war meine Aufgabe, hinter dieses dunkle Geheimnis zu kommen! Mit diesem Gedanken fiel ich in einen unruhigen und von den übelsten Alpträumen durchzogenen Schlaf. Ich träume von Anzengruber, dem lebendig gewordenen Johannes und den Geistern, die mich heimsuchten.

Mit fortschreitender Zeit gewahrte ich, dass sich auch mein eigener gesundheitlicher Zustand stetig verschlechterte. Die psychische Belastung, der ich ausgesetzt war, machte meinem Gemüt schwer zu schaffen und hinterließ tiefe Einschnitte in meiner Seele. Ich lebte praktisch in ständiger Angst. Anzengrubers Wutausbrüche wurden zur Regelmäßigkeit. Nicht selten geschah es mittlerweile, dass er gar Gemälde von der Wand riss und über dem Knie zerbrach, Möbel durch den Raum schleuderte und sie zerstörte oder aus seinen Büchern laut fluchend und heulend Seiten ausriss und in den Kamin warf. Ich fürchtete gewaltsame Übergriffe, die sich gegen mich richteten und suchte schnell das Weite, wenn sich ein weiterer unkontrollierter Verlust von Zurechnungsfähigkeit anbahnte. Noch ward ich nicht Opfer seiner Launen, doch eine ungeheuerliche Angst bemächtigte sich meiner. Ich war vollkommen isoliert. Niemand wusste von meinem Aufenthaltsort, Nachbarn, die ich im Notfall hätte verständigen können, waren nicht existent (die Villa befand sich an einem verlassenen Standort). Folglich war ich einem mir körperlich weitaus überlegenen Mann, der mehr und mehr drohte, den Verstand zu verlieren, auf Gedeih und Verderb ausgeliefert. Des Nachts fand ich keinen Schlaf. Die vorherrschende Ruhe brachte mich an den Rande des Wahnsinns, da ich befürchtete jeden Augenblick könne etwas schreckliches geschehen. Anzengruber könnte sich klammheimlich in mein Gemach schleichen und sich spontan dazu entschließen, sich meiner zu entledigen. Zwar schloss ich die Tür mittlerweile in meiner Angst ab, doch das vermochte einen Mann von der Statur meines Freundes wohl kaum aufzuhalten. An den besonders unerträglichen Tagen ließ ich mir die Möglichkeit durch den Kopf gehen, mich des Nachts aus dem Haus zu schleichen und heimlich die Flucht zu ergreifen. Doch auch davor hatte ich zu viel Angst. Was wäre, wenn Anzengruber mich auflauerte? Zweifellos stünde es dann sehr schlecht um mich. Zudem fühlte ich mich nach wie vor moralisch dazu verpflichtet, ihm Beistand zu leisten. Seine aktuelle Verfassung schob ich nach wie vor dem Verlust seines Bruders zu, der ihn schwer mitgenommen hatte und zweifelsohne der Auslöser für den sich anbahnenden Wahnsinn meines Freundes verantwortlich war. Außerdem kann ich nicht leugnen, dass meine Neugierde nach wie vor zu groß war und es mir daher unmöglich machte, zu flüchten. Zuvor wollte ich unbedingt des Anzengrubers Rätsel lösen, wollte in Erfahrung bringen, wofür es den versteckten Raum gab und was er dort den ganzen Tag über zu schaffen pflegte.

In aller Regelmäßigkeit erschrak ich, alsbald ich einen Blick in den Spiegel warf. Ich vermochte kaum die Gestalt, die mich dort anstarrte wiederzuerkennen, schwer fiel es mir zu glauben, dass es sich dabei um das Abbild meiner Selbst handelte. Mein Gesicht war äußerst ungepflegt, hatte ich die Körperpflege in dieser schweren Zeit doch völlig ignoriert. Die Blässe, die mir ins Gesicht geschrieben stand, legte den Schluss nahe, dass ich bereits seit langem nicht mehr in der Sonne war, was selbstverständlich auch die Wahrheit darstellte. Dennoch war mein jämmerlicher Zustand nichts im Vergleich zu Anzengruber. Seine Haut hatte jedwede Menschlichkeit eingebüßt, so unnatürlich bleich war sie erstarrt. Wahrlich sah er aus wie der Tod höchstselbst. Trotz meiner Furcht machte ich mir Sorgen um ihn. Mir war bewusst, dass er sich in das Ableben seines Bruders auf eine vollkommen ungesunde Art hineingesteigert hatte. Er war regelrecht besessen von Johannes und dem Tod.

Eines Abends, ich hatte mittlerweile schon aufgehört die Tage zu zählen, jedoch stand außer Frage, dass ich bereits seit Monaten im Hause Anzengruber verweilte, saßen wir, wie es uns zur Gewohnheit geworden war, erneut gemeinsam am Feuer, er in seine Lektüre vertieft und mich nicht beachtend und ich zitternd neben ihm. Als ich die schier unerträgliche und tödliche Stille nicht länger zu ertragen vermochte, platzte es wie aus dem Nichts aus mir heraus. Ich sagte meinem Freund, er solle seines Bruders Tod endlich akzeptieren und lernen loszulassen, da er sich ansonsten nur noch mehr quälen und dadurch völlig krank würde. Zudem flehte ich ihn an, das Buch beiseite zu legen und nimmermehr anzurühren, da es einen sehr negativen Einfluss auf sein ohnehin schon angeschlagenes Gemüt ausübe. Um diese Worte auszusprechen bedurfte es des größten Mutes, den ich aufzubringen in der Lage war und wie ich die Worte gesprochen, bereute ich es, sie gesagt zu haben. Ich war mir meines Freundes Zornes gewiss und befürchtete eine schlimme Strafe. Zu meiner Verwunderung geschah nichts dergleichen. In ruhigem Ton gab er mir eine Antwort, die mich jedoch aufgrund ihres Inhalts keineswegs beruhigte. Er könne den Tod nicht akzeptieren, dieser habe ihm alles genommen, was ihm jemals von Bedeutung gewesen und aus diesem Grund würde er sich gegen selbigen auflehnen und sich an ihm rächen. Er würde einen Weg finden, dem Tod zu trotzen, dies wäre der einzige Grund, aus welchem er noch lebe.

Ich gab daraufhin klein bei und erkannte die Sinnlosigkeit meines Unterfangens. Auch meine Versuche, ihm die Notwendigkeit des Todes erneut vor Augen zu führen und dass es sich dabei um den von der Natur berufenen Lebenskreislauf handle, scheiterten. Er wollte einfach nicht hören, sondern vertiefte sich erneut in seine Lektüre. Eine Vorstellung, wenn sie zur fixen Idee geworden, ist demjenigen nicht mehr auszureden und er wird an dieser bis zuletzt festhalten und wenn es seinen Untergang bedeutet. Darin besteht die größte Gefahr der Idee und genau derselben war mein Freund hilflos ausgeliefert.

Wenige Minuten später stieß Anzengruber einen Freudeschrei aus und rief immerfort, er hätte die Lösung gefunden. Euphorisch und übermütig wie ein kleines Kind sprang er auf, tanzte jubelnd im Kreis und wies mit der Hand auf eine Textstellte. Dies sei die Lösung, rief er voller Freude und Stolz, entschuldigte sich und eilte schleunigst davon. Dies war der Moment, in dem ich realisierte, dass es so nicht weitergehen konnte. Es lag an mir, dem Fluch, diesem bitterbösen Alptraum ein Ende zu bereiten. Mein Freund war gefangen in seinem eigenen Geist und jenseits aller Rettung. Ich sah es als meine Pflicht an, seinem grausamen Schaffen, was immer er auch tat, ein Ende zu setzen, sowohl zu seinem Schutz als auch zu meinem eigenen. Ich ignorierte also meine grenzenlose Furcht und schlich mich meinem Freund hinterher. Ich würde alles daran setzen, ihn vor seinem tragischen Schicksal zu bewahren und ihn wieder auf den richtigen Weg zu führen. Ich hatte die Hoffnung noch nicht aufgegeben.

Wie erwartet war das Bücherregal beiseite geschoben. Anzengruber hatte erneut seinen Geheimraum aufgesucht um seiner Arbeit nachzugehen. Ich nahm all meinen Mut zusammen und folgte ihm, betrat den engen, nur schwach von einigen schon fast abgebrannten Kerzen beleuchteten Gang, der sich direkt hinter dem Regal offenbarte. Es führte eine Wendeltreppe hinab, die ich behutsam hinabstieg, wobei ich mich bemühte so leise wie möglich zu sein. Unten angekommen befand ich mich vor einer geöffneten Tür, die ich durchschritt.

Zu meinem Erstaunen fand ich mich in einem gigantischen Raum wieder, dessen Ausmaße ich niemals für möglich gehalten hatte. Er schien mindestens doppelt so groß wie das ohnehin schon sehr geräumige Esszimmer. Überall im Raum verteilt befanden sich Regale, gefüllt mit großen Behältern, Bechern, Reagenzgläsern, die verschiedene Flüssigkeiten unterschiedlichster Farben beinhalteten. Ich erblickte einige Experimentiertische, auf denen Bücher und mir noch nie zuvor ansichtig gewordene Werkzeuge und ähnliche Geräte lagen. Auch eines Ofens wurde ich ansichtig, aus dem die Flammen nur so herausloderten (eine Schutzvorrichtung war zu meinem Unverständnis nicht vorhanden). Über jenen gebeugt, erblickte ich Anzengruber. Er trug einen weißen, jedoch schon äußerst befleckten und verschmutzten Schutzkittel und hielt ein gläsernes Gefäß mit einer blauen Flüssigkeit über das Feuer. Kurz darauf eilte er mit der erhitzten Chemikalie zu einem nahestehenden Experimentiertisch. Erst jetzt wurde mir bewusst, was sich auf diesem Tisch befand. Voller Grauen und Entsetzen, meinen Augen kaum trauend, gewahrte ich, dass dort die ausgestreckte und bereits zu faulen angefangene Leiche des Johannes lag. Ich schlug die Hände vor den Mund und suchte Zuflucht hinter einem nahestehenden Regal, von wo aus ich das Geschehen zwar noch verfolgen, Anzengruber mich jedoch nicht entdecken konnte, da er mich noch nicht bemerkt hatte. Nun hatte ich endgültige Gewissheit. Meine schlimmsten Befürchtungen hatten sich bewahrheitet. Er versuchte, seinen verstorbenen Bruder wieder zum Leben zu erwecken. Natürlich stellte dies keine sonderliche Überraschung für mich dar, hatte ich doch die ganze Zeit über mit derlei gerechnet, jedoch ist es etwas vollkommen anderes, wenn man etwas nur annimmt und befürchtet und wenn man dem schließlich leibhaftig ansichtig wird und es sich somit als die harte und bittere Wahrheit herausstellt. Was mich in diesem Moment jedoch noch mehr ängstigte, war die Vorstellung, dass es ihm gelänge, dass Johannes tatsächlich von den Toten wiederkehre doch als etwas Abscheuliches und nicht als die Person, die er zu eigentlichen Lebzeiten verkörperte. Meine Gedankengänge wurden jäh unterbrochen als Anzengruber, der mit dem Rücken zu mir gewandt stand plötzlich lauthals verkündete, ich solle aus meinem Versteck hervorkommen, er wisse, dass ich mich in diesem Raum befände.

Das Blut in meinen Adern gefror mir und die Angst drohte, mich zu übermannen. Wie festgewachsen stand ich da, unfähig mich zu bewegen und vollkommen erstarrt. Erst nach erneuter Aufforderung und nachdem ich all meinen Mut zusammengenommen hatte, kam ich hinter dem Regal hervor und offenbarte mich. Anzengruber dagegen drehte sich nicht um, sondern blieb weiterhin auf seine Arbeit konzentriert. Mit seltsam anmutenden Werkzeugen hantierte er an der Leiche herum, verabreichte selbiger die verschiedensten Flüssigkeiten und ergoss sämtliche Chemikalien über sie. Dabei fiel mir auf, wie geschickt er dabei vorging. Kein einziger Tropfen wurde verschüttet, alles fand genaustens seinen Platz. Er ging mit erschreckender Präzision vor, die den Schluss nahelegte, er wisse genau, was er tue. Auf einmal befahl er mir, näher zu treten und sein kurz vor der Vollendung stehendes Werk zu begutachten. Er habe endlich einen Weg gefunden, den Tod zu hintergehen und das Sterben derjenigen, welche ihm nahe standen, zu verhindern.

Vorsichtig näherte ich mich, hielt jedoch entsetzt inne, als Anzengruber sich plötzlich zu mir umdrehte. Sein Gesicht war derart entstellt, dass ich es kaum wiederzuerkennen vermochte.

Die Augen leuchteten rot, die Haut leichenblass, die Zähne, die sein wahnsinniges Grinsen entblößte, unnatürlich spitz zulaufend. Ich befand mich wahrhaftig in des Satans Küche.

Mit zittriger Stimme schrie ich aus Leibeskräften, er müsse dieses Teufelswerk einstellen. Er wäre nicht mehr er selbst, eine fremde und böse Macht hätte sich seiner bemächtigt und die Kontrolle über sein Handeln übernommen. Er handle willkürlich, aus Neigung, nicht jedoch aus Pflicht vor dem moralischen Gesetz, nicht vernünftig. Was er täte, sei wider die Natur und daher eine moralisch zutiefst verwerfliche Handlung. Etwas schreckliches würde geschehen, der Zorn Gottes wäre ihm für diese Sünde gewiss.

Doch alle meine Warnungen nützten nichts, er werkelte unbeirrt weiter und ergänzte jetzt seine neue Wunderzutat. Mithilfe eines Trichters verleibte er dem Verblichenen die zuvor erhitzte blaue Flüssigkeit oral ein. Damit würde es funktionieren, lachte Anzengruber und verfiel in grausames Gelächter, das durch Mark und Bein ging. Die Luft war satt vom Gestank einer verwesenden Leiche, verbranntem Fleisch und einiger nicht identifizierbarer Chemikalien. Erkennend, dass meine Worte den Wahnsinnigen nicht aufzuhalten vermochten, stürmte ich von hinten auf ihn los, doch kurz bevor ich ihn erreichte, wandte er sich in meine Richtung und schlug mir seine geballte Faust mit voller Wucht ins Gesicht, schreiend, dass ich ihn nicht von der Vollendung seines Lebenswerkes abbringen solle. Seine Sehnsucht nach seinem Bruder ward ihm unerträglich und er würde ohne ihn nie wieder glücklich werden. Vor Schmerzen heulend kauerte ich mich auf dem Boden zusammen, meine Nase, gewiss gebrochen, blutete unaufhörlich. Meine Niederlage eingestehend, kroch ich auf allen vieren davon und ließ mich, ausreichend Abstand haltend, unter einem Regal nieder. Verzweifelt sah ich mich um und überlegte fieberhaft, was ich nur unternehmen könnte. Hilflos musste ich mitansehen, wie

Anzengruber nicht von der Leiche abließ. Der geheimnisvolle Trank war ihr mittlerweile gänzlich einverleibt. Der Wahnsinnige ging einige Schritte zurück und wartete, was geschah. Zunächst passierte nichts. Er starrte regungslos und wie gebannt auf die Leiche, doch sie regte sich nicht. Ich hielt den Atem an, beobachtete das Geschehen ebenfalls gebannt und wagte es nicht, mich zu bewegen. Für den Bruchteil einer Sekunde überkam mich Erleichterung. Das teuflische Werk misslang, Anzengruber hatte sein Ziel nicht erreicht. Meine Hoffnungen wurden jedoch jäh zerstört. Plötzlich und wie von Geisterhand, begann der leblose Körper sich zu regen. Zuerst zuckte nur ein Bein, kaum merklich, doch dann erhoben sich plötzlich die Arme und schließlich richtete sich der gesamte Oberkörper auf. Satan hatte tatsächlich gesiegt. Vor meinen Augen erhob sich der tote, in ein Leichentuch gehüllte Johannes von Anzengruber. Sein Antlitz war von derart ungeheuerlicher Grässlichkeit, dass ich es kaum in Worte zu fassen vermag. Die Augen waren weiß, denen eines Blinden gleichend und traten deutlich aus den Höhlen hervor. Die verschrumpelte Haut war in sich zusammengefallen und leichenblass. Die Mundwinkel waren entsetzlich zu einem grausamen Grinsen entstellt, wobei die dünnen Lippen farblos waren. Der ganzen geisterhaften Erscheinung fehlte alle Menschlichkeit.

Ein zutiefst gequälter und erschütternder Schrei erfüllte den Raum. Ich erkannte zuerst gar nicht, dass es sich dabei um meinen eigenen handelte. Anzengruber konnte den Blick nicht von dem Wiederbelebten abwenden. Schwarze Magie musste dies teuflische Werk vollbracht haben. Mein Freund hatte zweifelsohne einen Pakt mit dem Teufel geschlossen, anders lässt sich dieses übernatürliche und zutiefst verstörende Ereignis nicht erklären. Ich faltete meine Hände und setzte zum Gebet an. Göttlichen Beistand zu erbitten, war alles, was mir noch übrig blieb. Auf die Macht des Allmächtigen musste ich vertrauen. Eines stand jedenfalls fest: Einer musste an diesem Tag sterben. Entweder ich oder Anzengruber.

Dieser huldigte seinem toten Bruder, dem er von Angesicht zu Angesicht gegenüberstand, vergoss Tränen der Freude und teilte Johannes seine grenzenlose Liebe und Sehnsucht nach ihm mit. Anschließend umarmte er den Untoten und küsste ihn auf die verweste Wange. Doch dann geschah Unfassbares! Die Leiche, die bislang nur regungslos dastand, packte Wilhelm plötzlich am Hals, während sie unverständliche Laute von sich gab, die denen eines Kleinkindes ähnelten. Als sich ihre eiskalten Klauen um meines Freundes Gurgel klammerten, packte auch ihn endlich das Entsetzen und er wurde sich seiner Tat bewusst. Johannes als den liebenswerten Menschen zurückzubringen, der er einst war, stellte ein unmögliches und von Anfang an zum Scheitern verurteiltes Unterfangen dar. Er war tot und konnte nicht zurückgebracht werden. Doch genau dies vermochte mein Freund nicht zu erkennen und wahrzuhaben. Stattdessen hatte er ein Monster erschaffen!

Ich richtete mich langsam auf und näherte mich dem Ausgang. Aus der Ferne beobachtete ich den erbitterten Kampf, den sich Anzengruber mit dem Monster lieferte. Ein Kampf auf Leben und Tod. Sie rangen miteinander, würgten einander, schlugen wild aufeinander ein, wehrten sich mit Fäusten und Füßen. Mein Freund leistete bemerkenswerten Widerstand, vermochte dem Monster jedoch keinerlei Schaden zuzufügen. Es wirbelte ihn herum und stieß ihn auf einmal mit voller Wucht gegen ein Regal, auf dem sich die Behälter und befüllten Gläser nur zu tummelten. Anzengruber verlor das Gleichgewicht, die Gläser fielen herab und zerschmetterten auf dem Boden. Ein Glas, das sich ganz weit oben befand, fiel genau in den nahestehenden Ofen. Ich hörte nur noch einen entsetzlichen Schrei meines Freundes, der genau wusste, was dies zu bedeuten hatte. Da ich es auch ahnte, sah ich nicht mehr zurück, sondern rannte um mein Leben. Ich eilte wie nie zuvor die Treppe hinauf und verließ das Anwesen so schnell ich konnte. Ein ohrenbetäubender Knall erklang und hinter mir brach alles zusammen. Fetzen einer Mauer und allerhand Gegenstände flogen an mir vorbei, von der gewaltigen Explosion erschüttert. Selbst nachdem ich das Hause Anzengruber, das vollkommen in Flammen aufgegangen und vollständig zerstört war, schon längst hinter mir gelassen hatte, hörte ich nicht auf zu rennen. Ich rannte mehrere Kilometer in einem niemals für möglich gehaltenen Tempo. Erst nachdem ich mich weit genug entfernt hatte, hielt ich inne. Dann brach ich augenblicklich zusammen.

Nach mehreren Tagen, wachte ich schließlich im Krankenhaus wieder auf. Ich hatte einen vollständigen Nervenzusammenbruch erlitten. Dort kümmerte man sich allerding vorbildlich um meine körperlichen und seelischen Gebrechen. Ein Aufenthalt in einer Nervenheilanstalt war jedoch unumgänglich. Zutiefst traumatisiert hatte mich die Zeit im Hause Anzengruber.

Es dauerte Jahre bis ich wieder des Verstandes mächtig, meine Arbeit aufnehmen konnte. In selbiger suchte ich fortan Zuflucht. Ich kehrte nach Göttingen zurück, wo ich mich weiter als Philosoph betätigte. Der Erfolg blieb jedoch fortan aus. Nie mehr gelang es mir meine vollständige Leistungsfähigkeit wiederzuerlangen. Ich konnte nicht mehr länger als eine Stunde am Stück schreiben. Die Gedanken und revolutionären Ideen fielen mir nicht mehr zu. Ich hatte große Schwierigkeiten, mich zu konzentrieren. Dass ich dennoch ein materiell abgesichertes und sorgenfreies Leben zu führen imstande war, verdanke ich meinen großen Erfolgen, die ich erlangte, bevor mich die denkwürdigen Erlebnisse im Hause Anzengruber für immer arbeitsunfähig machten. Bedauerlich, dass mein bestes Werk, die Abhandlung über den Tod, den Flammen zum Opfer fiel. Oft habe ich seitdem versucht, das Werk zu rekonstruieren und neu zu verfassen, was mir unglücklicherweise nicht gelang. Die

Worte wollten einfach nicht zusammen passen. Doch ich habe mich damit abgefunden und diese Tatsache akzeptiert. Ich habe gesehen, was geschieht, wenn ein Mensch sich den Naturgesetzen widersetzt, bestimmte unumgängliche Sachverhalte nicht akzeptiert und sich gegen Gott und die Moral wendet. Diese prägenden und einschneidenden Erfahrungen haben mich zweifelsohne in jedweder Hinsicht reifen lassen. Ob ich noch an meinen alten Freund, Dr. Wilhelm von Anzengruber denke? Ja, das tue ich. Und zwar jeden Tag. Wahrlich, es vergeht kein Tag, an dem ich ihn nicht vermisse. Trotz allem, was er mir angetan, bedeutet er mir doch nach wie vor sehr viel. Tatsächlich habe ich ihm vergeben. Zutiefst bedauere ich, dass es mir nicht gelang, ihn zu retten. Viele Vorwürfe mache ich mir deswegen. Womöglich hätte ich dies grausames Schicksal verhindern können, wäre ich nicht derart von der Angst ergriffen gewesen. Doch jetzt, da ich mich ausgesprochen, mein großes Geheimnis nach so vielen Jahren endlich preisgebe und der Öffentlichkeit zugänglich mache, fühle ich mich befreit von Zorn, Trauer und sämtlichen negativen Emotionen. Der Herr möge meiner armen und belasteten Seele gnädig sein. Nun kann ich in Frieden sterben und bin mit mir im Reinen. Die schlimmsten Dämonen sind immer noch die, die in einem selbst lauern und dem eigenen Verstand entstammen.

Amen!

6 Die Tatsachen im Fall Viktor

"Was die Welt gemeinhin Genie nennt, ist jener krankhafte Geisteszustand, welcher aus einer ungebührlichen Vorherrschaft einer einzigen Fähigkeit über alle anderen erwächst. Die Werke solcher Genies sind niemals von echter Gesundheit und verraten in speziellen Punkten stets einen wahnhaften Geist."

Edgar Allan Poe

Alle Berichte, die ich mühsam von diesem Mann namens Viktor habe auffinden können, gedenke ich hier darzulegen, um der Nachwelt zu erhalten. Glücklicherweise sind seine Schriften gut erhalten geblieben, weshalb wir über ein aussagekräftiges Bild der Lebensgeschichte dieses Menschen verfügen und uns dieser tragischen Erzählung erfreuen können. Mir selbst steht es zu, über ihn zu urteilen, da ich, wie der Bericht noch ergeben wird, ein enger Vertrauter dieses Mannes war. Nichtsdestotrotz mahne ich zur Vorsicht. Welcher der im Folgenden geschilderten Ereignisse tatsächlich der Wahrheit entsprechen und welche nur der kranken Fantasie eines eindeutig Wahnsinnigen entstammen, ist nicht endgültig zu klären und bleibt uns allen wohl auf Ewig ein Mysterium. Die Frage nach der absoluten Wahrheit, der unumstößlichen Gültigkeit einer Erfahrung ist ohnehin eine, welche dem Menschen nicht zusteht, zu beantworten. Der Verstand ist zu beschränkt, die Gültigkeit der Erfahrungen hinterfragbar, genau wie alles andere auch. Nur die Kraft der Fantasie vermag Antworten zu liefern auf Mysterien, die sich der Geisteskraft des Intellekts wohl auf Ewig entziehen werden. Nicht wenige sind der Annahme, der Tod liefere Antworten, auf die quälenden Fragen nach der Erkenntnis. Doch wie würde der Mensch wohl reagieren, wenn er erführe, dass es sich bei der Existenz alles Irdischen bloß um reine Imagination, den Traum eines Wahnsinnigen handelt? Jeder Mensch ist somit auf seine Art wahnsinnig, da erst sein krankes Hirn die Welt um ihn herum entstehen lässt, denn außerhalb der fixen Idee, der Vorstellung, existiert nichts. Folglich spielt es keine Rolle, ob der Bericht Viktors vollkommen den Tatsachen entspricht oder nicht. Wer legt schließlich fest, ob Träume und Fantasien nicht genau so echt sind, wie die vermeintlich reale Welt? Andersherum gefragt, wie können wir uns sicher sein, dass die Welt nicht einzig das Produkt unserer Vorstellung, sowie unseres Willens ist? Das Subjekt sieht in der Welt, was es zu sehen gezwungen ist, bedingt durch die geistigen Ergüsse seiner krankhaften Einbildung. Erhält vor diesem Hintergrund nicht gar der gesamte Begriff des Wahnsinns eine gänzlich andere Bedeutung? Das Absurde, das Groteske, wird plötzlich zur Normalität. Erfahrung ist etwas surreales, wahre Erkenntnis ist in der materiellen Welt niemals vollständig zu erlangen. Der Mensch ist nur a priori seinen Vorstellungen unterworfen, die sein individuelles Bild der Wirklichkeit formen, jedoch keineswegs auf Vernunft oder Erfahrung zurückzuführen sind, sondern einzig auf die Fantasie des Übernatürlichen, der Krankhaftigkeit des eigenen Geistes und der emotionalen Verkehrtheit. Vor diesem Hintergrund lässt sich die Erzählung unseres Viktors, einem zutiefst emotional gebrochenen und zerrissenen Menschen, besser verstehen und einordnen. Was Formen der höchsten geistigen Verwirrtheit wie das Phänomen der Liebe in einem Subjekt auszulösen in der Lage sind, wird der Bericht zeigen. Folglich bitte ich den Leser dazu, nicht allzu schlecht von diesem bemitleidenswerten Mann zu denken, und seine eigenen Moralvorstellungen für den Augenblick zu verwerfen (ohnehin ist nichts in der Welt von absoluter Gültigkeit, weder der bestirnte Himmel über mir, noch das moralische Gesetz in mir). Antworten wird die Zeit liefern!

Mein Name ist Viktor, den Familiennamen möchte ich aus Gründen des Identitätsschutzes nicht preisgeben. Auch das Jahr meiner Geburt soll unbekannt bleiben. Ich lebte ein recht bescheidenes Leben der Mitte, zwischen Mangel und Übermaß. Ich war ein Mensch, der nicht viel zu seinem Glück bedurfte, dementsprechend hegte ich kaum Ansprüche. Die Liebe meines Weibes, der wundervollen Maria genügte mir. Ich selbst versuchte mich in den Bereichen der Kunst zu betätigen, dichtete und komponierte, jedoch mit geringem Erfolg. Das wahre Genie war Maria! In sämtlichen Lebensbereichen war sie mir überlegen. Ihre Dichtungen und ihre Kompositionen versetzten mich stets aufs Neue in Erstaunen. Ihr ebenfalls ausbleibender Erfolg war einzig auf geschlechtsbedingte Diskriminierung zurückzuführen und keineswegs auf mangelnde Qualität, wie es bei mir der Fall gewesen. Doch nicht nur in den Künsten war ich Maria hoffnungslos unterlegen. Auch in den Wissenschaften legte sie eine außergewöhnliche Begabung an den Tag. Ihre mathematische Begabung war kaum zu übersehen, ihr Allgemeinwissen im Bereich der Physik bemerkenswert. Sie verfasste gar philosophische Abhandlungen, etwas, das mir niemals gelang, auch wenn ich mir kaum etwas sehnlicher wünschte. Die eigene Eingeschränktheit meines Verstandes war mir höchst zuwider, doch Maria glich all diese Schwächen auf beeindruckende Art und Weise wieder aus, weshalb ich das unvollständige Bild meiner Selbst in ihr zu vervollständigen suchte.

Maria war eine derart vielseitig begabte und interessierte Frau, dass es nichts zu geben schien, wozu sie nicht in der Lage war. Diese geistige Perfektion spiegelte sich jedoch nicht in ihrem äußeren Erscheinungsbild wider. Wahrlich handelte es sich bei ihr nicht um eine Frau, die dem klassischen Schönheitsideal entsprach. Sie war recht großgewachsen, dafür jedoch spindeldürr. Die Haut war blass, das schwarze Haar spröde, und die Augen eindeutig zu groß geraten. Immer wenn ich ihr in die

Augen sah, glaubte ich, der Mond würde mir entgegenblicken. Dennoch erschien sie mir als wunderschön. Ihre Bewegungen hatten etwas derart Elegantes und Würdevolles an sich, wie ich es noch nie zuvor gesehen hatte. Sie zeigte, dass sie sich in ihrem Körper wohl fühlte und dieses gesunde Selbstvertrauen gepaart mit der zuvor thematisierten unbeschreiblichen Anmut und Würde, ließ sie für mich zutiefst attraktiv wirken und täuschte über äußerliche Makel mühelos hinweg.

So grenzenlos meine Liebe zu Maria doch war, so kann ich nicht leugnen, dass ich mich zuweilen wahrlich vor ihr ängstigte. Ihre Geisteskraft nahm Züge an, die ich nicht mehr für menschlich hielt. Sie stellte für mich die Personifizierung des Übernatürlichen dar, etwas, das Worte allein nicht auszudrücken vermögen. Und was nicht durch die Sprache vermittelt werden kann, ist auch für den Verstand unmöglich nachzuvollziehen, denn Sprache, Denken und Erkenntnis sind untrennbar miteinander verbunden und bedurften gar einander, denn ohne das eine, existiert das andere auch nicht. Daraus folgt, dass ich Maria, ihre gesamte Persönlichkeit, ihr unbeschreibliches Wesen, weder selbst verstand noch überhaupt erklären konnte. Das von ihr hier dargelegte Bild ihrer Selbst ist aus diesem Grunde unvollständig und entspricht nicht der Wahrheit. Grundsätzlich fürchtet sich der Mensch vor dem, was seine Vernunft rational nicht zu begreifen in der Lage ist und ich stellte dabei selbstverständlich keine Ausnahme dar, da ich ein Mensch war, wie jeder andere auch. Ich hatte Angst, mich in Marias Nähe aufzuhalten, da ich den Grund ihrer Präsenz nicht verstand. Voller Ehrfurcht vergötterte ich sie, steigerte mich in eine krankhafte Abhängigkeit. Die Angst verhinderte, dass ich mich von Maria trennen konnte, was sicherlich auch meiner eigenen Gesundheit eine Wohltat gewesen wäre. Doch ich teilte mir weiterhin die Wohnung mit dieser nicht irdischen Erscheinung und lebte somit den selbstzerstörerischen Trieb, der mir seit jeher zu eigen war, in vollen Zügen aus. Für Maria entschied ich mich aus freien Stücken, zu leiden, stand folglich jeden Tag Todesängste aus und erniedrigte mich vor ihr. Sie kritisierte meine Dichtungen und verglich sie mit ihren eigenen Meisterwerken, was ich ihr keineswegs übel nahm, stand einem solch großen Geist doch jederzeit zu, die Ergebenen und Unterwürfigen zu demütigen.

Wenn ich am Klavier übte und ich die leisen, kaum wahrnehmbaren, leichtfüßigen Schritte der sich mir nähernden Maria vernahm, erstarrten all meine Glieder und ein eiskalter Schauer lief mir den Rücken herab. Ich verfiel stets in einen tranceähnlichen Zustand, sobald sich ihre eiskalte und bleiche Hand auf meinen Hals legte und von dort langsam an der Schulter herab glitt und ihre erschreckend ruhige und stets gefasst wirkende Stimme mir befahl, aufzustehen und sie spielen zu lassen. Augenblicklich verließ ich dann den Raum und überließ der Kreatur das Zimmer. Heimlich lauschte ich jedoch an der Tür, meist gar stundenlang, ohne mich auch nur zu regen und ließ mich von herrlichen Klängen, die Maria dem Instrument entlockte, verzaubern und noch weiter in ihren Bann ziehen.

Maria und ich hatten kein intimes Verhältnis, körperliche Nähe war eine absolute Seltenheit. Ich selbst getraute mich nicht, mich ihr zu nähern und sie schien nicht das Bedürfnis danach zu verspüren, wofür ich sehr dankbar war. Dies bestätigte zudem meinen Eindruck, dass es sich bei dieser Frau nicht um ein irdisches Geschöpf handeln konnte, da sie selbst vollkommen losgelöst von allen menschlichen Begierden und Trieben zu sein schien. Wie eine erhabene Gottheit stand sie über allem Weltlichen, ihre betonte Sachlichkeit, emotionale Kälte und schier unmenschliche Rationalität, verstärkten das Bild des Übernatürlichen, welches ich von ihr hatte. Es mag lächerlich erscheinen, doch tief im Innern war ich davon überzeugt, dass Maria unsterblich war, dass sie auch Jahrhunderte später noch an meinem eigenen Grab wachen würde und auf selbiges mit ihren eiskalten Mondaugen herabstarren würde. Dieser Gedanke war mir derart unerträglich, dass ich nicht einmal mehr mit Maria das Bett teilen konnte. Tatsächlich schlief ich in einem Nebenraum, meist im Sitzen auf einem Stuhl, so unerträglich wurde mir ihre physische Gegenwart. Des Nachts wachte ich zumeist aus den schrecklichsten Albträumen auf, in welchen mir Maria erschien, gekleidet in einem entsetzlich entstellten Leichentuch. Dann blickte ich angsterfüllt auf die Tür zu Marias Schlafgemach und fragte mich, was wohl hinter dieser Tür geschah. Diese Fantasien ließen mich zutiefst erschaudern und raubten mir endgültig den so wichtigen und heilenden Schlaf.

Eines Tages als ich erneut heimlich lauschte, während Maria Klavier spielte, ereignete sich etwas, das ich niemals für möglich gehalten hätte. Sie spielte entsetzlich, absolut grässlich, von ihrer einstigen Perfektion war nichts mehr übrig geblieben. Zudem wurde das Spiel oftmals von hysterisch anmutenden Hustenanfällen unterbrochen. Die Klänge des Klaviers gingen mir durch Mark und Bein. Vollkommene Disharmonie lag vor, diese sogenannte Musik ließ mich in meinen Grundfesten erschaudern. An gewöhnlichen Tagen spielte Maria schöner als ich es je für möglich gehalten hätte. Ich vernahm die süßesten Klänge, die Pforte des Himmels öffneten sich vor mir und ich hörte den Gesang der Engel und wurde des Herrn leibhaftig ansichtig. An diesem Tag jedoch spielte Maria schrecklicher als ich es mir in meinen furchtbarsten Albträumen hätte ausmalen können. Ich vernahm das Lachen des Satans, welches mir den Magen umdrehte und das schlagende Herz in meiner Brust zum Stillstand zwang. Ich hörte alle Klänge der Hölle, die schrecklichsten Kreaturen nahmen sich meiner an und setzten mich einer menschenunwürdigen Folter aus.

Ohne dass ich mich dessen hätte erwehren können, schrie ich plötzlich laut auf: "Aufhören! Aufhören! Aufhören!" Verzweifelt hielt ich mir die Ohren zu, doch die Höllenklänge hallten in meinem Kopf wider und erfüllten mein Herz mit tiefster Furcht. Das Instrument heulte ein letztes Mal mit einem mächtigen und erschütternden Klang auf und dann herrschte Ruhe.

"Beende das Hexenwerk", heulte ich voller Entsetzen und stieß die Tür zu ihrem Zimmer gewaltsam auf. Der sich mir offenbarende Anblick hätte wundersamer nicht sein können. Ich zweifelte an der Glaubhaftigkeit meiner sinnlichen Erfahrungen, da das, was sich unmittelbar vor meinen Augen abspielte, den Erkenntnissen meines Verstandes zuwiderlief. Maria, meine Geliebte und gleichzeitig Verhasste, die Frau, die ich für unverwundbar und von irdischen Naturgesetzen für losgelöst gehalten hatte, lag dort vor mir ausgestreckt auf dem Boden. Auf den Tasten des Klaviers erkannte ich Tropfen frischen Blutes. Die Blässe Marias Haut hatten nun ebenfalls unmenschliche Züge angenommen, die violett und dick angelaufenen Adern kontrastierten mit der toten Hautfarbe, die Mondaugen waren auf entsetzliche Art aus ihren Höhlen hervorgetreten und aus dem weit geöffneten Mund rann Blut, welches, ich vermochte es nicht zu glauben, schwarz erschien. Sofort eilte ich zu ihr herüber und unternahm verzweifelte Wiederbelebungsversuche, die allesamt scheiterten. Nach einer gewissen Zeit blieb mir nichts anderes übrig, als ihren Tod festzustellen. Mein Weltbild unterlag einer derartigen Erschütterung, dass ich an meiner eigenen Zurechnungsfähigkeit zweifelte. Maria war tot. Es war mir ein Unmögliches diese Tatsache zu begreifen und zu akzeptieren. Gott hatte seinen Liebling zu sich gerufen und ließ einen armen Mann in seiner Verzweiflung alleine zurück. Was ich allerdings ebenfalls nicht zu verschweigen gedenke, ist die neue, sich in mir entwickelnde Gemütsverfassung. Es ist mir vollkommen unerklärlich, doch der leblose Körper der Maria, welcher mir zu Füßen lag, erregte mich um einiges mehr, als es der lebendige jemals tat. Aus unerklärlichen Gründen genoss ich die neu gewonnene Überlegenheit. Endlich war ich nicht mehr der

Unterlegene, endlich war ich ihr übergeordnet, denn ich war am Leben, während sie tot war. Dieses eine Mal in meinem Leben hatte ich Maria etwas Voraus, dies war der einzige Sieg, den ich jemals über sie erringen konnte, das einzige Mal, dessen sie eher meiner Hilfe bedurfte als ich der ihren.

Mit den Fingern schloss ich Marias weit geöffnete Augen und trug den Leichnam in das Bett. Im Anschluss zerschlug ich mit einer Axt das Klavier, da selbiges nur eine schmerzhafte Erinnerung an meine Frau gewesen wäre und warf all ihre Schriften in den Ofen. Dann legte ich mich in das Bett, neben die Leiche und umschloss den toten Körper mit meinen Armen. In dieser Position schlief ich ein, so ruhig und gelassen wie schon lange nicht mehr.

In jener Nacht träumte ich, dass ich mich mit Maria auf einem Friedhof befand. Hand in Hand überquerten wir langsam den Friedhof, bis meine Frau plötzlich begann, Blut aus ihrem Mund zu husten und anschließend zusammenbrach. Verzweifelt nach Hilfe schreiend, wurde mir bewusst, dass wir alleine waren. Ich erblickte in der Ferne ein bereits ausgehobenes Grab, schulterte tränenüberströmt den Leichnam und trug ihn zu jener Stelle. Als ich den Körper soeben in das Grab gelegt hatte, klopfte mir jemand von hinten auf die Schulter. Erschrocken wandte ich mich um und starrte in mein eigenes Gesicht.

In diesem Augenblick erwachte ich schweißgebadet und mit rasendem Herzen aus meinem Traum und erschauderte heftig, als Marias weit geöffnete Mondaugen mir entgegenblickten. Ich hatte völlig vergessen, dass ich zusammen mit der Leiche im Bett lag und sprang sofort auf. Hatte ich die Augen der Toten nicht geschlossen? Wieso standen sie auf einmal weit geöffnet?

Am darauffolgenden Tag meldete ich Marias Tod und eine Woche später fand die Beerdigung statt. Außer einigen Geistlichen war abgesehen von mir niemand anwesend, was mich nicht verwunderte, lebten wir beide doch stets von der Zivilisation abgeschieden und hatten nur einander. Seltsam erschien mir nur die Tatsache, dass das Grab bereits zuvor schon ausgehoben war...

Ich verfiel in eine tiefe Depression, die Schatten bemächtigten sich meiner Seele, sodass ich keinen Ausweg aus meinem Leid zu finden in der Lage war. Marias Tod hatte mir vollständig den Boden unter den Füßen weggezogen, das Schicksal hatte meiner armseligen Existenz jedweden Sinn geraubt. Eines Abends, als der Vollmond durch das Fenster schien und mein blasses Antlitz bestrahlte, fällte ich den Entschluss, meinem elenden Leben ein schnelles Ende zu bereiten. Mit Maria wollte ich die Verbindung im Tode wiederherstellen und mich selbst dadurch erneut vervollständigen. Ohne Maria wurde ich mir meiner eigenen Unvollständigkeit aufs Grausamste bewusst, meine Fehler und Schwächen traten in den Vordergrund. Dies vermochte ich nicht länger zu ertragen. Die Angst vor der irdischen Maria artete jetzt aus in eine allgemeine Angst vor der irdischen Welt als solche, weshalb ich die Verbindung mit der himmlischen Maria anstrebte, um die Last des Lebens von mir abzuwerfen.

Als ich gerade das Messer zur Hand genommen und kurz davorstand, mir einen tödlichen Schnitt zuzufügen, ließ eine Stimme mich erstarren: "Halte inne, Viktor!"

Vor Schreck ließ ich das Messer fallen und blickte mich um. "Wer spricht dort?"

Aus dem Nichts erschien vor mir eine geisterhafte Erscheinung. Entsetzt wurde mir sofort bewusst, um wen es sich dort handelte. Es war ich selbst. Jedenfalls sah der Geist genauso aus wie ich. Somit erschloss sich mir auch, warum ich in meinem Traum in mein eigenes Gesicht blickte. Es musste einen Doppelgänger von mir geben, der sich mir im Traum ankündigte und mir nun leibhaftig erscheint. Wenn ich schreibe, dass die Gestalt meiner Selbst vollständig gleicht, liege ich nicht gänzlich richtig. Ihre Gesichtszüge erscheinen viel boshafter als die meinen. Vielmehr handelte es sich bei dieser geisterhaften Erscheinung um eine boshafte Version meiner Selbst und nicht um ein genaues Abbild.

"Du wirst dich nicht umbringen, Viktor", sagte mein komplett in schwarz gekleideter Doppelgänger.

"Wer bist du und was willst du von mir", stammelte ich nur, ohne den Blick von dem Geist abwenden zu können.

"Unwichtig. Entscheidend ist das Angebot, welches dir zu unterbreiten, ich gedenke."

"Hat es etwas mit Maria zu tun", erkundigte ich mich vorsichtig. Aus einem mir unerklärlichen Grund hatte ich eine gewisse Vorahnung. Irgendetwas sagte mir, dass der Doppelgänger von Maria gesandt wurde und in ihrem Auftrag handelte.

Bestätigung für meine Annahme fand ich in der Antwort des unangekündigten Besuchers: "Ich verfüge über die Macht, dir deine Geliebte zurückzuholen. Im Gegenzug verlange ich gewisse Dienste von dir, denn alles in der Welt hat seinen Preis."

Plötzlich wurde ich hellhörig, sprang von meinem Platz auf und fiel dem Doppelgänger zu Füßen.

"Oh Herr, ich weiß, dass Ihr es seid! Eine göttliche Erscheinung, gesandt von Maria, um mich von meinen Qualen zu erretten! Sagt, was muss ich tun, um meine Geliebte zurückzubringen?"

Der Geist sprach: "Maria gehört nicht in die irdische Welt. Sie in selbige zurückzubringen, stellt dementsprechend eine mit erheblichen Schwierigkeiten verbundene Herausforderung dar.

Um Leben zurückzubringen, muss es eingetauscht werden gegen anderes Leben. Ich verlange als Gegenleistung also, dass du mir drei Menschen opferst."

Diese Forderung seitens des Unbekannten, ließ mich erbleichen. Zögerlich begann ich, das Für und Wider abzuwägen. Ich, ein vollkommen harmoniebedürftiger Mensch, der bislang keinerlei Gewaltpotential in sich trug, sollte zum kaltblütigen Mörder werden. Allein diese Vorstellung und der Gedanke daran, einem anderen Menschen das Leben zu nehmen, war mir zuwider, doch ich dachte an Maria und wie sehr ich ihrer Vollkommenheit und Perfektion bedurfte, um mich selbst lieben zu können. Ich vermisste die Angst und Ehrfrucht vor ihr, ich vermisste das Gefühl, lebendig zu sein und spürte aufs Neue die abgrundtiefe Leere in meinem Herzen. Die Angst vor der Einsamkeit und mit der eigenen Unfähigkeit dauerhaft konfrontiert zu sein, wog wesentlich schwerer als die Angst davor, zu morden und mich auf übernatürliche Mächte einzulassen, die ich ebenso wenig verstand, wie damals Maria. Daher fragte ich: "Wen muss ich umbringen?"

Der Doppelgänger sprach: "Die Wahl obliegt einzig dir. Die einzige Voraussetzung ist, dass es sich bei den drei Opfern um Menschen handelt, die alle wichtigen menschlichen Emotionen hervorrufen. Folglich muss eines der Opfer ein Mensch sein, den du liebst, eines ein Mensch, den du hasst und eines ein Mensch, der keinerlei Gefühle in dir erweckt, also ein dir Unbekannter. Reihenfolge ist irrelevant, Zeitvorgabe existiert nicht. Dennoch rate ich dazu, nicht zu lange zu zögern, da auch deine eigene Zeit schwindet!"

Ich sah meinen Doppelgänger entschlossen an, dennoch bemächtigte sich ein Gefühl von Unbehagen meiner. Der Unbekannte hielt mir seine Hand hin.

"Willigst du ein?"

Ohne zu zögern schlug ich ein und just in dem Augenblick, in dem sich unsere Hände berührten, begann die meine plötzlich rot anzulaufen und zu glühen. Erschrocken ließ ich los und wich zurück, die ursprüngliche Farbe kehrte in meine Hand zurück. Der Doppelgänger grinste.

"Was passiert, wenn ich scheitere?", wollte ich wissen.

"Dann gehörst du mir", sagte die Gestalt und löste sich auf einmal in Luft auf. Ich vernahm trotzdem noch ihre Stimme, die sagte: "Ich beobachte dich!"

Und dann stand ich alleine da, von Dunkelheit umgeben, in Finsternis gehüllt und begann hemmungslos zu weinen. Worauf hatte ich mich da nur eingelassen? Und es gab kein Zurück mehr...

"Trink noch etwas, ich gebe dir einen aus", sagte ich. Ich befand mich in einer Kneipe, etwas außerhalb meiner Heimatstadt, wo mich niemand kannte und wo ich niemanden kannte. Diesen Ort hatte ich als Schauplatz meines ersten Mordes erwählt. Ausgestattet war ich mit dem Messer, mit welchem ich kürzlich noch mein eigenes Leben auszulöschen gedachte. Es sollte also doch noch mit Blut getränkt werden, nur eben nicht mit meinem eigenen. An Selbstmord dachte ich mittlerweile längst nicht mehr. Allein die Vorstellung, dass ich einige Stunden zuvor noch kurz davor stand diese Handlung auszuführen, versetzte mich jetzt in Unverständnis. Warum sollte ich mein Leben schließlich einfach so wegwerfen, wenn mir jetzt doch von himmlischen Mächten die einmalige Möglichkeit zuteil wurde, meine Geliebte von den Toten zurückzuholen? Ich war zutiefst davon überzeugt, dass alles besser würde, und zwar schon sehr bald. Doch zunächst musste ich meine Pflicht tun. Alles in der Welt hat seinen Preis.

Ich hatte mich nicht direkt an die Theke gesetzt, sondern etwas abseits, da ich keine Aufmerksamkeit auf mich ziehen wollte. Für mein Vorhaben wäre Aufmerksamkeit höchst ungünstig gewesen. Ich musste heimlich agieren, aus dem Schatten heraus.

"Ich beobachte dich", flüsterte die Stimme in meinem Kopf. Ich hatte soeben das Gespräch mit einem mir gänzlich unbekannten Mann aufgenommen, der bereits sichtlich betrunken war. Diese Gestalt war ein absolutes Scheusal. Widerlich, ungepflegt, hässlich, dumm und abstoßend. Ich sorgte dafür, dass er immer mehr trank, indem ich gar die Kosten für seine Getränke übernahm. Mein Plan ging auf. Der Mann, der von Anfang an nur sinn-und zusammenhanglosen Blödsinn schwafelte, war nun derart betrunken, dass er nicht mehr in der Lage war, alleine die Kneipe zu verlassen. Ich bezahlte also für ihn (ich selbst hatte natürlich nichts getrunken) und begleitete ihn nach draußen, wobei ich ihn stützen musste, da er ansonsten augenblicklich zusammengebrochen wäre. Der Mann verfiel fortan bedingt durch den Alkohol in eine regelrechte Apathie. Er nahm um sich herum nichts mehr wahr, sprach kein Wort mehr und übergab sich mehrfach auf der Straße. Die Straßen hatten sich mittlerweile geleert, da es spät in der Nacht war. Die Hauptlichtquelle stellte der Mond dar, der von oben auf uns herabschien und die ganze Welt in ein gespenstisches, melancholisches Licht tauchte.

"Tu es jetzt", flüsterte die Stimme in meinem Kopf. Ich riss den Betrunkenen, der gar nicht wusste, wie ihm geschah, herum und zerrte ihn in eine gänzlich menschenleere, dunkle und stinkende Gasse. Dort schleuderte ich ihn zu Boden. Der Mann erbrach erneut und schaffte es nicht mehr, eigenständig auf die Beine zu kommen. Währenddessen gab er einige gänzlich unverständliche Laute von sich. Ich zögerte nicht länger und zückte mein Messer. Ich stieß es dem Betrunkenen mit voller

Wucht gegen die Schläfe. Um gegen den Widerstand anzukämpfen, zog ich das bereits blutgetränkte Messer immer wieder heraus und stieß erneut an der gleichen Stelle zu. Von dem Mann vernahm ich nur noch ein schmerzerfülltes Stöhnen bis er schließlich leblos zu Boden sackte. Das Blut kam aus der Wunde in einer Fontäne herausgeschossen und breitete sich auf dem kalten Boden aus. Ich meinte gar das Gehirn aus der Stelle hervorquellen zu sehen. Das Blut mischte sich mit dem Erbrochenen und bot ein Bild des Grauens.

"Gut gemacht", flüsterte die Stimme in meinem Kopf. Mir wurde schwindlig und schwarz vor Augen. Ich taumelte rückwärts und musste mich an dem Gemäuer festhalten, um nicht den Halt zu verlieren. Mir wurde bewusst, dass ich schwer gesündigt hatte und sofort spürte ich wie meine Seele schwerer wurde. Ich machte mir gar nicht erst die Mühe, den Tatort von allen Spuren zu reinigen, die Stimme in meinem Kopf hatte mir nämlich glaubhaft zugesichert, dass meine Morde unbemerkt bleiben würden und niemand nach mir suchen würde. Selbstverständlich vertraute ich den höheren Mächten und suchte schleunigst das Weite.

Der Mord an einem mir unbekannten Menschen lag bereits hinter mir. Ich hatte einen wichtigen Schritt in Richtung Rettung Marias getan, doch mein Werk war noch lange nicht vollendet. Als nächstes musste ich einen verhassten Menschen aus dem Weg räumen. Hierbei musste ich nicht lange überlegen. Meine Wahl fiel auf den Verleger, Edgar von Grimmsland, ein absolut unausstehlicher Zeitgenosse. Meinen Hass hatte er bereits vor langer Zeit auf sich gezogen, da er sich stets weigerte, Marias Dichtungen zu verlegen und bezeichnete selbige gar als "schändliche Literatur". In Wahrheit handelte es sich bei ihm einfach um einen frauenfeindlichen, abgehobenen und moralisch zutiefst abstoßenden Menschen. Natürlich bedurfte ich eines Vorwandes, um mich mit ihm zu treffen. Einfach so war das schließlich nicht möglich. Ich konnte ihm jedoch keine meiner eigenen Werke zukommen lassen, da diese qualitativ niemals gut genug wären, um ihn zu überzeugen. Unglücklicherweise hatte ich jedoch die Dichtungen Marias allesamt verbrannt, um die schmerzhafte Erinnerung an sie auszulöschen.

Wie ich da so an meinem Schreibtisch saß und fieberhaft nach einer Lösung suchte, meldete sich die Stimme in meinem Kopf wieder zu Wort. Sie flüsterte: "Lass mich dir helfen."

Und wie von Geisterhand erschien auf meinem Tisch ein großer Stapel mit beschriebenem Papier. Verwundert las ich mir die Texte durch und erkannte sofort die Werke Marias wieder. Die übernatürlichen Mächte hatten sie also wieder hergestellt. Ich bereitete umgehend alles vor, verfasste einen ausführlichen Brief an Edgar von Grimmsland und fügte diesem dem Manuskript bei, bevor ich alles zusammen in einem Umschlag verpackte und zufrieden an seine Adresse verschickte.

Es dauerte wahrlich nicht lange, bis ich eine Antwort erhielt. Der Brief des Verlegers war recht kurz gehalten und auf das Wesentliche beschränkt, er ließ jedoch anklingen, dass er mich sehr gerne sehen würde und teilte mir bereits einen konkreten Termin für ein persönliches Treffen mit. Dieses nahm ich natürlich wahr.

Lange musste ich mich nicht gedulden. Bereits am nächsten Tag wurde ich in seine Redaktion eingeladen. Außer dem Messer nahm ich nichts mit. Äußerst widerwillig schüttelte ich Edgar die Hand und stellte mich vor, wobei ich gut aufpassen musste, ihm meinen Hass nicht zu deutlich zu zeigen. Nachdem ich ihm gegenüber Platz genommen hatte, begann er einen regelrechten Lobgesang auf meine Fähigkeiten, pries meine Werke und erzählte mir, ich hätte ihn mit meiner Kunst auf eine Weise verzaubert, wie er sie niemals für möglich gehalten hätte und dass diese Dichtungen das beste waren, was er jemals gelesen hatte. Ich nickte nur zustimmend und sagte nichts. Natürlich sprach er mir aus dem Herzen, da es mir genauso erging wie ihm, als ich Marias Werke gelesen hatte. Edgar meinte, er wolle meine Werke um jeden Preis veröffentlichen und sei gar bereit mir keinen Wunsch zu verweigern.

Ich lachte. "An Finanziellem bin ich keineswegs interessiert, gnädiger Herr."

"Was ist es dann, was ich für Sie tun kann, Sie Genie?"

"Zahlen Sie auch mit Blut?"

Wie er diese Worte gehört, starrte Edgar mich irritiert an. "Was meinen Sie damit", fragte er dumm.

Langsam und mit anmutenden Bewegungen, die ich mir von Maria abgeschaut hatte, erhob ich mich von meinem Stuhl und näherte mich meinem Feind und zweiten Opfer. Der Verleger blieb sitzen und warf mir einen fragenden Blick zu.

"Eine Sache möchte ich Ihnen gerne mitteilen", begann ich. "Diese Dichtungen. Sie sind nicht von mir. Meine Frau hat sie verfasst. Genau die Frau, die Sie stets abgelehnt und für nicht gut genug befunden haben."

Des Verlegers Augen weiteten sich ungläubig. "Von einer Frau? Unmöglich! Das kann niemals ein Weib geschrieben haben! Sie lügen!"

Bevor Edgar auch nur ein weiteres Wort sagen konnte, zog ich blitzschnell die Klinge hervor. Er realisierte, was ich vorhatte und wollte sich gerade abwenden, doch ich war schneller. Ehe er sich versah, steckte die Klinge bereits tief in seiner Brust. Genüsslich ließ ich das Messer tiefer hineingleiten. Mein Opfer riss den Mund auf und rang nach Atem, brachte jedoch keinen Ton heraus. Die Klinge zerfetzte Kleidung und Haut, durchbohrte und trennte das Gewebe, stieß tief ins Herz, das Blut rann wie wild aus der Einschnittstelle. Auf entsetzliche Art verdrehten sich die Augen des Opfers und der Körper wurde starr und kalt. Mit einem heftigen Ruck stieß ich das Messer wieder heraus und betrachtete freudig wie Edgar von Grimmsland, ein absolut widerlicher Mensch, den niemand je aufrichtig vermissen wird, tot zu Boden sank.

"Das ist für Maria", sagte ich. "Gut gemacht", flüsterte die Stimme. Mit irren Augen betrachtete ich voller Genugtuung mein Werk. Nun hatte sich der Blutdurst endgültig meiner bemächtigt. Ich genoss das Morden, hatte Freude dabei, erfreute mich der Wehrlosigkeit meiner Opfer und meiner eigenen Überlegenheit. Leise lachend und innerlich zufrieden, entfernte ich mich von dem Tatort und suchte meine eigenen heimischen Gefilden auf.

Die mit Abstand schwierigste Aufgabe stand mir noch bevor, da ich mir selbige für den Schluss aufgespart hatte. Ich musste noch einen geliebten Menschen umbringen. Die Problematik lag darin, dass ich nach Marias Ableben über keinerlei geliebte Person verfügte. Soziale Kontakte hatte ich niemals geknüpft, ich liebte nur Maria und hatte auch sonst keinerlei Freundschaften oder gute Bekanntschaften. Ich wusste aus diesem Grund gar nicht, wer in Frage käme, wer sich als mein drittes und letztes Opfer überhaupt eignen könnte. Daher beschloss ich, sorgfältig abzuwägen und zunächst einmal abzuwarten. Die ersten beiden Morde hatte ich sehr schnell hintereinander ausgeführt, weshalb ich mir beim dritten ruhig noch etwas Zeit lassen konnte. Schließlich musste alles gründlich geplant werden, da einfach zu viel auf dem Spiel stand.

"Wer könnte es nur sein", fragte ich laut. Die erhoffte Antwort der Stimme in meinem Kopf folgte prompt.

"Morgen wirst du den Friedhof und das Grab deiner Frau

aufsuchen. Dort wirst du die Antwort finden."

Dankend lobte ich Gott für die Unterstützung, die er mir gewährte und legte mich schlafen.

Der nächste Tag begann mit einem Augenblick des Entsetzens. Als ich mich im Spiegel betrachtete, konnte ich kaum fassen, dass es sich bei dem Gesicht, das mir entgegenstarrte tatsächlich um mein eigenes handelte. Wahrlich hatte ich mich auf derart entsetzliche Art verändert, dass ich mich kaum wiedererkannte. Scheinbar über Nacht schien ich furchtbar gealtert zu sein. Die Haut war durchzogen von hässlichen Falten und Furchen, die blutunterlaufenen Augen blickten trüb und ausdruckslos drein, die Haare waren wir zum großen Teil ausgefallen und darüber hinaus gar leicht aber dennoch merklich ergraut. Diesen seltsamen Befund vermochte ich mit meiner Vernunft nicht zu erklären, ebenso wenig die unerklärliche Schwere, die auf meinem Herzen lastete. Nichtsdestotrotz ließ ich mich davon nicht aus der Ruhe bringen und suchte alsbald den Friedhof auf.

Auf dem Friedhof fühlte ich mich erneut auf beklemmende Art und Weise in den seltsamen Traum zurückversetzt, welchen ich in der Nacht von Marias Ableben hatte. Ich war komplett allein, niemand sonst war auf dem Friedhof. Es war wirklich ein deprimierender Herbsttag. Die schwarzen Wolken hingen erdrückend vom Himmel herab, die kargen Bäume hatten all ihre Blätter eingebüßt, ein eiskalter Wind wehte. In gebeugter Haltung schlenderte ich zwischen den grauen Grabsteinen hindurch und bewegte mich vorsichtig in Richtung Marias Grab. Ganz allmählich bemächtigte sich die Angst vor dem, was nun kommen könnte, meiner. Diese hielt ich allerdings für unbegründet, da ich der Stimme in meinem Kopf uneingeschränktes Vertrauen entgegenbrachte.

Wie ich vor Marias Grab stand, flossen die Tränen. Mein Herz ward erfüllt mit unendlicher Sehnsucht und das Verlangen nach ihr war größer denn je. Ich erinnerte mich daran zurück, wie sie stundenlang Klavier spielte, wie ihre Präsenz mich derart in den Bann zog, dass es mir gar den Schlaf raubte. Bei dem Gedanken, wie sie mir ihre eiskalte Hand auf die Schulter legte und sanft den Rücken herab glitt, erschauderte ich. In diesem Augenblick legte sich doch tatsächlich eine Hand von hinten auf meine Schulter. Sofort fuhr ich herum und glaubte der wiederbelebten Maria ansichtig zu werden, doch die Hand gehörte zu einer anderen Person. Eine junge Frau hatte sich mir genähert, ohne dass ich sie überhaupt wahrgenommen hatte. Vermutlich war ich einfach zu sehr in Gedanken vertieft.

"Hallo Viktor", flüsterte sie. Der Klang ihrer lieblichen Stimme ließ mein Herz augenblicklich höher schlagen.

"Woher kennen Sie meinen Namen?", stammelte ich nur. Als ich die Unbekannte genauer gemustert hatte, stellte ich fest, dass sie unglaublich schön war, mehr noch, in Bezug auf das äußere Erscheinungsbild übertraf sie bei Weitem alles, was ich je zuvor gesehen hatte. Vom Aussehen her erinnerte sie mich ein wenig an Maria. Auch diese Frau hatte langes schwarzes Haar und recht blasse Haut. Sie kam mir jedoch eher vor wie eine stark idealisierte Maria, ohne die Schönheitsmakel, die selbiger zu eigen waren.

"Das ist nicht wichtig. Wie ich heiße, ist auch nicht relevant", meinte sie nur. Sie sprach immer noch im Flüsterton. Vollkommen überwältigt von der unbekannten Schönheit, war ich nicht in der Lage, einen klaren Gedanken zu fassen. Meinen ursprünglichen Auftrag hatte ich genauso vergessen, wie ich Maria vergessen hatte. Der karge und düstere Friedhof erschien mir auf einmal wie eine Blumenwiese im Frühling. Das Grau war bunter Farbe gewichen und auch die Kälte in meinem Herzen war einer wohltuenden Wärme gewichen.

"Hier sind nur wir beide", säuselte die Frau. "Wir sind ganz allein. Möchtest du nicht mit zu mir kommen?"

Ohne nachzudenken, willigte ich ein und begleitete die junge Frau auf dem Weg zu ihrem Zuhause. Es war ungefähr einen halbstündigen Fußweg von meiner Unterkunft entfernt und eher bescheiden aber dennoch gemütlich eingerichtet. Den ganzen Tag verbrachte ich mit der Frau, deren Namen ich niemals erfahren durfte. Tatsächlich gab die Frau keinerlei Informationen über sich preis und auch über mich wollte sie nichts wissen. Es war, als wüsste sie bereits alles über mich und ich alles über sie. Ich fragte auch nicht weiter nach, wo sie herkam, wieso sie mich angesprochen hatte oder ähnliches. Wir redeten kaum ein Wort miteinander. Stattdessen schienen wir uns auf eine subtile Art zu verstehen, auf einer emotionalen Ebene, welche zum Verständnis keinerlei Worte bedurfte. Von Anfang an hatte mich die Frau derart in den Bann gezogen, wie es zuvor nur Maria vermochte, an die ich mittlerweile keinen einzigen Gedanken mehr verschwendete. Ich war vollkommen verliebt in diese unbekannte Schönheit. Sie hatte meinen Verstand derart vernebelt, dass ich alles um mich herum wahrlich vergessen hatte. Ich dachte nicht mehr an Maria, an die Stimme in meinem Kopf, an meinen Auftrag. Alles unwichtig, alles vergessen. Wenn die Liebe sprach musste alles andere schweigen. Ich begann mich in der jungen Frau vollständig aufzulösen, ich verlor meine eigene Identität. Meine individuelle Persönlichkeit war nun eins mit der Frau, mein Schicksal untrennbar an das ihre gebunden. Unterscheidungen waren nicht mehr möglich, ich hatte mich in meiner wahnsinnigen Liebe selbst verloren und bemerkte es nicht. Obwohl ich nur einen Tag mit der Frau zusammen war, kam es mir vor wie ein ganzes Leben. Ein Leben im Himmel. So musste also das Reich des Himmels aussehen, so musste ein Engel aussehen.

Ich verbrachte die Nacht ebenfalls bei der Unbekannten.

Zufrieden und glücklich lag ich im Bett neben ihr und konnte mein Glück kaum fassen. Doch als ich kurz vorm Einschlafen stand, meldete sich plötzlich und vollkommen unangekündigt die beinahe schon in Vergessenheit geratene Stimme in meinem Kopf wieder.

"Vergiss deinen Auftrag nicht!"

Erschrocken riss ich die Augen auf und stand sogar vom Bett auf.

"Was willst du von mir", fragte ich in mich hinein. Die Antwort folgte prompt.

"Du hast einen Eid geschworen, Viktor!"

Just in diesem Augenblick fiel mir alles wieder ein. Es war wie das Aufwachen aus einem wunderschönen Traum, der harte Aufprall in die grausame Wirklichkeit. Ich dachte an Maria, an den Friedhof, an den Doppelgänger, an die Stimme und natürlich an den Eid.

Ich fragte die Stimme erneut: "Was ist, wenn ich Maria gar nicht mehr zurück will? Ich möchte mit der Frau, die dort im Bett liegt glücklich werden."

"Bedenke, was geschieht, wenn du der Abmachung nicht nachkommst."

Ich musste einen Moment nachdenken, mir die genauen Konditionen der Abmachung erneut vergegenwärtigen. Dann wusste ich wieder Bescheid.

"Ich muss sterben, wenn ich zuwiderhandle. Dann gehöre ich dir."

"Ich habe einen Menschen, der dir nichts bedeutet und ich habe einen Menschen, den du hasst. Du weißt genau, wer noch fehlt."

Mit Tränen in den Augen sah ich das Mädchen an, das dort scheinbar seelenruhig im Bett lag und in den süßesten Träumen schwelgte.

"Du weißt, was zu tun ist", sagte die Stimme. Gleichzeitig spürte ich auf einmal einen schweren Gegenstand in meiner Hosentasche. Es war das Messer, welches ich nun zur Hand nahm. Ich musste es vergessen haben, mitzunehmen, doch jetzt, wo ich es brauchte, war es erschienen. Ich umklammerte den Griff so fest, dass meine Knöchel weiß anliefen. Aus allen Poren trat Schweiß aus, mein Herz überschlug sich förmlich in meiner Brust.

"Tu es jetzt", befahl die Stimme.

Ich begann hemmungslos zu weinen. "Ich kann es nicht. Ich kann es nicht."

"Tu es jetzt", befahl eine andere Stimme. Erschrocken stellte ich fest, dass es die leise Stimme des Mädchens war. Auf einmal saß sie aufrecht im Bett und sah mich gebannt an. Verwirrt blickte ich abwechselnd auf sie und dann auf das blutgetränkte Messer. War es mir zuvor noch ein leichtes, einen Mord zu begehen, so sehr ängstigte mich dieses Vorhaben nun.

"Ich verstehe nicht. Wie kannst du...", begann ich, doch das Mädchen unterbrach mich erneut.

"Tu es jetzt!"

Die Stimme in meinem Kopf meldete sich ebenfalls wieder zu Wort. Und beide Stimmen wurden eins und skandierten gleichzeitig und immerfort skandierten sie: "Tu es jetzt! Tu es jetzt! Tu es jetzt!"

"Hört auf", schrie ich lauthals auf. "Raus aus meinem Kopf! Raus aus meinem Kopf!"

Doch die Stimmen hörten nicht auf. Im Gegenteil, sie wurden immer lauter. Das Mädchen starrte mich ununterbrochen fordernd an. Ich hielt es nicht mehr aus. Die Stimmen bereiteten mir unerträgliche Kopfschmerzen. Von Leid und Hass zerfressen, sprang ich mit einem Satz auf das Bett, holte weit aus und stach meiner Geliebten die Klinge mit aller Kraft in die Brust, während ich selbst verzweifelt aufschrie und heulte. Das Mädchen sank sofort tot zu Boden, jedoch spritzte mir kein Blut entgegen. Es sah aus, als würde sie schlafen. Die Klinge meines Messers wurde ebenfalls nicht in Blut getränkt, stattdessen lief sie schwarz wie die finsterste Nacht an. Jedoch waren meine Nerven viel zu angeschlagen, als dass ich diesen seltsamen Zustand hätte hinterfragen können.

"Was habe ich nur getan", heulte ich und vergrub mein Gesicht in meinen Händen.

"Es ist vollbracht", sagte die Stimme in meinem Kopf. "Du sollst für deine Mühen belohnt werden. Du weißt, was das bedeutet, Viktor. Wir sehen uns noch!"

Sofort dachte ich an Maria, meine einstige Liebe. Mein schwarzes Herz wurde beim Gedanken an sie wieder mit schier unerträglicher Sehnsucht erfüllt. Obwohl es mitten in der Nacht war, eilte ich hinaus und rannte so schnell ich konnte in Richtung Friedhof.

Freudestrahlend wurde ich gewahr, dass Marias Grab geöffnet war. Erde war ausgehoben, der Sarg stand offen und war leer. Ich wusste, was das bedeutete. Sie war wieder da. Sie war wieder zuhause. Gott hatte Wort gehalten!

"Maria, ich komme zu dir", rief ich voller Freude in die Nacht und trat überglücklich den Heimweg an.

Die Sehnsucht war nun derart unerträglich, dass ich es nicht länger auszuhalten vermochte. Folglich legte ich den Weg im

Laufschritt zurück. Nie mehr würde ich Maria gehen lassen, nie mehr.

Als ich endlich die Tür zu meinem Haus öffnete, vernahm ich ganz leise Musik. Maria spielte wieder Klavier, dass ich das Instrument mit einer Axt zerstört hatte, fiel mir in dem Moment nicht ein. Schnellstmöglich polterte ich die Treppe hinauf und schrie weinend Marias Namen. Kurz vor der geschlossenen Tür zum Klavierzimmer, hielt ich jedoch inne. Erst jetzt, wo ich dort vor der Tür kauerte, wie ich es früher so oft heimlich getan hatte, nahm ich bewusst war, welche Musik es war, die Maria dort spielte. Es war jene schreckliche Höllenmusik, die sie damals kurz vor ihrem Tod gespielt hatte.

"Oh nein! Nein, was habe ich getan", schrie ich verzweifelt und hielt mir die Ohren zu.

"Aufhören! Maria, ich bitte dich, meine Geliebte! Aufhören!"

Als des Satans Klänge immer noch nicht verstummten, trat ich die Tür auf und stürmte in das Zimmer. Wie angewurzelt blieb ich stehen und spürte, wie das Blut in meinen Adern erstarrte und mein Herz für einen Moment aufhörte zu spielen. Dort am Klavier saß Maria, gekleidet in ein blutgetränktes Leichentuch, die Haut weiß wie der Mond, die Augen nur noch zwei schwarze Punkte. Ihre langen, spinnenartigen Finger schlugen weiterhin wie wild auf die Tasten des Klaviers und produzierten mehr Klänge zu des Satans Ehren. Sie hatte mich gar nicht wahrgenommen, ihr starrer Blick war weiterhin auf die Tasten gerichtet.

"Maria! Hier bin ich", schrie ich so laut ich konnte, doch ich selbst hörte meine eigene Stimme nicht. So sehr ich mich auch dagegen zu wehren gesuchte, bekam ich keinen einzigen Ton heraus. Von der Stelle rühren konnte ich mich auch nicht, meine Glieder waren allesamt bewegungsunfähig. Voller Entsetzen sah ich die Tote an und konnte nicht anders als der furchtbaren Musik zu lauschen.

"Geliebte, ich bin zurück", ertönte plötzlich eine Stimme hinter mir. Ich bemerkte, wie Maria aufhörte zu spielen und sehnsüchtig aufsah. Mir widmete sie keinerlei Aufmerksamkeit, ihr Blick war auf etwas oder jemanden direkt hinter mir gerichtet. Jetzt gelang es mir, meiner Schockstarre zu entrinnen. Langsam drehte ich mich um und erschauderte heftig über den sich mir bietenden Anblick. Mein Doppelgänger war scheinbar aus dem Nichts aufgetaucht und im Zimmer erschienen. Auch er ging an mir vorbei, als sei ich gar nicht vorhanden.

"Viktor, Geliebter", rief Maria und erhob sich. Die beiden näherten sich vorsichtig und umarmten und küssten sich.

"Ich habe dich so vermisst", sagte der Doppelgänger und Maria brach in Tränen aus.

"Welcher Verrat ist das?", schrie ich vollkommen außer mir, doch wurde weiterhin mit Nichtachtung gestraft. Voller Entsetzen musste ich mit ansehen, wie der Doppelgänger und Maria sich gegenseitig langsam entkleideten und sich dann gemeinsam an das Klavier setzten und die schreckliche Musik im Duo spielten. Die Höllenklänge brachten mein Trommelfell zum Bersten, der unerträgliche Anblick der beiden Gestalten der Finsternis, ließ mich beinahe erblinden. Maria und der Doppelgänger begannen beide auf entsetzliche Art zu lachen, was mir durch Mark und Bein ging.

Auf einmal bemerkte ich, wie die Wände anfingen, zu bröckeln. Das Gemäuer bog sich, aufgrund der Höllenklänge und brach in sich zusammen.

"Jetzt gehörst du mir", flüsterte die Stimme in meinem Kopf. Das teuflische Gelächter der beiden Musiker nahm zu. Und in diesem Moment verlor ich das Bewusstsein und wurde ohnmächtig.

Unbestimmte Zeit später kam ich in einem Krankenhaus wieder zu mir. Ich wusste nicht, was mit mir geschehen war, wie ich dorthin gelangt war. Die Ärzte sprachen von einem vollkommenen Nervenzusammenbruch, doch ich erinnerte mich noch daran, was wirklich geschehen war. Unglücklicherweise glaubte mir niemand, weshalb ich beschloss, meine Geschichte niederzuschreiben, in der Hoffnung, die Nachwelt würde mich verstehen und neuere Ermittlungen würden die Wahrheit meines Berichtes bestätigen können. Das Leben ist mir zur unerträglichen Last geworden. Man hat mich manipuliert und betrogen. Ich wurde die Marionette böser Mächte. Schwer gesündigt habe ich. Einen kaltblütigen Mörder hat man aus mir gemacht. Und wieder bin ich erfüllt von der Sehnsucht nach Maria. Ich weiß, dass sie tot ist. Ihre Wiederbelebung war nichts anderes als ein böser Trick, die echte Maria spielt im Himmel Klavier. Möge der Herr meiner gepeinigten Seele gnädig sein!

Kurz nachdem er aus dem Krankenhaus entlassen wurde und er seinen Bericht verfasst hatte, hat sich Viktor das Leben genommen. Die hier dargelegte, von ihm verfasste Geschichte, ist der einzige Nachlass, auf den wir zurückgreifen können. Er war nicht länger imstande den Schmerz des Verlustes zu ertragen und konnte nicht länger mit sich selbst leben. Die Stimme in seinem Kopf begleitete ihn bis an sein selbstgewähltes Lebensende. Die Leiche ist bis heute niemals gefunden wurden. Es bleibt wirklich nur zu hoffen, dass die arme Seele wenigstens im Tode Frieden findet. Das schwarze Herz jedenfalls, hat aufgehört zu schlagen.

Gezeichnet: *Maria!*

7 Helena

Früher arbeitete Jens als Polizist. Er mochte seinen Job ganz und gar nicht. Er hasste ihn sogar. Wie jeder andere freute auch er sich, wenn er nach einem anstrengenden Arbeitstag endlich nach Hause und die freie Zeit mit seiner Frau verbringen (Kinder hatte er keine), den Hobbys nachgehen (er ging leidenschaftlich gerne jagen) oder einfach nur entspannen konnte (dann pflegte er für gewöhnlich ein spannendes Buch zu lesen). Doch die Zeiten, in denen Jens sich auf den Feierabend freute, gehörten schon lange der Vergangenheit an. Was er nämlich in seinen eigenen vier Wänden mitmachen musste, war an Horror und Grausamkeit nicht mehr zu überbieten. Die verhasste Arbeit war ihm immer noch lieber als das Elend, das ihn zuhause erwartete. Je näher der Feierabend rückte, desto unruhiger und ängstlicher wurde er. An manchen Tagen wünschte er sich nichts sehnlicher als nicht mehr nach Hause zurückkehren zu müssen. Doch das war unmöglich! Zu verschwinden, wegzugehen und nie mehr wieder zu kommen, war zwar eine reizvolle Vorstellung, doch stellte keine Option dar. Zu groß war sein Verantwortungsbewusstsein...und die Liebe! Die Liebe zu seiner Frau! Sie brauchte ihn. Also musste er stark sein und durchhalten. Für sie. Nur für sie.

Nur das, was wir aufrichtig lieben, kann uns wirklich weh tun, dachte Jens immer. Und Helena tat ihm weh. Sie tat ihm unglaublich weh. Sie konnte nichts dafür und war dennoch der Grund, warum ihn der Feierabend stets derart erschaudern ließ. Mittlerweile hatte Jens seinen Job bis auf weiteres niedergelegt, um sich um Helena zu kümmern. Sie konnte nicht mehr den ganzen Tag alleine zuhause verbringen, da sie nicht mehr in der

Lage war, sich selber zu versorgen. Ihre schwere Krankheit war zu weit fortgeschritten. Man hatte die besten Ärzte aufgesucht, sich die teuersten Medikamente verschreiben lassen, doch es war alles nutzlos. Dass Helena bald sterben würde, war Gewissheit. Das einzige, was Jens noch für sie tun konnte, war, ihr das Leben so erträglich wie möglich zu gestalten.

Er blieb den ganzen Tag zuhause, blieb bei ihr. Er tat dies aus einer absoluten Selbstverständlichkeit heraus. Genaugenommen war es eine Art Zwang, dem er nichts entgegenzusetzen hatte. Natürlich liebte er seine Frau. Er liebte Helena über alles in der Welt. Doch er hasste es, sie zu pflegen, sich um sie zu kümmern. Immer wenn er mit ihr zusammen war, wurde er mit dem Tod konfrontiert, sah nichts als Leid und Elend. Er hatte etwas besseres verdient! Helena hatte das zwar auch, doch er konnte schließlich nichts daran ändern. Kein Tag verging, an dem Jens sich nicht sehnlichst wünschte, dass Helena endlich tot war. Er schämte sich zutiefst dieser Gedanken, doch ein Teil in ihm wusste, dass es für sie alle das Beste wäre. Sie wäre endlich erlöst und er von der elenden Verantwortung befreit. Er könnte dann endlich sein eigenes Haus verlassen, das ihm zu einem Gefängnis geworden war. Er wäre nicht länger an die Liebe gebunden und wäre frei. Frei wie ein Vogel in den Lüften, frei wie ein Löwe in der Wüste, frei wie ein Fisch im Meer.

Vorsichtig klopfte Jens an die Tür zu Helenas Zimmer. Sie schlief nicht mehr in ihrem Ehebett. Ihre Krankheit war zwar nicht ansteckend, doch Jens konnte diese intime Nähe zu seiner todkranken Frau nicht länger ertragen. Also wurde Helena im Gästezimmer untergebracht.

Langsam öffnete Jens die Tür und betrat gemächlich die kleine Stube. Als er Helena erblickte, erschauderte er bis ins Mark. An diesen grässlichen Anblick hatte er sich nach all der Zeit immer noch nicht gewöhnt. Er würde es auch nie.

Sie schlief noch. Jens kam langsam näher und schlich sich an ihr Bett. Von der einst so lieblichen Gestalt war nicht das Geringste geblieben. Voller Ekel und Abscheu sah Jens auf das zusammengekauerte Etwas, das sich dort im Bett wand. Er konnte nicht fassen, was aus seiner Frau geworden war. Sie hatte vor ihrer schrecklichen Erkrankung schöne, braun gebrannte Haut. Ihre Haut war nun grau und verschrumpelt, glich mehr der einer Toten als der einer Lebenden. Zudem spannte sich die Haut über die Knochen. War Helena einst eine stattliche Frau mit weiblichen Rundungen, so magerte sie nach Ausbruch ihrer Krankheit vollkommen ab, bis sie wahrlich nur noch aus Haut und Knochen bestand. Feste Nahrung konnte sie im Endstadium ihrer Krankheit nicht mehr zu sich nehmen, weshalb sie intravenös ernährt werden musste. Ansonsten erbrach sie alles. Gelegentlich sah ein Arzt bei ihnen vorbei, doch Helena bestand darauf, nicht im Krankenhaus, sondern zuhause bei ihrem Mann zu sterben. Jens hätte sich gefreut, wäre sie nur so weit wie möglich von ihm weg gewesen, doch er ließ sich nichts anmerken.

Er streichelte Helena durchs Haar, oder zumindest dem, was davon noch übrig war. Es war in Büscheln ausgefallen und die noch verbliebenen Strähnen waren dünn und hatten jedweden Glanz verloren. Doch das Schrecklichste an ihrem Antlitz waren zweifellos die Augen, welche sie in diesem Moment ruckartig öffneten. Unwillkürlich zog Jens seine Hand blitzschnell zurück und wich einen Schritt beiseite. Helenas Augen glichen einst denen eines Rehs. Groß, braun und melancholisch. Jetzt konnte Jens nicht einmal mehr die Farbe der Iris identifizieren. Die Augen waren so blass als hätte man eine Folie über sie gestülpt. Sah er sie an, war ihm, als blickte er dem Tod selbst in die Augen.

Helenas leerer Blick fiel auf ihren Mann. "Guten Morgen,

Schatz", begrüßte sie ihn mit schwacher Stimme. Die Worte endeten in einem Hustenanfall. Jeden Tag fühlte sie sich elender, jeden Tag sah sie schlechter aus.

"Guten Morgen...Helena. Wie geht es dir heute?"

Jens kam sich immer dumm vor, wenn er sich dieser Floskel bediente. Helena nach ihrem Gesundheitszustand zu fragen war so als erkundigte man sich nach den Flugkünsten eines Wals.

"Wie immer", gab sie schwach zurück, als sich ihr Hustenanfall gelegt hatte.

Jens Gesicht verzog sich zu einer Grimasse. Er konnte nichts dagegen unternehmen. Seine Frau und der erbärmliche Anblick, den sie bot, widerte ihn einfach zu sehr an. Dann platzten die Worte nur so aus ihm heraus. Er konnte nicht anders, musste seine Gedanken einfach verbal zum Ausdruck bringen: "Weißt du schon, wann du stirbst? Spürst du es?"

Helena versuchte sich im Bett aufzurichten, was ihr jedoch nicht gelang, weshalb sie sich wieder kraftlos sinken ließ.

"Das Ende naht, Jens. Ich fühle den Tod. Er nimmt mich ein, jeden Tag etwas mehr. Es wird schlimmer und ich bin ihm hilflos ausgeliefert. Weißt du, warum ich noch lebe, Jens? Weißt du, was der einzige Grund ist, weshalb ich noch nicht tot bin?"

"Nein."

"Es ist meine grenzenlose Liebe zu dir. Sie hält mich am Leben, obwohl mein Körper längst abgestorben und verfault ist. Ich liebe dich mehr als alles in der Welt, Jens!"

In Jens Augen bildeten sich Tränen. Diese rührenden Worte ergriffen ihn. "Ich liebe dich auch, Helena."

Das war die Wahrheit. Natürlich liebte er Helena. Doch er hasste sie auch. Solch unvergleichlich starke Gefühle wie Liebe und Hass liegen eng beieinander. Er liebte Helena für die Frau, die sie einst war, hasste sie für den Schmerz und den Kummer, den sie ihm mittlerweile bereitete. Man kann nur lieben, was man hasst und nur das hassen, was man liebt, denn ansonsten wäre es einem vollkommen egal!

Jens fuhr fort: "Aber du darfst mich nicht länger lieben, Helena! Lass mich los und finde endlich Frieden. Ich kann es nicht ertragen, dich länger leiden zu sehen. Du musst sterben!"

Helena sagte: "Ich verliere langsam den Verstand. Sollte ich bald nicht mehr zurechnungsfähig sein, musst du eines jetzt erfahren. Ich werde dich bis ans Ende meiner Tage lieben! Ich werde nicht aufhören! Du bist meine Welt, Jens. Ich habe nur dich. Du bist das Licht in der ewigen Dunkelheit. Das musst du wissen!"

"Ich weiß." Jens resignierte. Er begriff, dass Helena ihren Lebenswillen nicht verlieren würde, so lange sie ihn liebte. Und er konnte tun, was immer er wollte, sie würde niemals aufhören, ihn zu lieben. So schnell würde er sich ihrer also nicht entledigen können. Jens trottete aus dem Zimmer bis Helenas Stimme ihn erstarren ließ.

"Halt! Hast du nicht was vergessen?"

Schockiert drehte Jens sich um. Was wollte das Ungeheuer noch von ihm. Hatte er nicht schon genug für sie getan, genug für sie gelitten? Welche Forderungen konnte sie noch an ihn stellen? Wie viel konnte der Teufel noch von einem armen Mann erwarten?

Er sah wie Helena ihre dünnen, farblosen Lippen gespitzt hatte. Vorsichtig näherte er sich ihr, zögerte einen Moment und küsste sie dann. Er schmeckte nur Fäulnis, die aus ihrem Mund stammte. Voller Ekel löste er den Kuss, doch Helena schlang ihre langen, dürren Arme um ihn und küsste ihn erneut. Ihre kalten Hände wanderten von seinem Hals unter seinen Pullover den Rücken runter und lösten eine Gänsehaut bei ihm aus. Sie löste jetzt ihrerseits den Kuss und begann plötzlich zu lachen.

"Ich liebe dich! Ja, ich liebe dich! Ich liebe dich über alles in der Welt, Jens!"

Panisch befreite sich Jens aus Helenas Umklammerung und eilte verstört aus dem Zimmer. Sie hörte nicht auf zu lachen und je länger dieses seltsame Gekicher andauerte, desto teuflischer, sadistischer und furchtbarer kam es ihm vor.

"Ich liebe dich! Ich liebe dich! Ich liebe dich!", schrie sie immer weiter. Der Albtraum nahm kein Ende. Voller Entsetzen schloss Jens die Tür und ließ seine Frau alleine in der dunklen Kammer zurück. Aus dem Inneren vernahm er immer noch ihre immer leiser werdende Stimme, die immer nur die gleichen drei Worte hervorbrachte. Helena verlor wirklich den Verstand. Ihre körperlichen Leiden und Gebrechen hatten zweifellos verheerende Auswirkungen auf ihre Psyche. Sie verfiel dem Wahnsinn!

Die Erinnerung an Helena wie sie früher war, verblasste zunehmend in Jens Gedächtnis. So wie allgemein alles vor seinem geistigen Auge verblasste. An sein früheres Leben konnte er sich kaum noch erinnern, vergaß die schöne Seite des Lebens, vergaß die wunderbare Zeit mit Helena bevor sie krank wurde, vergaß seinen verhassten Job, vergaß alles!

Auf dem Regal direkt neben seinem Bett befand sich ein eingerahmtes Bild von Helena, das sie in der Blüte ihres Lebens abbildete. Wie gerne das Paar doch Kinder gehabt hätte, doch es war ihnen nicht vergönnt. Im Nachhinein jedoch war Jens erleichtert darüber. Niemand konnte einem Kind zumuten, mitanzusehen, wie seine Mutter vor seinen Augen wegstarb, auf die elendeste nur vorstellbare Art wahrlich verreckte und darüber hinaus noch dem Wahnsinn verfiel.

Das Bild auf dem Regal war jedenfalls Jens einzige noch verbliebene Erinnerung an die alte Helena. Jetzt gab es nur noch ihn und das Ungeheuer, eingesperrt im eigenen Haus. Gefangen, gefoltert und vom allgegenwärtigen Tod überschattet. Und Jens fürchtete den Tod. Fürchtete ihn fast so sehr wie er Helena fürchtete...

In den nächsten Tagen pflegte Jens seine Frau genauso gut wie er es zuvor auch getan hatte. Es blieb ihm allerdings nicht verborgen, dass ihr Zustand sich von Stunde zu Stunde verschlechterte. Das Bedürfnis, einfach wegzurennen und alles hinter sich zu lassen, war stärker als jemals zuvor. Doch Jens fand nicht den Mut dazu. Die moralische Verpflichtung sich um seine Frau zu kümmern und für sie in diesen schwierigen Zeiten da zu sein, hatte nach wie vor die Oberhand.

Helena war manchmal schon gar nicht mehr ansprechbar, reagierte auf nichts, war völlig abwesend und hätte genauso schon tot sein können. Manchmal sprudelten die Worte aber nur so aus ihr heraus. Sie gab viel zusammenhanglosen Schwachsinn von sich. Gelegentlich sang sie sogar, erzählte Geschichten, die sie angeblich selber erlebt hatte und Jens hörte sich alles geduldig an. Sie behauptete beispielsweise sie wäre als Kind Rotkäppchen gewesen und erzählte in beängstigender Genauigkeit von den Begegnungen mit dem großen, bösen Wolf. Jens war nun endgültig klar, dass Helena nicht mehr zurechnungsfähig und vollkommen irre geworden war.

Jede Nacht weinte sich Jens in den Schlaf. Die erbärmliche Gestalt, die dort im Nebenzimmer lag und die ganze Nacht sang und lachte, sollte seine Frau sein? Unmöglich! Vor Angst verkroch er sich immer tiefer unter die Decke. Vor Angst, Helena könnte auf einmal vor ihm stehen und ihn mit ihren eiskalten Händen erwürgen, was unmöglich war, da sie nicht mehr aus ihrem Bett aufstehen konnte. Ihr Anblick und Verhalten ängstigten ihn und Jens glaubte, dass auch er bald den Verstand verlieren würde, müsste er dieses Leid noch länger ertragen.

Schon seit einiger Zeit hatte kein Arzt mehr vorbei gesehen. Vermutlich hatte man Helena schon aufgegeben und wahrscheinlich gar vergessen. Man ließ Jens alleine. Er war auf sich gestellt und eingesperrt mit einer Wahnsinnigen! Je mehr er darüber nachdachte, desto elender wurde ihm zumute. Es gab keinen Ausweg! Kein Entrinnen aus dem Leid und Elend! Keine Hoffnung auf Besserung! Nur der Tod! Er sollte Helena endlich holen und Jens erlösen. Es war nicht zum Aushalten!

Jens betrat Helenas Zimmer, um nach dem Rechten zu sehen. An diesem Tag wirkte sie schwach. Schwächer als je zuvor. Reglos lag sie in ihrem Bett, die Augen nur zur Hälfte geöffnet...die schrecklichen Augen.

"Brauchst du irgendetwas?", bot Jens seine Hilfe an.

"Deine Liebe!"

"Die hast du bereits."

"Dann bin ich wunschlos glücklich."

Vorsichtig setzte sich Jens auf die Bettkante. Mitleidig sah er seine Frau an. Seine Furcht und der Hass waren einem neuen Gefühl gewichen. Er empfand tatsächlich aufrichtiges, wahrhaftiges und nicht geheucheltes Mitleid für Helena. Sie war extrem ruhig und nicht so aufgedreht wie in den vorherigen Tagen. Die Medikamente hatten sie ruhig gestellt...und wahrscheinlich der immer näher kommende Tod.

Also stellte Jens die Frage, die ihn die ganze Zeit beschäftigte: "Hast du Angst vor dem Tod?"

Helena schwieg eine lange Zeit bevor sie antwortete: "Ja. Und weißt du warum? Weil von mir nichts übrig bleibt. Ich wünschte, ich hätte meine Gene weitergeben können. Ich wünschte, ich hätte Kinder, in denen ich, mein Geist, weiterleben würde."

Jens nickte zustimmend. Er hatte einen Kloß im Hals und Tränen in den Augen, weshalb er nichts erwiderte, sondern nur seine warme Hand auf die eiskalte und schon fast abgestorbene seiner Frau legte.

Eine gefühlte Ewigkeit sagte keiner der beiden ein Wort. Sie starrten nur ins Leere und hingen ihren eigenen Gedanken nach bis plötzlich Helenas Stimme die Ruhe unterbrach. Sie sprach wieder in dieser schrecklich hohen Stimme, in welcher sie auch in ihren Wahnvorstellungen sang.

"Aber noch lebe ich. Noch ist es nicht zu spät. Ich will Kinder haben, Jens! Jetzt! Sofort! Machen wir ein Kind! Jens, machen wir ein Kind!"

Diesen Worten folgte Helenas unbeschreiblich grässliches Lachen. Wie von der Tarantel gestochen sprang Jens auf. Helena streckte ihre Hände nach ihm aus, doch er entkam schnell ihrer Reichweite. In ihrem Wahn hörte sie nicht auf zu lachen und die Worte "Machen wir ein Kind!" zu schreien.

Jens eilte hinaus, schlug die Tür hinter sich zu. Sein Herz pochte bis zum Hals, auf seiner Stirn hatten sich Schweißperlen gebildet. Schnell begab er sich ins Badezimmer wo er sich übergeben musste. Helenas hysterisches Lachen war auch durch die verschlossenen Türen noch deutlich zu vernehmen.

Jens betrachtete sich im Spiegel, was er schon länger nicht mehr getan hatte, und erschrak heftig. Er erkannte sich selber kaum wieder. Er war vollkommen abgemagert, die Augen waren blutunterlaufen und er war bleich wie eine Leiche. Kraftlos sank er zu Boden und weinte bitterlich. Er konnte die Tränen nicht länger zurückhalten. Die Schreie aus dem Gästezimmer waren mittlerweile verstummt. Jens hoffte, dass sie für immer verstummt waren. Während er so auf dem Boden saß, den Rücken an der Wand angelehnt und überlegte, wie er sich ablenken und seinem Leid zumindest kurzfristig entkommen konnte, kam ihm eine Idee!

Jens hatte sich in den Wald begeben, eine Flinte über den Schultern. Es war ohnehin Jagdsaison und er musste einfach das Haus verlassen, nur für ein paar Stunden, um auf andere Gedanken zu kommen. Lange war er nicht mehr jagen gewesen. Er konnte sich an das letzte Mal nicht mehr entsinnen, doch es musste eine Ewigkeit her sein. Es wurde nochmal Zeit! Wenn nicht jetzt, wann dann?

Der Erfolg blieb jedoch aus. Wenige Stunden später kehrte Jens mit leeren Händen zurück. Er war zu nichts in der Lage und erkannte, dass auch das Jagen, seine große Leidenschaft, ihm keinen Ausweg bieten konnte. Er war gefangen!

Niedergeschlagen ließ er sich auf dem Sofa nieder. Im Nebenzimmer war es ruhig. Er wusste, dass es so nicht weitergehen konnte. Die missglückte Jagd war ein eindeutiges Zeichen dafür, dass Veränderungen her mussten, und zwar dringend. Ansonsten würde er nie mehr in sein normales Leben zurückfinden, nie mehr an etwas anderes denken können als Leid und Kummer, nie mehr glücklich sein!

Helena würde nicht so schnell sterben. Sie täuschte ihre Schwäche nur vor, es musste so sein. Andererseits sah ihr Körper wirklich zum Fürchten aus und das konnte sie ja wohl kaum vortäuschen. Er begriff nicht wie es möglich war, dass sie so lange durchhielt. Rein biologisch betrachtet hätte sie bei diesem rasch voranschreitenden körperlichen Zerfall längst tot sein müssen. Ihre Liebe zu ihm schien sie wirklich am Leben zu halten, genau wie sie gesagt hatte. Es gab einfach keine andere Erklärung. Jens war sich sicher, dass sie nur nicht sterben wollte, um ihn weiterhin zu quälen. Sie wollte ihn weiter foltern, das sah er in ihren garstigen Augen, das erkannte er an ihrem sadistischen Lachen. Sie genoss ihren elenden Zustand förmlich, da sie wusste, wie sehr sie ihm damit schadete. Es war klar, dass Jens sie auf natürliche Art nicht los wurde. Der Tod wollte und wollte nicht kommen. Wahrscheinlich hatte selbst dieser zu viel Angst vor Helena als dass er sie freiwillig holen würde. Wahrlich eine Kreatur zum Fürchten!

Jens hatte noch immer seine Flinte in der Hand und streichelte diese so, wie er Helenas Kopf immer gestreichelt hatte. Just in diesem Augenblick wurde ihm bewusst, was er zu tun hatte. Er wollte es zunächst nicht wahrhaben, da er dafür seine Hemmschwelle überschreiten musste, doch es gab schlichtweg keinen anderen Ausweg. Und er wollte endlich frei sein. Diesem Ziel musste er alles unterordnen. Das eigene Wohl musste sichergestellt werden und manchmal war dann eben rücksichtsloses Verhalten erforderlich. Die Waffe war noch geladen...

Wenige Minuten später stand Jens in Helenas Zimmer. E hatte sich vor ihr aufgebäumt, wovon sie jedoch nichts mitbekam, da sie tief und fest schlief. Langsam richtete Jens die Waffe auf seine Frau und visierte ihre Stirn an. Er begann zu sprechen, mehr zu sich selber: "Ich muss dem ein Ende setzen, Helena.

Ich kann dies nicht länger ertragen. Du quälst mich, ja, du bringst mich gar um. Ich habe dich immer geliebt aber du tust mir einfach zu sehr weh und deshalb musst du endlich sterben. Ich will Frieden finden und du schließlich auch. Ich erlöse uns beide. Es ist zu deinem Besten. Du musst nicht länger leiden. Du stirbst nicht, deswegen ist es an mir, den Tod herbeizuführen. Ich tue dies aus grenzenloser Liebe zu dir, musst du wissen!"

Plötzlich riss Helena die schrecklichen Augen weit auf. Sie blickten Jens entsetzt an. Dieser schrie laut auf vor Angst, wartete nicht länger und drückte ab. Ein ohrenbetäubender Knall ertönte und die Kugel schoss Helena mit hoher Geschwindigkeit und gewaltiger Kraft mitten in den Kopf. Blut rann aus der Stelle des Einschlags und ihr geschundener Körper sackte leblos zusammen. Jens Hände zitterten so stark, dass er die Flinte fallen ließ. Sofort stürmte er aus dem Zimmer und verschloss es. Was hatte er nur getan?

Jens wankte in sein Schlafzimmer. Er konnte keinen klaren Gedanken fassen. Vor lauter Erschöpfung ließ er sich einfach auf sein Bett sinken. Die Müdigkeit übermannte ihn. Ihm wurde schwindelig. Alles drehte sich, ihm wurde schwarz vor Augen. Augenblicklich schlief er ein, er konnte nicht anders, war zu müde.

Jens war umgeben von tiefster Dunkelheit. Er war im Nichts. Frieden, Ruhe, Erholung. All dies hatte er endlich gefunden. Zumindest bis zu jenem Zeitpunkt. Als sie zurückkehrte...sie. Von den Toten auferstanden. Plötzlich öffnete sich schwerfällig die Tür. Jens vernahm die Schritte von nackten, über den Boden gleitenden Füßen. Er schreckte hoch. Es war real! Helena stand vor ihm, eingehüllt in Dunkelheit. Sie schwebte im Nichts. Es gab keine Zeit, keinen Raum, nur sie und ihn. Doch etwas war anders! Jens bemerkte es natürlich sofort. Vor ihm stand nicht die Helena, an die er mittlerweile gewohnt war, sondern jene, die er nur noch von dem Foto, das auf seinem Regal stand, kannte. Die junge, hübsche Frau bevor sie ihrer Krankheit zum Opfer fiel. Sie beugte sich über den im Bett liegenden Jens und küsste ihn sanft. Erst jetzt bemerkte Jens die Wunde an ihrem Kopf. Sie lächelte ihn an und sagte in ihrer lieblichen Stimme: "Ich bin wieder da, Geliebter. Meine grenzenlose Liebe zu dir hat mich wieder zum Leben erweckt. Niemals werde ich dich verlassen. Niemals!"

Jens war sprachlos und überwältigt von ihrer Schönheit. Er erinnerte sich nicht mehr daran, dass sie jemals krank gewesen war. Alles, was er wollte war, sie zu umarmen, was er auch tat. Helena erwiderte die Umarmung zunächst auch, doch als sie ihn erneut küssen wollte, erschrak sie und wich zurück.

"Was ist los, Schatz", fragte Jens voller Verwunderung. Ebenfalls verwundert war er über seine eigene Stimme. Sie klang so...anders. So befremdlich. So hoch und schrill.

"Du widerst mich an, Jens!"

"Was...Helena...warte!"

Helena nahm einen kleinen Handspiegel hervor und hielt ihn Jens vor das Gesicht. Dann folgte Geschrei. Geschrei und nichts anderes. Entsetzt über den furchtbaren Anblick, den er bot, schlug er ihr den Spiegel wütend aus der Hand. Seine Haare waren gänzlich ausgefallen, die Augen entsetzlich blass, die Haut grau und faltig.

Angewidert sah die schöne Helena auf ihn herab. Dann drehte sie sich um und ging ohne ein weiteres Wort zu sagen. Sie entschwand in der Dunkelheit, aus der sie gekommen war. Die ewige Dunkelheit...

Jens schrie ihr hinterher: "Nein, Helena! Wo willst du denn hin?

Geh nicht, bleib bei mir, bleib bei mir! Ich liebe dich, Schatz. Ich liebe dich!"

"Ich liebe dich auch", kam prompt die Antwort. Jens Augen weiteten sich vor Entsetzen. Er kannte diese hohe, psychopathische Stimme nur zu gut. Es war die Stimme des Ungeheuers. Helena nach dem Ausbruch ihrer Krankheit, so wie er sie zuletzt immer gesehen hatte, sehen musste!

Sie tauchte wieder auf und stand direkt vor Jens! Ihre dünnen Lippen formten ein teuflisches Grinsen. Ihre blassen Augen sahen in die von Jens. Ihre Haut war noch verschrumpelter als zuvor und am Kopf hatte sie eine klaffende Wunde, aus der Blut und Eiter strömte, das ihr über ihr entstelltes Gesicht rann.

"Nein, nicht du! Ich will nicht diese Helena! Geh weg! Verschwinde! Hau ab!", schrie Jens voller Verzweiflung auf. "Lass mich in Ruhe. Bitte lass mich in Ruhe, du Monster!" Er brach in hysterisches Weinen und verzweifelte Hilferufe aus.

Helena dagegen blieb ganz ruhig und näherte sich ihm bedrohlich.

"So lange ich dich liebe, werde ich dir keine Ruhe lassen. Und ich werde dich immer lieben, Jens. Ich werde immer zu dir zurückkehren, dich immer in deinen Träumen heimsuchen. Ich tue dies aus grenzenloser Liebe zu dir, musst du wissen!"

Starr vor Entsetzen konnte Jens sich nicht mehr regen. Helenas Gesicht war nun ganz nah an seinem. Er blickte in ihre grässlichen, toten Augen. Niemals würde er dieses Bild aus seinem Kopf bekommen...niemals.

"Wenigstens bin ich jetzt nicht mehr die einzige, die so hässlich ist", meinte Helena, während sie Jens entstelltes Gesicht genaustens betrachtete. "Auch dein Körper zerfällt jetzt so wie der meinige. Doch keine Sorge, Schatz. Ich liebe dich, egal wie du aussiehst, egal wie krank du bist. Ich werde dich immer lieben!"

Anschließend küsste sie Jens und dieser war nicht imstande, sich zu wehren und musste alles über sich ergehen lassen. Helenas Gestank kroch ihm in die Nase. Oder war es etwa sein eigener? Jedenfalls war es der Gestank einer verwesenden Leiche. Stellte sich nur die Frage, wer von beiden in Wahrheit der Tote war.

"Weißt du was, Jens?", sagte Helena und bäumte sich auf einmal vor ihm auf. "Wir holen jetzt nach was uns in früheren Tagen nicht gelungen ist."

Jens stammelte: "Was...was meinst du?" Natürlich wusste er genau was gemeint war.

Helena lachte erneut. Das Lachen ging durch Mark und Bein und auf Jens Körper richtete sich jedes Haar vor Erschaudern auf. Wie wild und besessen kreischte die Wahnsinnige: "Wir machen ein Kind! Wir machen ein Kind, damit ich in ihm weiterleben kann! Wir machen jetzt ein Kind!"

Dann bot sich Jens ein Anblick von solch unfassbarem Grauen, dass er befürchtete, den Verstand zu verlieren. Helena riss sich die Kleider vom Leib und stand nackt vor ihm, während sie weiterhin nicht aufhörte zu kichern und zu kreischen. Beim Anblick ihres entblößten, verkümmerten und verwesten Körpers kombiniert mit ihrem stechenden Gestank, wurde Jens unbeschreiblich übel und er hatte das Gefühl alle Nahrung erbrechen zu müssen, die er in seinem gesamten Leben je zu sich genommen hatte.

Alles was er tat, war schreien. Rühren konnte er sich nicht, dafür saß der Schock zu tief. Je lauter er schrie, desto lauter wurde auch das teuflische Lachen Helenas. Wahrlich, sie ergötzte sich an seinem Leid, spielte mit ihm, nutzte seine Angst aus und genoss die eigene Überlegenheit, die sie vollkommen auskostete.

Doch das Schlimmste sollte noch folgen! Helena kletterte mit einem breiten Grinsen, das ihre verfaulten Zähne offenbarte und weit aufgerissenen, wahnsinnig gewordenen Augen aufs Bett und entriss Jens die Decke, in die er sich vor lauter Angst gehüllt hatte. Kraftlos, unfähig sich zu bewegen und wie paralysiert musste Jens mitansehen und miterleben wie Helena ihn entkleidete und sich an ihm verging...

Schweißgebadet wachte Jens auf und sah sich panisch um. Er lag zugedeckt in seinem Bett, alleine. Sonst war niemand im Raum. Alles war beim Alten. Naja, zumindest fast. Das eingerahmte Bild von Helena in ihren jungen Jahren lag auf dem Boden. Das Glas war zerstört. Er musste im Schlaf so heftig um sich geschlagen haben, dass er das Bild erwischte und es vom Regal stieß. Es musste so gewesen sein, denn ansonsten war schließlich keiner im Raum...

Jens rannte ins Badezimmer und begutachtete sich im Spiegel. Zwar war sein Gesicht nach wie vor abgemagert, doch wenigstens sah er nicht krank und entstellt aus, so wie im Traum. Erleichtert atmete er auf. Nichts von dem Horror, den er erlebt hatte war real. Glücklicherweise! Dann erinnerte er sich jedoch schlagartig an einen anderen Albtraum, von dem er wusste, dass er leider real war.

Er stürmte ins Gästezimmer. Auf dem Boden lag die Flinte. Das Bett jedoch war leer. Wo war die Leiche? Wo war Helena? Erschrocken riss Jens die Decke herunter, warf das Kissen beiseite, sah unter dem Bett nach, schob den Schrank aus dem Weg, doch fand...nichts. Keine Spur von Helenas Leiche!

"Unmöglich! Wo ist sie? Wo ist sie verdammt nochmal?!", schrie er panisch auf. In ihm machte sich ein merkwürdiges Gefühl breit. Als ob er beobachtet würde. Als ob noch jemand anderes im Raum wäre. Sein Herz stand für einige Sekunden still, denn in diesem Moment legte sich eine eiskalte Hand auf seine Schulter.

"Ich bin zurück, Schatz!"

8 Mama

Die Tat, welcher ich mich zu meiner Schande schuldig bekennen muss, soll nicht die Macht erhalten, als allgemeines Urteil über mich zu gelten. Zu viel hat sich ereignet, zu viel ist vorgefallen, als dass man ein gesamtes Menschenleben, nämlich das meine, auf den Vollzug einer einzigen, affektgesteuerten Handlung reduzieren kann. Eine Milderung der mir zugekommenen Strafe, erhoffe ich mir nicht. Man hat mir wenigstens Papier und Stift gewährt, damit ich niederschreiben kann, was mir widerfahren ist. Da die Zeit drängt und mir bis zum Ende meines Lebens wahrscheinlich nur noch wenige Stunden bleiben, ist es mir nicht möglich, die wahren Ereignisse in aller Ausführlichkeit und Vollständigkeit darzulegen, weshalb ich mich auf einige besonders prägende und somit exemplarische Vorkommnisse beschränke. Für einen Einblick in mein Seelenleben dürfte es dennoch genügen. Diese Schrift dient der Rechtfertigung und ich wünsche mir des Lesers Verständnis. Wer auch immer in der Nachwelt an diesen Text gelangen sollte, der möge ihn als Beweis der menschlichen Unfreiheit betrachten und dass sämtliche Handlungen des Menschen dem in der Natur vorherrschenden Prinzip von Ursache und Wirkung unterliegen. Die Umstände machten mich zu dem, der ich bin. Ich bin kein schlechter Mensch! Doch lest selbst!

Meinen Namen so wie den Namen der Stadt, in der ich geboren ward und seither mein gesamtes Leben verbracht habe, möchte ich verschweigen. Das Licht der Welt erblickte ich an einem melancholischen, verregneten und grauen Sonntag im tiefsten November. Die Ärzte hatten mich für besorgniserregend schwach gehalten. Dass mich das Leben dennoch nicht verließ, führe ich ausschließlich auf die herzliche Pflege meiner Mutter zurück, die mich sowohl körperlich als auch geistig stärkte und mich bereits früh auf die mir bevorstehenden Herausforderungen vorbereitete. Aus dem blassen, kränklichen, sich stets auf der Schwelle zwischen Leben und Tod befindenden Kind, wurde ein prächtiger, von Energie und Vitalität nur so strotzender Heranwachsender. Ich war wohl genährt, geistig gefordert durch meine zahlreichen Lektüren und den mir von meiner Mutter zur Verfügung gestellten privaten Unterricht.

Das einzige, woran es mir mangelte, waren soziale Kontakte. Der scheue und zurückhaltende Teil meiner Selbst wurde somit in seinen Befürchtungen bestätigt. Meiner Entwicklung war das Alleinsein nicht gerade förderlich, doch war ich schlichtweg zu jung, um die Erziehungsmaßnahmen der übervorsichtigen Mutter nachvollziehen und mich gegebenenfalls widersetzen zu können.

Meinen Vater erwähnte sie in meiner Gegenwart mit keiner Silbe, jedenfalls vermag ich mich dessen nicht zu entsinnen. Als kleiner Junge, der sich der Bedeutung der Vaterfigur noch nicht bewusst sein konnte, nahm ich noch an, ich besäße keinen Vater. Erst als die Lehren der Biologie mich auf die Unmöglichkeit der völligen Nicht-Existenz eines an meiner Zeugung maßgeblich beteiligten Mannes hinwiesen, begann ich, den gegenwärtigen Zustand einer kritischen Hinterfragung zu unterziehen. Ich kam für mich zu dem Entschluss, dass der Vater entweder abwesend oder tot war, wobei ich letztgenannte Möglichkeit für wahrscheinlicher erachtete. Meine Mutter zu fragen, getraute ich mich zu dem damaligen Zeitpunkt nicht. Wer auch immer dieser Mann, mein Vater gewesen sein mochte, er musste über ein stattliches Vermögen verfügt haben, welches er meiner Mutter und mir hinterlassen hatte. Ich würde niemals einer Lohnarbeit nachgehen müssen, um das eigene Überleben zu sichern. Ich hatte schon ausgesorgt durch meines Vaters

Vermögen. Meine Mutter machte sich diese günstige Wendung des Schicksals für sich zunutze, indem sie mir jeden materiellen Wunsch erfüllte, um jedweden Unmutsbekundungen vorzubeugen und um einen Ausgleich zu meinem Mangel an zwischenmenschlicher Interaktion herbeizuführen.

Es war freilich nicht so, dass ich gänzlich von der Außenwelt abgeschottet war. Der Kontakt zu anderen Menschen lässt sich eben nicht gänzlich unterbinden, was auch meine Mutter einsehen musste.

Im Laufe der Jahre wurde mein Privatlehrer, Herr Heinrichs, der uns jeden Tag aufsuchte und mich in den Geheimnissen der Kunst, den Phänomenen der Mathematik und den Tiefen der Philosophie unterwies, immer mehr eine Art Ersatzvater für mich.

Meine Beziehung zu ihm endete jedoch abrupt. Eines Tages teilte mir meine Mutter mit, Herr Heinrichs sei tödlich verunglückt und von einem Nachfolger wolle sie vorerst absehen. In jener Zeit zogen zum ersten Mal in meinem jungen Leben dunkle Wolken auf, die einen schwarzen und völlig lichtundurchlässigen Schatten auf meine Seele warfen. Wie alt ich damals genau war, vermag ich heute nicht mehr mit Bestimmtheit festzustellen. Vermutlich war es um das vierzehnte Lebensjahr herum. So innbrünstig ich Herr Heinrichs, meinen Lehrer, meinen Vater auch vermisste, so stärkte dieser schreckliche Verlust doch das Verhältnis zu meiner Mutter, die mir stets einen Ausweg aus meinem Unglück zu bieten in der Lage war. Ihre Fürsorge nahm von Tag zu Tag zu. Es war genau die Art von selbstaufopfernder Liebe, wie sie nur eine Mutter aufzubringen vermag und derer ein liebebedürftiger und verunsicherter Heranwachsender bedurfte. Ich liebte meine Mutter mit ganzem Herzen und schwor, niemals zuzulassen, dass ihr je Leid zugefügt werde.

Während die Jahreszeiten sich gegenseitig ablösten, der

Schnee schmolz und den bunten Farben des Frühlings und der Pracht des Sommers wich, welcher wiederum in die Kälte und den Tod des Herbstes und nahenden Winters überging, stellte ich auch an meiner Mutter Veränderungen fest. Wie der Frühling, schien auch ihr Leib zu blühen. Mein Blick fiel erstmalig auf Stellen am Körper, die sich zuvor meiner Aufmerksamkeit gänzlich entzogen hatten. Ich nahm ihre Rundungen wahr, ihren Busen und das gebärfreudige Becken. Selbstverständlich entging mir nicht, dass sie meine entzückten Blicke wohlwollend zur Kenntnis nahm, ja, sich regelrecht an ihnen erfreute und in der Zuneigung, die ich ihr auch im körperlichen Sinne entgegenbrachte, wie in einem von Ölen nur so duftenden Schaumbad badete. Ihrerseits erwiderte sie meine gierigen Blicke, betrachtete auch meine intimen Körperstellen, insbesondere mein Geschlecht, welches in jenen Tagen im Begriff war, sich prächtig zu entwickeln.

Hin und wieder suchte meine Mutter gar aktiv den Körperkontakt mit mir. Hierzu führte sie beispielsweise ihre Hände an meinem Körper entlang oder drehte sich bei Berührungen meinerseits so, dass ich sofort zu bestimmten Körperregionen der Frau vordringen konnte. So sehr ich diese körperliche Nähe auch genoss und mich erregte, so war mir der alleinige Gedanke daran, noch intimer mit meiner Mutter zu werden, im höchsten Maße zuwider. Es widerstrebte meiner Natur. Berührungen mit ihr elektrisierten zwar meinen heranwachsenden Körper und stimulierten meine sich schärfenden Sinne, doch verspürte ich tief im Innern einen Impuls, der mich vor weiteren Schritten bewahrte. Ich führe die Ausbildung dieses, den Instinkten und Trieben, die dem Menschen von Natur aus zu eigen sind, entgegenwirkenden Impulses, der mit einem grundlegenden Verständnis von Moral und der Stimme der Vernunft gleichzusetzen ist, auf den Unterricht Herr Heinrichs zurück, der mir zu einer allumfassenden Aufklärung verholfen hatte.

Doch so sehr der mütterliche Leib in den Sommermonaten in der Mitte des Jahres auch blühte, so schnell welkte er auch wieder, alsbald die kalte Jahreszeit eintrat und Finsternis das Land wie ein Mantel umhüllte. Gleich einer Tulpe, der der Zugang zu dem für sie lebenserhaltenden Wasser verwehrt wird, verwelkte auch meine Mutter. Es war nicht zu übersehen, dass sie alt wurde. Ihre einst stattliche Figur wölbte sich, sodass sie schließlich einen Buckel aufwies. Das wie Sonnenstrahlen leuchtende Blond ihrer Haare ergraute zusehends und tiefe Furchen gruben sich in ihre vormals so reine Haut.

Weitere Monate und Jahre strichen ins Land und ich begann mich immer mehr nach der Außenwelt zu sehnen. So sehr meine Mutter mein Verhalten missbilligte, intensivierte ich Kontakte zu anderen Menschen und ließ mich durch Einschränkungen und Verbote nicht davon abhalten.

Ich suchte mir Beschäftigungen. Tagsüber half ich meist einer mir bekannten Familie bei der Arbeit auf dem Feld und freundete mich mit dem Jungen des Elternpaares an, nicht zuletzt wegen der Hoffnung, durch die Freundschaft mit seinem Sohn, dem Vater des Jungen näher zu kommen, den ich für seinen Fleiß, Arbeitseifer und seine männliche Ausstrahlung zutiefst bewunderte und idolisierte. Ich wurde mir bei der Arbeit bewusst, wie sehr mich die Fürsorge meiner Mutter sensibilisiert und verweichlicht hatte. Körperlich fordernden Tätigkeiten nachzugehen, bereitete mir Schwierigkeiten und ging nur mit äußerstem Kraftaufwand vonstatten, wohingegen mein Freund die gleichen Aufgaben mit spielerischer Leichtigkeit erledigte. Zudem war ich wesentlich schmerzempfindlicher und um einiges weniger ausdauernd als der abgehärtete Bursche, den ich um seiner Stärke willen beneidete und danach trachtete, so zu werden, wie er.

Unter den wachsamen Augen seines Vaters schuftete ich bei praller Sonne und eisiger Kälte und ließ mich weder von dem mir ins Gesicht peitschenden Wind, noch den Verbrennungen durch den hellen Stern davon abhalten, um die Gunst dieses Mannes zu werben. Nichts auf der Welt bedeutete mir mehr, als ein Kompliment von ihm! Und derlei erhielt ich zu meiner großen Freude viele!

Mein Fleiß machte sich bemerkbar. Schon bald darauf war mein Körper gestählt, die Haut gebräunt von der vielen Arbeit unter freiem Himmel und meine Gesundheit gestärkt. Dies alles sehr zum Unmut meiner Mutter, die meine Veränderungen und zunehmende Abwesenheit verteufelte und stets versuchte, mir ein schlechtes Gewissen zu bereiten. Sie vermisste ihren alten Sohn, den sie gerne wieder zurück hätte. Einmal untersagte sie mir gar den Kontakt zu meinem Freund. Da ich der Mutter Rat immer zu befolgen gewohnt war, resignierte ich auch diesmal und traf mich in der Folge tatsächlich eine lange Zeit nicht mehr mit dem Jungen und dessen Vater. Wenngleich ich die beiden aufs Schmerzlichste vermisste, so trösteten mich die Worte der Mutter doch sehr, die mich glauben ließen, ich sei ein guter Sohn und täte das einzig Richtige. Ich tat meinen Unmut nicht weiter kund und fokussierte mich wieder auf häusliche und bildende Aufgaben.

Konfrontiert wurde ich in dieser Zeit mit einem Geheimnis, welches mir zwar schon aus meiner frühesten Kindheit bekannt war, für das ich mich jedoch erst zu diesem späten Zeitpunkt interessierte. Es ging um eine mysteriöse Tür, die sich im Wohnbereich unserer Unterkunft befand. Ich kannte natürlich jedes Zimmer, mit Ausnahme von diesem. Was die Tür verbarg, wusste ich nicht. Ich bin des sich dahinter befindenden Raumes niemals ansichtig geworden. Gesprochen wurde darüber auch nie. Die Tür war, wie ich feststellte, stets abgeschlossen und ich sah auch meine Mutter nie diesen Raum betreten.

Eines Tages während des gemeinsamen Abendessens nahm ich all meinen Mut zusammen und fragte meine Mutter, was es mit diesem Zimmer auf sich hatte.

"Warum willst du immer alles wissen, Darling?", erkundigte sich meine Mutter mit ihrer hohen, säuselnden Stimme.

"Ich bin nur neugierig."

"Ein Geheimnis verliert seinen Wert, wenn es preisgegeben wird. Nimm noch etwas Suppe, Darling. Sie wird dir gut tun!"

"Warum hast du Geheimnisse vor mir, Mutter?"

"Jede Frau hat Geheimnisse", wich sie aus und warf mir einen bösen Blick zu, der mir unmissverständlich nahelegte, nicht weiter nachzufragen. Früher hatte ich mich immer damit zufriedengegeben, nicht zu wissen, was sich hinter dieser Tür verbarg. Doch im gereiften Alter begann ich, alles zu hinterfragen. Die Zeit war nur noch nicht gekommen...

Die Ereignisse häuften sich und es wurde immer unheimlicher in meinem eigenen Haus. Mit zunehmendem Alter begriff ich, was sich unmittelbar vor meinen Augen abspielte. Es verstörte mich die an Sicherheit grenzende Annahme, die Dinge in meinem Leben hatten sich schon immer so zugetragen, nur dass ich in meiner kindlichen Naivität und Verletzbarkeit nicht dazu imstande gewesen war, die Vorgänge bewusst wahrzunehmen und einzuordnen. Ich fühlte mich fremd, gefangen und auf seltsame Weise eingeengt. Ich fühlte mich unbehaglich, unwohl und begann mich danach zu sehnen, aus der mir zur Gewohnheit gewordenen Tristesse auszubrechen. Leise und unauffällig bewegte sich meine Mutter durch das Haus, ihre kalten Hände betätschelten meine nackte Haut und ließen mir jedes einzelne Haar am Körper abstehen. Ihr Körper schmiegte sich eng an meinen. Ich erwiderte ihre Berührungen nicht. Im Gegenteil: Vor Scham und Ekel entzog ich mich ihr, doch ihre wütenden Schreie und bösen Vorwürfe, wonach sie eine solch schlechte Behandlung nicht verdient hätte wo sie doch so viel für mich tat und opferte, machten mich gefügig. Im Innern brach es mir das Herz, der Mutter einen Wunsch auszuschlagen, da ich ihren heulenden und jammernden Anblick nicht ertragen konnte. Nichtsdestotrotz war ich mir der Tatsache vollkommen bewusst, dass sie mich manipulierte, doch ich befand mich bereits längst in ihren Klauen, in ihrem unbarmherzigen Griff, was mir eine Flucht vorerst nicht möglich machte. Wie ein Geist schwebte die Mutter durch das Anwesen, welches mir mehr und mehr zur Hölle wurde. Wie ein Schatten verfolgte sie mich auf Schritt und Tritt und wich nicht von meiner Seite.

Unglücklicherweise konnte ich nicht einmal mein Zimmer absperren, da sie bewusst auf einen Schlüssel verzichtet hatte bei der Einrichtung meines Gemachs. Folglich war es mir nicht möglich, mich ihrem Zugriff zu entziehen. Zu keiner Zeit, an keinem Ort.

Ich hatte große Schwierigkeiten, einzuschlafen. Die leisen Schritte der vor meiner Tür auf und ab gehenden, wachenden Mutter, trieben mich beinahe in den Wahnsinn, brachten mich fast um den Verstand. Schlief ich dann doch endlich ein, plagten mich diese entsetzlichen Alpträume.

Ich träumte jede Nacht von meiner Mutter. Nicht einmal im Schlaf, bei der Flucht der Ratio in das Unbewusste, ließ sie mich in Ruhe. Sie raubte meinen Seelenfrieden, terrorisierte mich. Ich träumte von der Ausübung des geschlechtlichen Aktes mit ihr, wobei sie sich voller Genuss an mir verging. Meine Hilferufe und Schreie steigerten nur ihre Erregung und Hilfe war für mich nicht in Sicht. Ihre smaragdgrünen Augen liefen teuflisch rot an, die Mundwinkel verzerrten sich zu einem entsetzlichen Grinsen, das ihre verfaulten Zähne entblößte. Sie zwang mich dazu, ihren Körper überall zu berühren, ihren alten, widerlichen, verfaulten Körper. Wie konnte ich mich nur jemals zu ihr hingezogen fühlen?

Schweißgebadet wachte ich auf und erschrak noch heftiger, als ich gewahrte, dass die Mutter sich über Nacht in mein Zimmer geschlichen hatte und nun mir direkt gegenüber auf einem kleinen Stuhl gemütlich Platz genommen hatte. Mit einem verstörenden Lächeln und weit aufgerissenen Augen blickte sie mir entgegen. Es dauerte einige Augenblicke, bis ich mich gefasst hatte und wieder einigermaßen zu mir gekommen war.

"Guten Morgen, Darling", begrüßte mich die Alte. "Hast du gut geschlafen? Aber natürlich hast du das! Schließlich habe ich über dich gewacht und die bösen Geister aus deinem Kopf verjagt, die deinen kostbaren, kindlichen Schlaf ansonsten getrübt hätten. Darling, du weißt, wie sehr ich dich liebe! Du weißt, dass ich nur das Beste für dich will! Nie, nie, nie werde ich dich gehen lassen! Hast du gehört? Und jetzt steh auf und gib deiner Mutter einen Kuss!"

"Mutter, du hast mich erschrocken", stammelte ich in meiner Verwirrung und stieg langsam aus dem Bett. Auch sie sprang von ihrem Stuhl auf und eilte herbei. Wie zur Begrüßung betastete sie meinen Körper, fasste mir in den Schritt und warf mir dabei verführerische Blicke zu.

"Der Körper eines Mannes", flüsterte sie mir ins Ohr. "Was ein prächtiger Mann du geworden bist, Darling. Mutter hat dich gut versorgt, sich gut um dich gekümmert. Ist es nicht so? Aber natürlich! Darling, wie lange habe ich dich nicht mehr völlig unbekleidet gesehen? Sei so gut und gewähre mir diesen Anblick, nach dem ich mich so sehne! Mir, deiner armen, alten, kranken Mutter, die doch nichts mehr auf der Welt hat, außer ihren treuen und über alles geliebten Sohn!"

Und um meine Mutter nicht zu enttäuschen, kam ich widerwillig der Bitte nach, entkleidete mich völlig vor ihren Augen und ließ sie mich betrachten und berühren, den Drang zur Flucht angestrengt bekämpfend. Mein Magen krampft sich, jetzt, wo ich diese Zeilen schreibe, noch zusammen. So gerne ich mich doch widersetzt hätte, so wusste ich doch, dass ich zu sehr in ihrem Bann gefangen war. Es war wie eine Art Zauber, ein Fluch, mit dem sie mich belegt hatte und der auch nur den Gedanken an Widerstand bereits im Keim erstickte. Dankbarkeit lag hierbei zwar auch vor, es überwogen jedoch eindeutig Gefühle wie Angst und ein übergroßes Pflicht-und Verantwortungsbewusstsein, der Frau, die mir das Leben schenkte und es mir erhielt, ein guter Sohn zu sein. Doch lange konnte es so nicht mehr weitergehen. Zu viele Jahre hatte ich die zahllosen Demütigungen bereits über mich ergehen lassen. Doch noch war die Zeit nicht gekommen. Die Zeit der Freiheit! Die Zeit des Widerstandes!

Vermochte ich den inneren Widerstand, indem ich mich der Mutter Anweisungen entzog, noch nicht aufzubringen, so widersetzte ich mich doch wenigstens nach Außen hin, gab mich übertrieben selbstbewusst und unnahbar, womit ich meinen eigenen Grundsätzen zuwiderhandelte, wie ich zu meiner Schande gestehen muss. Das neue rebellische Verhalten, welches ich fortan an den Tag legte, äußerte sich darin, dass ich das Haus vor allem Nachts öfter als gewöhnlich (und erlaubt) verließ. Ich harrte hierbei stundenlang in meinem Bett aus und horchte aufmerksam, ob ich der Mutter Schritte auf dem Flur vernehmen konnte. Zu dieser Zeit hatten sich meine Sinne derart geschärft, wie ich es nicht für möglich gehalten hätte. Zuweilen vermeinte ich gar alle Laute der Hölle und des Himmels zu vernehmen, doch hierbei handelte es sich zweifellos um Halluzinationen meines höchst angeschlagenen Geistes. Sobald keine Schritte mehr zu vernehmen waren, ging ich davon aus, dass die Alte sich schlafen gelegt hatte. Ich nutzte stets die Gunst der Stunde und schlich mich nach draußen.

Ich versuchte ebenfalls den Kontakt zu meinem alten Freund und insbesondere dessen Vater wieder aufzunehmen. Dieses Unterfangen war zu meinem großen Bedauern jedoch nicht von Erfolg gekrönt. Der Bursche fühlte sich von mir verraten, da ich damals von einem Tag auf den anderen nicht mehr vorbeikam und bei der Feldarbeit wertvolle und dringend benötigte Unterstützung leistete. Auch sein Vater nahm mir mein plötzliches Verschwinden Übel, war mir vor Schmerz beinahe das Herz brach. Ich berichtete ihm davon, dass ich nicht aus freien Stücken gehandelt hatte und meine Mutter hinter der Verschwörung steckte, doch diese Erklärung erhitzte die Gemüter nur noch weiter. Man jagte mich davon mit der Begründung ein "Muttersöhnchen" könne man nicht gebrauchen.

Geplagt von der Enttäuschung, die die Ablehnung mir sehr wichtiger Menschen mit sich brachte und der Frustration aufgrund der belastenden Situation mit meiner Mutter, beschloss ich im Anschluss, mein Leben fortan exzessiv auszukosten: Nachts wohnte ich jedem Fest und jeder gesellschaftlichen Veranstaltung bei, die für mich erreichbar war. Ich genoss vorzügliche Speisen, schloss zahlreiche Bekanntschaften mit jungen Männern und Frauen, verfiel dem Alkohol und ließ meinen körperlichen Lüsten freien Lauf.

Eines Abends als meine Sinne erneut benebelt und meine Kleidung aufgrund des leidenschaftlichen Tanzens durgeschwitzt waren, lernte ich ein Mädchen namens Rosa kennen. In jener Nacht trug sie ein Kleid in den Farbe ihres Vornamens. Ihr strahlend blondes Haar erinnerte mich an die Sonne und...ich bemühte mich den Impuls zu unterdrücken, doch ich erkannte meine Mutter in ihr. Wie ich Rosas feine Gesichtszüge, die wohlgeformten Brüste und den erregenden Körper betrachtete und bewunderte, fühlte ich mich in jene frühen Jahre des Heranwachsens zurückversetzt, als sich all meine Lust auf meine Mutter, der einzigen Person mit der ich mein ganzes bisheriges Leben in einem Haus verbracht hatte, richtete und meine bewundernden Blicke ihr allein galten. Unwillkürlich stellte ich sie und Rosa vergleichend gegenüber, als ich des Mädchens Busen sanft berührte und zärtlich streichelte. Als mir jedoch smaragdgrüne Augen entgegenschimmerten, wich ich vor Schreck zurück. Verwirrt sprach mich Rosa darauf an. Als ich ihr erneut tief in die Augen blickte, stellte ich erleichtert fest, dass mir meine Einbildung nur einen Streich gespielt hatte. Des Mädchens Augen waren braun und melancholisch wie die eines Rehs. Es waren nicht die Augen einer Schlange, die Augen der Mutter, in die ich blickte. Oder war auch dies nur eine Täuschung?

Mir gelang es, sämtliche unliebsame Gedanken beiseite zu werfen und den Moment völlig zu genießen. Ich tanzte mit Rosa und wenngleich wir an jenem Abend nur wenige Worte wechselten, hatten wir uns doch unsterblich ineinander verliebt. Sie war das erste Mädchen, zu dem ich mich jemals hingezogen gefühlt hatte. Nachdem wir unsere Adressen ausgetauscht und uns geschworen hatten, uns jeden Tag zu schreiben, trafen sich zum Abschied unsere heißen Lippen und ein wohliges Gefühl, welches im Herzen seinen Ursprung hatte und sich von dort aus über den ganzen Körper hemmungslos ausbreitete, bemächtigte sich meiner.

Ich hielt Wort und schrieb dem Mädchen jeden Tag Briefe. Oftmals auch mehr als einen. Ich berichtete ihr vieles. Da ich Vertrauen gefasst hatte, offenbarte ich Rosa meine grenzenlose Liebe zu ihr. Meine Zuneigung wurde erwidert, ich erhielt ebenso leidenschaftliche Antworten. Gemeinsam schmiedeten wir Zukunftspläne, verabredeten gemeinsame Treffen, die wir auch stets wahrnahmen und genossen die liebliche Zweisamkeit in vollen Zügen. Einzig die Geschichte meiner Mutter verschwieg ich, ohne wirklich zu wissen, warum. Ein Mangel an Vertrauen kann hierfür nicht die Ursache gewesen sein. Womöglich war es schlichtweg Scham aufgrund meiner eigenen Schwäche und Abhängigkeit oder etwas gänzlich anderes. Wer kennt schon all die Geheimnisse seines Ichs, die verborgensten Abgründe seiner Seele? Welcher Mensch versteht sich selbst schon besser als er andere kennt? Wer gesteht sich schon eigene Niederlagen ein?

Ich machte mir um derlei nicht allzu viele Sorgen. Dafür war ich zu sehr beschäftigt, an Rosa zu denken. Die Liebe verlieh mir ungeheuerliche Stärke, berauschte mich wie Opium, gab meinem ansonsten von Langeweile und Melancholie geprägten Dasein einen Sinn. Endlich hatte ich morgens einen Grund, wieder aufzustehen und abends einen, nicht zu schlafen.

Zu meinem großen Unglück wurde unser Glück jedoch getrübt, denn, wie hätte es auch anders sein sollen, erfuhr meine Mutter von meiner in aller Heimlichkeit geführten Beziehung. Es geschah, als ich abends in meinem Bett lag und keine Schritte hörte. Gedanken an Rosa überfielen meinen Geist. Vor meinem inneren Auge sah ich ihren Körper. Sie kam nackt auf mich zu, entblößte ihre intimsten Körperstellen und setzte ihr herzerwärmendes Lächeln auf. Beim bloßen Gedanken an sie und ihre Nacktheit, ihre weibliche Fülle und ihre charmanten Reize, bemerkte ich, wie mein Körper reagierte. Mein Blut geriet, von unbändiger Leidenschaft erfüllt, in Wallung, das Herz raste vor Liebe und Verlangen. Sofort riss ich mir die Kleider vom Leib. Ich konnte Rosa so deutlich vor mir sehen und sich mir aufreizend nähernd, als stünde sie in Wirklichkeit vor mir. Ich fing an, mich selbst zu berühren, meine Hände glitten an mir herab, doch ich stoppte sofort, als ich zufällig einen Blick zu meiner geschlossenen Tür warf. In dem schwachen Licht, das den Raum erfüllte, konnte ich erkennen, dass etwas Grünes in dem Schlüsselloch schimmerte. Als ich genauer hinsah, bemerkte ich einen schwarzen Punkt in dem Grün. Weit geöffnete, geile Pupillen. Meine Mutter beobachtete mich durch das Schlüsselloch...

Feuerrot lief ich an vor Scham und warf schnell noch die Decke über mich, um meinen entblößten Körper zu verbergen, bevor sich langsam und jämmerlich seufzend die Tür öffnete.

Die alte, bucklige Frau trat ein, einen entsetzten Gesichtsausdruck aufgesetzt.

"Darling, du sündigst! Oh welch eine Schande! Wie kannst du nur? Ohne meine Erlaubnis, ohne mich davon in Kenntnis zu setzen! Darling, du sollst es niemals, niemals ohne mein Wissen tun!"

"Mutter, ich...", setzte ich stammelnd an, doch wurde augenblicklich unterbrochen.

"Ich bin schwer enttäuscht von dir, mein Sohn! Und ich dachte, ich hätte dich gut erzogen! Wie kannst du dies nur deiner alten Mutter antun, die dich unter Schmerzen geboren hat? Ist es wegen einem Mädchen? Sag mir die Wahrheit, Darling! Hast du etwa ein Mädchen?"

Ich wollte antworten, brachte aber keinen Ton heraus. Meine Stimmbänder rebellierten, in meinem Rachen bildete sich eine Wüste. Die Alte zog aus meinem schamhaften Schweigen die entsprechenden Schlüsse.

"Ich habe es geahnt! Darüber werden wir noch sprechen müssen! Du hast mich hintergangen! Hintergangen hast du mich! Elender Lügner! Und du willst mein Sohn sein? Womit habe ich das nur verdient? Darling, hüte dich vor dem Weibsvolk! Mädchen vergiften den Verstand. Sie töten dich langsam, Stück für Stück. Sie vernebeln deine Vernunft und erwecken schändliche Begierden in dir. Man hat dich manipuliert, dir den Kopf verdreht. Armer Junge! Aber ich, deine

Mutter, deine über alles geliebte Mutter, wird dir helfen!"

Das letzte, was ich bemerkte, bevor ich vor Angst vor dieser unsäglich boshaften Kreatur in Ohnmacht fiel, war, dass sie Rosas Briefe entdeckte und sich anschließend etwas notierte. Dann umgab mich der Schleier der Dunkelheit und Fieberträume suchten mich heim.

Obwohl ich zwei Wochen später den mit Rosa zuvor brieflich vereinbarten Treffpunkt aufsuchte, fehlte jede Spur von ihr. Auch bei abendlichen Festen, denen wir beide stets beizuwohnen pflegten, war sie, zu meiner Verwunderung, nicht zugegen.

Als ich es endlich in der Ungewissheit nicht mehr aushielt und die quälenden Befürchtungen und düsteren Vorahnungen mir keine Ruhe mehr ließen, erkundigte ich mich überall nach ihr. Wie sich herausstellte...und mein Herz schmerzt, als ich diese Zeilen schreibe, als stecke ein Messer darin, hatte Rosa sich das Leben genommen.

Nach langem Forschen fand ich auch den Grund für den unerwarteten Selbstmord heraus: Meine Mutter, die offenbar an des Mädchens Adresse gelangt war, hatte ihr in einem Brief mitgeteilt, ich sei tödlich verunglückt. Die ärmste Rosa hatte den Schmerz nicht ausgehalten und sich somit angesichts ihrer unerfüllten Sehnsucht geendigt.

Ich erkannte den Verrat meiner Mutter und vor unerträglichem Schmerz hätte ich mich wohl ebenfalls umgebracht, hätte eine andere ebenso starke Emotion nicht mein Gemüt erfüllt und letztendlich überwogen: Der schier unbändige Hass auf meine Mutter, die mich nach all den zahlreichen Demütigungen zu guter Letzt um die Liebe meines Lebens gebracht hatte und somit endgültig auch noch die allerletzte Glücksquelle aus meinem Dasein entfernt, auch noch die allerletzte Grenze überschritten hatte.

Über mehrere Wochen hinweg, war ich allerdings außer Gefecht gesetzt, da ich zu absolut nichts mehr in der Lage war und meine Tage und Nächte nur noch erbittert heulend und fluchend in meinem Bett verbrachte. Die schlimmste Zeit meines Lebens! Zwar kümmerte sich die alte Hexe erneut fürsorglich um mich, wie man normalerweise einen Säugling behandelt und gab sich einsichtig und verständnisvoll, doch die manipulative Scheinheiligkeit würde mir nicht noch einmal entgehen. Ich wusste, dass es sinnlos wäre, sie auf ihre verwerfliche Tat anzusprechen. Nein, ich musste ihr meinen Unmut auf andere Art begreiflich machen! Jahre lang war ich blind gewesen, doch das Licht der Erkenntnis flutete meinen Verstand und setzte kindliche Gefühle der Ehrfurcht und Abhängigkeit endgültig außer Gefecht. Ich sann nach Rache, erlaubte dem Zorn, unermessliche Anmaße anzunehmen und wandelte meine Trauer um die verlorene Liebe in Aggression und Energie um. Mein Entschluss stand fest: Die Mutter musste sterben! Erbarmungslos hatte ich eine Aufgabe zu erledigen und es erschien mir, als sei ich nur aus diesem Grund überhaupt geboren worden. Ich musste mich ihrer entledigen, hatte keine andere Wahl mehr, denn ansonsten würde ich auf Ewig ein Gefangener bleiben. Als ich mich dazu bereit fühlte und die Zeit gekommen sah, fasste ich den Entschluss, meinen mörderischen Vergeltungsplan in die Tat umzusetzen und zum alles entscheidenden Schlag auszuholen. Ich musste sie töten, bevor sie mich tötete.

Zunächst wartete ich bis meine Mutter schlief. Zuvor hatte ich noch ein Geheimnis zu entschlüsseln, schließlich hielt mich nunmehr nichts davon ab. So wie die teuflische Hexe mein Leben zertrümmert hatte, so zertrümmerte ich mit einem kräftigen Fußtritt und einem Messer in der Hand die geheimnisvolle, bis dato noch nie zuvor von mir geöffnete Tür im

Wohnbereich. Meine Augen benötigten einige Momente, um sich an das in dieser Art Abstellkammer vorherrschende Licht zu gewöhnen. Doch als ich eintrat und wieder deutlich sehen konnte, erschauderte ich heftig aufgrund des sich mir bietenden Anblicks: Direkt vor mir, in der Mitte dieses kreisrunden Raumes, waren zwei hölzerne, jedoch offene Särge platziert, die jeweils eine Leiche enthielten.

Zu meinem Entsetzen konnte ich den ersten Mann, dessen Kehle aufgeschnitten war und getrocknetes Blut aufwies, als Herrn Heinrichs, meinen alten Privatlehrer, identifizieren. Die Geschichte vom plötzlichen Unfalltod war gelogen! Der Mann ist von dem Monster namens Mutter ermordet worden! Den Mann des zweiten Sarges hatte ich noch nie zuvor gesehen. Die Ähnlichkeit, die er mit mir selbst aufwies, ließ jedoch keinen anderen Schluss zu, als dass es sich hierbei um einen lange vermissten und in meinem Leben schmerzlich fehlenden Mann handelte. Ich wusste sofort, wer es war! Es war mein Vater! Die Bestie hatte auch ihm die Kehle aufgeschnitten! Meine Sicht wurde durch sich bildende Tränen getrübt. Ein unvorstellbarer Schmerz breitete sich in meinem Magen aus und resultierte in einer plötzlichen Übelkeit. Alles drehte sich vor meinen Augen.

Erst das Geräusch von sich bedrohlich nähernden Schritten, riss mich ruckartig aus meinen Träumen. Ich hörte ein Zischen, wie es entsteht, wenn Metall einen Luftzug erzeugt. Die Mutter hatte sich, mit einem Messer bewaffnet, von hinten angeschlichen. Instinktiv duckte ich mich in letzter Sekunde und konnte so gerade noch rechtzeitig verhindern, dass der mir geltende Schlag meine Kehle traf. Ich verschaffte mir mit einem Sprung zur Seite etwas Platz und realisierte, was geschah. Zähnefletschend, einen gierigen Blick aufgesetzt, stand die Alte vor mir. Die Klinge ihrer Waffe zierte getrocknetes Blut.

Wie ein Rabe aus der Hölle krächzte sie: "Du wolltest nicht hören, Darling! Du undankbarer, unmoralischer Sohn! Ich muss wohl zu härteren Erziehungsmaßnahmen greifen!"

Mit diesen Worten holte die Kreatur erneut aus und stieß das Messer in meine Richtung. Ihre Augen schienen feuerrot zu erstrahlen, das teuflische Grinsen offenbarte ihre verfaulten Zähne.

Zwar gelang es mir, dem Stoß auszuweichen, doch die Mutter ließ sofort eine Reihe weiterer heftiger Hiebe folgen. Mit Gebrüll, den Unmut ins Gesicht geschrieben, stürzte sie sich auf mich. Es gelang ihr, mir eine Verletzung am Arm zuzufügen, die ich seitdem wie ein Brandmal mit mir herumschleppe. Aus der Wunde rann Blut, doch ich unterdrückte den stechenden Schmerz, um meine Konzentration aufrecht zu erhalten.

Mich erstaunte die Kraft, die die alte Frau offenbar noch aufzubringen in der Lage war. Ihre angebliche Gebrechlichkeit war wohl ebenfalls nur ein Teil ihrer Manipulationen, damit ich mich in Sicherheit wog und sie hinterlistig zuschlagen konnte.

Wir rangen. Der Hass übermannte mich und ich geriet in schreckliche Raserei. Mein Zorn verlieh mir plötzlich übermenschliche Kräfte.

"Das ist für dich, du verräterische Hexe", rief ich aus voller Kehle und verpasste der Alten einen Faustschlag ins Gesicht. Die Mutter taumelte infolgedessen, stöhnte vor Schmerz und ließ die Waffe fallen. Ich zögerte keinen Augenblick und stieß dem Teufel mein Messer mit aller Macht mitten ins Herz.

Der Leib zuckte wie unter Strom, Blut strömte heraus wie bei einem Wasserfall und setzte meine Hände einer Fontäne von Blut aus. Wer hatte gedacht, dass die alte Frau noch so viel Blut hatte? Der Mutter Kinnlade klappte ungläubig herunter und Speichel trat in großen Mengen aus, gemischt mit Blut. Die Augen weiteten sich vor Entsetzen angesichts des unaufhaltsamen Todes, der durch ihren eigenen Sohn, ihr eigenes Fleisch und Blut herbeigeführt wurde.

"Verlass mich nicht", entfuhr es der Alten flehend.

"Mutter, warum. Oh warum nur", gab ich zurück.

Die Augen traten aus den Höhlen und boten einen schrecklichen Anblick. Die Frau brach zusammen, der Körper zuckte noch einige Male im Todeskampf und dann trat Ruhe ein. Süße freie Ruhe. Die Mutter war tot!

Durch meine Hand gestorben. Die Sünde, die ich begangen, die furchtbare Bluttat, lieferte mich endgültig dem Wahnsinn aus. Nie wird dieses Blut von meinen Händen weichen, es lässt sich nicht abwaschen. Denn wenn eines beständig ist, dann ist es die Sünde! Die Nachbarn, die die Schreie hörten, verständigten die Wachtmeister und besiedelten somit mein Schicksal.

Jetzt bin ich hier, beende meine Geschichte und hoffe, sie wird Gehör finden. Morgen werde ich sterben. Ich weiß es, denn ich schreibe diese Zeilen mit blutbeschmierten Händen...

9 Nachtgedanken

Der schwache Schimmer des blassen Scheins des Vollmonds fiel durch das kleine Fenster in meinem Zimmer. Ansonsten war draußen absolute Finsternis vorherrschend, kein einziger Stern war zu sehen, einzig und allein der Mond, der mich mit seiner hässlichen Fratze zu beobachten und hämisch zu grinsen schien.

Ich saß an meinem Schreibtisch, die Feder in der Hand, tief über einen Stapel Pergamentpapier gebeugt und war intensiv mit der Arbeit an meinem neuen Theaterstück beschäftigt. Es sollte das beste Werk werden, das ich je verfasst habe und mich damit unsterblich machen. Es war leise, ganz und gar leise. Die Straße, die ich von meinem Raum durch das Fenster gut beobachten konnte, war menschenleer. Die Laternen waren zu solch später Stunde nicht mehr in Betrieb. Man sah keinen Wachtmeister, keinen Gauner und auch kein Getier. Die Wege waren verweist, das einzige Geräusch, welches zu vernehmen war, war das Kratzen meiner Feder über das raue Papier. Dort saß ich nun bei Kerzen-und Mondschein in der finstersten Nacht und kann doch von mir aufrichtig behaupten, versucht zu haben, mich einzig und allein auf meine Arbeit zu konzentrieren. Dies war mir jedoch in Anbetracht der Umstände ein unmögliches Unterfangen. Vor nicht allzu langer Zeit hatte ich meine Frau verloren. Wahrlich, hatte ich sie nicht nur verloren, sondern sie ward mir genommen. In der Vergangenheit hatte sich unser Verhältnis bedingt durch unterschiedliche Auffassungen über Moral und Ethik, der Arbeit und dem Geldverdienen und der Zärtlichkeit als belastet herausgestellt. Während ich mich nur umso mehr auf das Schreiben konzentrierte, zog sie aus alledem ihre ganz eigene Konsequenz und entschied sich, mir einfach wegzusterben, mich ohne um Erlaubnis bittend, zu verlassen. Dies war ihr ganz persönlicher Racheakt. Sie ließ mich absichtlich alleine, wo sie doch genau wusste, dass dies meiner angeschlagenen Seele besonders zusetzte.

Gut entsinnen konnte ich mich stets an das Mädchen. Ihr Name war Elsa, sie war von zierlicher Gestalt, blonde Mähne und smaragdgrüne Augen. So sehr mich ihr Äußeres auch anzog, so missfiel mir doch häufig ihr Charakter. Zu eigensinnig, zu energisch und rebellisch verhielt sie sich mir gegenüber. Dennoch hätte ich nie gewollt, dass das arme Kind stirbt. Genau aus diesem Grund tat sie es wahrscheinlich dennoch, um mir eine weitere schmerzhafte Niederlage beizufügen. So sehr ich auch mein Gehirn anstrengte, mir wollte nicht einfallen, was sich am Tag ihres Ablebens zutrug. Jener Tag war wie aus meiner Erinnerung gestrichen. Selbst die Einträge in meinem Tagebuch, welches ich bereits seit geraumer Zeit führte, gaben mir keinen Aufschluss darüber, was sich wirklich zugetragen, warum Elsa in Wahrheit starb. Jeden einzelnen Tag habe ich ausführlich dokumentiert und verewigt, doch an ihrem Todestag, dem 30. Januar, war kein Eintrag erfolgt. Kein einziges Wort schrieb ich in dem für diesen Tag vorgesehenen Abschnitt, aus mir vollkommen unersichtlichen Gründen. Mein Tagebuch diente dazu, meinen Ärger über Elsa freien Lauf zu lassen, wenn sie mich aufs Neue aufregte und es zu einem erbitterten Streit kam. Seit jenem Tag verliefen alle meine Tage gleich. Also schrieb ich in die Spalte für den jeweiligen Tag immer nur ein Wort: *SCHREIBEN*

Nachdem ich den Tod Elsas gemeldet hatte, ohne Angabe über die Todesursache wohlgemerkt, da diese mir schließlich selber unbekannt war, wurde ihre Leiche eiligst davongetragen, in einem Sarg untergebracht und möglichst bald beigesetzt. Niemand interessierte sich für die Todesursache. Ich gewährte dem Mädchen ein anständiges Begräbnis, um ihr somit die letzte Ehre zu erweisen, denn wenn es an einem bei mir nicht mangelte, dann am Geld. Dafür jedoch an zwischenmenschlichen Beziehungen, Liebe, Geborgenheit und Glückseligkeit. Nach Elsas Tod verließ ich kaum noch das Haus und suchte nie wieder den Kontakt zu anderen Frauen. Sie und ich hatten uns oft gestritten, dennoch liebte ich sie von ganzem Herzen. Wie sehr merkte ich jedoch erst, als sie fort war. Wie sehr ich mir doch wünschte, sie würde noch leben. Wie sehr ich mir doch wünschte, hinter das Geheimnis ihres unergründlichen Ablebens zu kommen. Nun saß ich also alleine in der Dunkelheit und arbeitete. Nach ihrem Tod habe ich mich dazu entschlossen, mein gesamtes Leben dem Schreiben unterzuordnen, ohne auf persönliche Bedürfnisse Rücksicht zu nehmen. Ich verschrieb mein vergängliches und ohnehin bedeutungsloses Leben etwas, das größer ist als ich selber und die Dauer meiner leiblichen Existenz überschreiten würde, einem Ideal! Ich gab meine Seele freiwillig dem Schicksal in die Hände. Ich schrieb, um nach meinem eigenen Ableben in Form von Wörtern, Schriften und dargelegten Gedanken und Fantasien weiterleben zu können, um Unsterblichkeit zu erlangen. Ich schrieb, um zu vergessen, wie elendig mir zumute war und wie sehr mich der Verlust meiner großen Liebe schmerzte. Doch in meinen Schriften suchte Elsa mich heim. Sie tauchte immer wieder in Form von niedergeschriebenen Gedanken und fiktiven Charakteren auf. Sie ließ mir keine Ruhe, machte eine vollständige Verschreibung zur Arbeit meinerseits unmöglich und beobachtete mich weiterhin durch das Papier, auf das ich schrieb. Auch nach ihrem Tod verfolgte sie mich, was wahrscheinlich auch ein Teil ihres Racheakts gegen mich war. Ihrer Rache dafür, dass ich sie nicht immer gut behandelte. Zunächst starb sie einfach so und danach versuchte sie meine Träume von der Unsterblichkeit zunichte zu machen. Sie wollte mich zu sich rufen, um mich zu bestrafen, um mich bis in alle Ewigkeit zu foltern. Der Gedanke daran ließ mich erschaudern, doch ich schrieb und schrieb immer weiter. Die Zeit rann dahin, verschwamm mit meiner Arbeit, ward eins mit mir. Schließlich fiel ich schweißgebadet und völlig erschöpft in einen unruhigen Schlaf. Ruhig schlafen würde ich ohnehin erst wieder können, wenn das große Rätsel gelöst wäre, wenn ich endlich die Wahrheit über ihren Tod erführe.

Das Klopfen am Fenster weckte mich. Zunächst leise, dann lauter, dann noch lauter, bis ich endlich meine blutunterlaufenen Augen öffnete. Ich stellte fest, dass es draußen immer noch dunkel war. Finsterste Nacht. Langsam erhob ich mich von meinem Arbeitsplatz, an dem ich eingeschlafen war und sah verwirrt zum Fenster, um den nächtlichen Besucher ausfindig zu machen. Oder war es nur Einbildung? Zu meinem Erstaunen hockte draußen auf der Fensterbank vor meinem Fenster eine gigantische Eule, die wahrlich mehr einem Adler als einer Eule glich. Einzig das Gefieder und die kreisrunden gelben Augen bestätigten mich in der Annahme, dass es sich tatsächlich um eine Eule handelte. Ohne wirklich darüber nachzudenken, was ich tat, wozu ich aufgrund der Müdigkeit auch nicht in der Lage war, öffnete ich das Fenster und sah dem Vogel zu, wie er hinein geflogen kam und ein heftiger Windstoß den Raum erfüllte. Von der kalten Luft endgültig hellwach, schloss ich das Fenster wieder und widmete mich dem unerwarteten Gast. Die Eule schien sich genau überlegt zu haben, wo sie Platz nehmen sollte und ließ sich schließlich auf dem Schachbrett, das auf einem hohen Schrank lag, nieder. Von dort aus sah das Tier auf mich herab, der riesige Schatten, den es warf, hüllte mich in Dunkelheit, die weder das blasse Licht des Mondes, noch die sich auf meinem Schreibtisch befindende, mittlerweile halb abgebrannte Kerze, zu durchdringen vermochten.

"Was willst du hier?", fuhr ich den Vogel genervt darüber, dass er mich meines kostbaren Schlafs beraubt hatte, an, natürlich ohne eine Antwort zu erwarten, denn ich war zwar ein

Schriftsteller, mitnichten jedoch abergläubisch. Zu meinem Entsetzen ließ die Eule jedoch wirklich eine Antwort folgen: "Dir die Antworten auf all deine Fragen liefern."

Seltsamerweise war es weniger die Tatsache, dass das Tier sprechen konnte, dich mich derart beunruhigte, sondern die Art und Weise, wie es sprach. Mit einer solchen Ruhe und sachlichen Nüchternheit, dass es mein rastloses Herz ängstigte.

"Du...du sprichst", stammelte ich nachdem ich meiner kurz anhaltenden Schockstarre entgangen war.

"Das überrascht dich doch nicht", sagte die Eule ruhig. Ich schüttelte den Kopf. Wenn ich ehrlich war, überraschte es mich wirklich nicht. In meinem Leben hatten sich so viele unerklärliche Ereignisse zugetragen, wie Elsas Tod, dass ich mittlerweile nichts mehr für unmöglich hielt. Und so war es auch nicht auszuschließen, dass eine Eule von der Größe eines Adlers sprechen konnte.

Der Vogel wiederholte, dass er mir die Antworten auf all meine Fragen liefern würde.

"So, so", meinte ich. "Und woher willst du das wissen?"

Meine Frage ignorierend fuhr die Eule fort: "Du lebst alleine!"

Ich fasste es als Frage auf, obwohl die Klarheit in ihrer Stimme verlauten ließ, dass es sich bei der Aussage nicht um eine Frage, sondern um eine Feststellung handelte. "Ja", antwortete ich. "Meine Frau ist gestorben, seitdem lebe ich alleine."

"Kannst du gut alleine leben?"

Ich überlegte einen Moment. Ich hasste die Einsamkeit, mir fehlte Elsa sehr. Dennoch genoss ich die Einsamkeit auch, da ich viel Zeit zum Arbeiten hatte. Ich hasste und liebte es, alleine zu sein, wie ich auch Elsa hasste und liebte, wie ich auch mich selbst hasste und liebte, wie ich, aus unerklärlichen Gründen auch den nächtlichen Besucher hasste und liebte. Also sprach ich: "Ja, das kann ich, denn ich kann mich gut auf das Schreiben konzentrieren."

"Kannst du das wirklich?"

Erneut geriet ich in Erklärungsnot. Die Eule brachte mich ganz schön in Bedrängnis. Ich dachte daran, wie mich Elsa auch beim Schreiben verfolgte und mir keine Ruhe ließ.

"Denk gut nach bevor du antwortest", warnte mich die Eule, nachdem ich eine Zeit lang nichts gesagt hatte. Ich entschied mich dazu, ihr die Wahrheit zu sagen. Irgendetwas in meinem Inneren sagte mir, dass es besser wäre, ehrlich zu sein, wenngleich ich die Quelle dieser Vernunft auch nicht auszumachen vermochte.

"Nein. Ich würde gerne, doch es fällt mir enorm schwer. Ich bin in Gedanken stets bei meiner Frau. Ungewollt schleicht sie sich immer in meine Geschichten ein und tadelt mich. Ich wünschte, ich könnte sie loswerden, aus meinen Erinnerungen streichen, mich von der Qual befreien."

Die Eule rührte sich nicht, während ich bei diesen Worten eine Träne unterdrücken und mich räuspern musste. Wie eine Skulptur thronte sie auf meinem Schrank und durchdrang mich mit ihrem durchbohrenden Blick. Ich fühlte mich nackt, ausgeliefert, hilflos und sehr unbehaglich.

"Liebst du deine Frau?"

"Über alles auf der Welt", sagte ich, diesmal ohne nachdenken zu müssen. Vom Schweigen der Eule fühlte ich mich unter Druck gesetzt und ergänzte noch: "Naja, also meistens. Also...wenn sie mich nicht aufregte, dann ja."

Damit gab sich der nächtliche Besucher zufrieden. "Wie starb sie?"

"Ich...ich weiß es nicht", antwortete ich wahrheitsgemäß. "Das will ich doch auch um jeden Preis herausfinden!"

Die Eule sagte: "Du hattest oft Auseinandersetzungen mit Elsa. Du hast sie gehasst! Und dir gewünscht sie wäre tot, damit du in Ruhe deiner Arbeit nachgehen konntest, nicht wahr?"

Mir hatte es die Sprache verschlagen. Ich hatte den Namen meiner Frau in der Gegenwart der Eule nicht erwähnt und auch nicht von unseren zahlreichen Auseinandersetzungen berichtet und doch wusste das Tier davon. Genauso wie es fast alles zu wissen schien. Es konnte wahrlich mein Innerstes durchschauen, als wäre ich durchsichtig. Es kannte sich besser mit meiner verborgenen Gefühlswelt aus als ich selber. Es hatte also ohnehin keinen Zweck der Eule etwas zu verheimlichen. Dennoch wurde sie mir unverschämt und ich fühlte mich in meinem Stolz angegriffen. Im eigenen Haus würde ich nicht zulassen, dass ein Fremder so mit mir redet, selbst wenn es eine scheinbar allwissende Eule war. Die Gestalt wurde mir unheimlich.

"Du wünschtest dir, dass sie stirbt", wiederholte die Eule, diesmal besonders eindringlich, ohne jedoch, was das Beängstigende war, die Ruhe in ihrer Stimme zu verlieren. Tatsächlich war es gerade diese Ruhe und Sachlichkeit, die mich rasend machte.

"Das...das ist nicht wahr", schrie ich plötzlich lauthals auf. Die Wut packte mich. "Was ist das hier, ein Verhör? Du sagtest mir, du hättest Antworten auf *meine* Fragen und doch durfte ich noch keine einzige Frage stellen! Es reicht! Woher weißt du das alles, du Teufel? Sag, wer du wirklich bist und was du von mir willst! Rede du verdammtes Mistvieh!"

Seelenruhig gab die Eule zurück: "Die Antworten erfährst du zwar durch mich, doch du musst selber darauf kommen, denn ich bin die Wahrheit an sich!"

Der Vogel breitete die Flügel aus und machte sich zum Flug bereit. Ein kräftiger Windstoß stieß plötzlich das Fenster auf und das Tier flog heraus. Ich eilte zum Fenster und schrie hinaus in die Dunkelheit: "Kommst du wieder?"

Keine Antwort. Die Eule war bereits in der Finsternis entschwunden. Erst in diesem Augenblick wurde mir klar, dass ich die Augen des Tieres irrtümlicherweise für gelb gehalten hatte, waren sie doch eigentlich smaragdgrün gewesen. Durch den kräftigen Durchzug wurden die Seiten meines Tagebuches, das neben dem Blätterstapel meines Manuskripts aufgeschlagen auf dem Schreibtisch lag, wie von Geisterhand zurückgeblättert. Noch völlig emotional aufgewühlt und in Gedanken bei den Worten der Eule (wollte ich wirklich, dass Elsa den Tod findet, hatte die Eule nicht doch recht?), schloss ich das Fenster wieder und setzte mich zurück an den Schreibtisch. In meinem Tagebuch war die Seite vom 29. und 30. Januar aufgeschlagen. Am 29. hatte ich von einem besonders heftigen Streit mit Elsa berichtet. Ich wollte gerade das Buch zuschlagen, als etwas meine Aufmerksamkeit erregte. Mir fiel auf, dass auf der vormals leeren Seite des 30. Januar auf einmal drei Worte geschrieben standen: *ZU WEIT GEGANGEN*

Die verschnörkelte Handschrift war ohne Zweifel die meinige, doch hatte ich doch niemals etwas für diesen Tag eingetragen! Ein eiskalter Schauer lief mir den Rücken herunter. Mir wurde bewusst, dass ich Teil eines großen Verrats geworden war, dass eine hinterlistige Verschwörung gegen mich im Gange war. Und ich hatte auch eine Vermutung, wer dahinter steckte. Bald darauf schlief ich wieder am Schreibtisch ein, da mich die Müdigkeit übermannte. Doch mein Schlaf sollte nicht lange andauern...

Es kratzte. Zunächst leicht, dann stärker und nochmal stärker. Ich schreckte hoch und sah an mir herab. Auf dem Boden kauerte eine fette Ratte, die aufgrund ihrer Größe eher einer Katze glich. Mit ihren Klauen hatte sie an meinem Bein gekratzt. Das Monster hatte smaragdgrüne Augen, die mich anstarrten. Ich sprang von meinem Stuhl auf und trat nach dem Vieh, doch es war entgegen meinen Erwartungen wesentlich schneller und beweglicher als der stämmige Körper erahnen ließ. Meine wütenden Fußtritte verfehlten die Ratte, woraufhin ich begann zu schimpfen und die Kreatur zu verfluchen. Das Vieh sprang mit einem Satz auf den Schrank und landete auf dem Schachbrett, wo kurz zuvor auch die Eule gesessen hatte.

"Wie bist du denn hier rein gekommen?", schrie ich voller Wut. Ich spürte mein Herz hämmern und wie wild pochen und befürchtete, es würde meinen Brustkorb sprengen.

Die Ratte sah auf mich herab und sagte, ohne auf meine Frage einzugehen: "Du näherst dich der Wahrheit."

Wie vom Blitz getroffen blieb ich stehen. Dass die Ratte zu sprechen imstande war, versetzte mich nicht in Aufregung. Vielmehr, dass sie mit derselben ruhigen und sachlichen Stimme sprach wie die Eule.

"Du kannst also auch sprechen", stellte ich resigniert fest.

"Hättest du Elsa wahrhaftig geliebt, hättest du sie besser behandelt. Doch du warst nur auf deine Arbeit fokussiert. Du hast alles geopfert für dein Ziel durch deine Werke Unsterblichkeit zu erlangen. Du hast vor Nichts Halt gemacht", warf mir der nächtliche Besucher vor.

"Was ist das für ein Spiel", stammelte ich voller Entsetzen und schlug die Hände über dem Kopf zusammen.

"Erinnerst du dich an die Wunden, die am Leichnam deiner Frau entdeckt wurden?", fragte die Ratte. Sie sah von oben auf mich herab und durchbohrte mich mit ihren aufmerksamen Augen.

"Ja...ich erinnere mich."

"Was für Wunden waren es?", bohrte die Ratte weiter nach.

Ich überlegte. "Ich weiß es nicht", log ich. Dabei wusste ich es genau.

"Lüg dich nicht selber an. Du weißt es ganz genau. Du kannst vor mir nichts verbergen."

Ich musste einsehen, dass meine nächtlichen Besucher mich durchschauten und jedweder Widerstand zwecklos war. Also blieb mir nichts anders übrig, als die Wahrheit zu sagen, da die Ratte ohnehin merkte, wenn ich log und sie mich nicht eher in Ruhe lassen würde, als bis ich die Wahrheit ausgesprochen hätte.

"Es...es waren...Messerstiche wie die Kriminalpolizei festgestellt hatte. Doch denen fehlten die Möglichkeiten, weiter nachzuforschen und es interessierte sie auch nicht."

"Es wurde nachgeforscht. Du hast davon jedoch nichts mitbekommen, da du als Opfer und zeitgleich auch als Mitglied der gehobenen Gesellschaft nicht infrage für ein solch fürchterliches Verbrechen kamst. Deine Frau wurde ermordet!"

"Oh Gott", stöhnte ich auf und schlug mir die Hand vor den Mund. Zwar hatte ich dies von der Polizei auch schon gehört, jedoch machte mir erst dieser nächtliche Besucher klar, was dies in Wahrheit bedeutete. Eine ungeheuere Übelkeit bemächtigte sich meiner und da meine Beine nicht länger vermochten, das Gewicht meines Körpers zu tragen, ließ ich mich, am ganzen Leibe zitternd, auf meinem Stuhl nieder. Als ich mich wieder gefasst hatte, bat ich den Gast: "Bitte, oh Ratte, sage mir die

Wahrheit! Wer könnte nur so etwas tun?"

Die Ratte entgegnete: "Es ist nicht an dir, Fragen zu stellen! Wer bist du?"

Mir wurde schwindelig. "Ich weiß es nicht!"

"Du willst es nicht wissen. Du willst dich nicht der Wahrheit stellen. Doch wir lassen dich nicht eher in Ruhe, lassen dir keine Rast, bis du es herausgefunden hast."

Eindringlich sah mich die Ratte an. Ich kehrte ihr den Rücken und widmete mich wieder meinem Tagebuch. Ich erschrak heftig als auf der Seite des 30. Januar ein weiteres Wort in meiner Schrift geschrieben stand: *MESSER*

Wie in Trance und ohne zu wissen, was ich tat, öffnete ich die Truhe, in der sich meine Wertgegenstände befanden, die sich zu meiner Rechten befand und nahm ein großes Schlachtermesser hervor, an dessen scharfer Spitze getrocknetes Blut klebte. Jedoch konnte ich mich nicht entsinnen, es jemals benutzt zu haben. Aber woher kam das Blut? Jemand musste es benutzt haben, ohne mich darüber in Kenntnis gesetzt zu haben. Doch wer war dieser jemand? Etwa sie, Elsa? Oder ein Fremder? Oder etwa doch...

"Unmöglich", schrie ich. Das Blut in meinen Adern gefror und ich konnte das Messer nicht länger halten. Es entglitt meinen schweißnassen Fingern und fiel klirrend zu Boden. "Was ist das für ein Spiel", schrie ich mit vor Wut hochrotem Kopf, geweiteten Augen und deutlich am Hals hervortretenden Adern. Ich drehte mich in Richtung Schrank um, doch die Ratte war nicht mehr da. Ich sah mich im Raum um, doch ich war alleine. Nur der Mond, der auf mich herabschien und begann, so kam es mir jedenfalls vor, smaragdgrün anzulaufen. Die Sehnsucht nach Elsa und der Hass auf den Mörder machten mich benommen und ehe ich mich versah, knallte mein Kopf hart auf den Schreibtisch und ich schlief ein drittes Mal ein.

Ein Basilisk suchte mich heim. Eine gigantische Schlange, mit Zähnen, jeder so groß wie ein Schlachtermesser, an deren Enden getrocknetes Blut klebte, mit smaragdgrünen Augen. Das Fabelwesen entstammte der Dunkelheit, eine Kreatur zum Fürchten. Ein Monster, das sich an mir rächte, Elsa! Der Basilisk sagte drei Worte und drei Worte sagte er immer fort und immer fort, mit einer solchen Ruhe und Sachlichkeit, dass es mich beinahe um den Verstand brachte. Auf einmal gesellten sich die Eule und die Ratte dazu und bildeten einen Chor. Die Worte, die sie alle drei gleichzeitig und immer wieder aussprachen, waren: "Wer bist du? Wer bist du? Wer bist du?"

Im Schlaf schrie ich auf und fiel vom Stuhl. Auf dem Boden liegend wachte ich auf. Noch völlig benommen sah ich mich um. Direkt neben mir lag das Messer. Ich sah aus dem Fenster. Der Mond war tatsächlich smaragdgrün. In meinem Kopf spielte sich eine Szene immer wieder ab, bruchstückhaft. Ein gewisses Bild tauchte in Gedanken auf und verschwand dann wieder so schnell wie es gekommen war. Ein kurzes Aufblitzen, nichts weiter mehr. Alles drehte sich, alles verschwamm miteinander und auf meine Wahrnehmung war kein Verlass mehr. Ich sah Elsa, ich hörte Schreie, ich hatte ein Messer. Blut, Stich, Wut, Angst...Tod! Leiche, Schuld, Unschuld, Begräbnis, Einsamkeit, Arbeit...Wahnsinn!

Elsa! Elsa! Elsa! Streit! Streit! Streit! Zu weit gegangen! Zu weit gegangen! Zu weit gegangen! Messer! Messer! Messer! Wer bist du? Wer bist du? Wer bist du? Eule! Ratte! Basilisk!

Die Halluzination, die schrecklichen Bilder in meinem Kopf und die schier unerträgliche Übelkeit überforderten mich derart, dass ich in einer Welle aus Schreien und Visionen ertrank. Es dauerte eine Ewigkeit bis ich wieder zu mir kam. Die Sonne war mittlerweile wieder aufgegangen, das Leben auf den Straßen ging weiter seinen gewohnten Lauf, die Kerze auf meinem Schreibtisch vollkommen abgebrannt. Und mit dem Tageslicht kam die Erkenntnis. Meine Augen weiteten sich vor Entsetzen und ich stieß in meiner unendlichen Qual einen erschütternden Schrei aus. Ich hatte die Wahrheit erkannt!

Langsam erhob ich mich von dem kalten Boden und setzte mich wieder an den Schreibtisch. Mein Tagebuch war noch auf derselben Seiten aufgeschlagen und drei neue Worte standen dort in meiner Handschrift geschrieben: *WER BIST DU?*

Ich, der sich der Wahrheit endlich gestellt und dieser ins Auge geblickt hatte, nahm die Feder zur Hand und schrieb: *MÖRDER*

Im Anschluss vernichtete ich all meine unveröffentlichten Arbeiten. Ich zerriss das Theaterstück, an dem die Arbeit schon weit fortgeschritten war, warf die Überreste aus dem Fenster, um sie vom Wind davontragen zu lassen, warf mein Tagebuch und einige Geschichten, Briefe und Aufsätze in den Ofen und sah zu, wie es verbrannte. Unsterblichkeit durch meine Arbeit wollte ich nicht mehr erlangen, nachdem mir bewusst wurde, was ich einem nahestehenden Menschen angetan hatte. Ich wünschte mir nichts sehnlicher als erneut mit Elsa zusammen zu sein und meine Fehler an einem anderen Ort wieder gut zu machen. Von diesem Wunsch ergriffen, nahm ich das Messer zur Hand, mit dem ich ihr Leben beendete. Ihr Blut sollte sich mit meinem mischen.
"*MÖRDER! MÖRDER! MÖRDER!*",skandierten Eule, Ratte und Basilisk in meinem Kopf und von Schuldgefühlen und tiefster Reue geplagt, stach ich zu und das Messer bohrte sich tief in mein Fleisch...

10 Peggy

Kein Mensch der Welt vermag all die Geheimnisse zu entschlüsseln, die das Dasein auf Erden für uns bereithält. Hin und wieder tragen sich Geschehnisse von derartiger Unerklärbarkeit zu, dass es dem Gemüt schwer zusetzt, insbesondere dem eines aufgeklärten und des Verstandes mächtigen Menschen, wie ich einer bin. Oder vielmehr war, hat mich die Erzählung doch derart in meinen innigsten Grundsätzen erschüttert, dass ich gar begann an meiner eigenen Zurechnungsfähigkeit zu zweifeln.

Das, was einem selbst widerfährt, einen selbst unmittelbar betrifft, übt zweifelsohne den größten Schrecken auf einen aus, während Erlebnisse anderer uns, wenngleich sie uns doch zu bewegen und unsere tiefsten Gefühle zumindest in Ansätzen zu erwecken in der Lage sind, doch zumeist eher nicht weiter beschäftigen. Erzählt uns ein anderer von unerklärbaren Ereignissen, sind wir oftmals geneigt, demjenigen maßlose Übertreibung zu unterstellen und äußern in vielen Fällen berechtigte Zweifel am Wahrheitsgehalt dieser Überlieferungen. Einzig, wenn wir selbst involviert sind, bekommen wir wahrhaftig die Grenzen unseres Verstandes aufgezeigt, vertrauen wir doch der eigenen Wahrnehmung mehr als der eines Fremden. Nur in diesem Fall sind wir von der Wahrheit des sich zugetragenen überzeugt und schließen sämtliche Motive der Fiktion aus.

Auch mir erging es bislang so! Glücklicherweise ist die Geschichte, die ich weiterzugeben gedenke, mir nicht leibhaftig widerfahren, nicht auszudenken, wie grauenvoll dies für mich wäre, leidet meine Seele doch schon so sehr an dem bloß Gehörten. Da ich, wie bereits dargelegt, nicht im Mittelpunkt dieser Erzählung stehe, erlaube ich es mir, Namen und Herkunft zu verschweigen, um nicht vom Wesentlichen abzulenken und um meine Anonymität zu wahren. Doch genug der einleitenden Worte! Ich will hiermit mit meinen Ausführungen beginnen!

Neulich suchte ich an einem verregneten, melancholischen Herbsttage, an dem die düstern Wolken das Licht des Himmels vollständig bedeckten, das sich nahe meiner Behausung befindende Gasthaus *Zum schwarzen Ritter* auf, wie es mir an den meisten Tagen der Woche, wenn ich nicht durch meine Arbeit verhindert war, zur Gewohnheit geworden war.

Meiner überaus scheuen und zurückhaltenden Natur geschuldet, bevorzugte ich es, mich fernab der munteren Gesellschaft an einem kleinen Tisch am entlegensten Rand des Innenraums niederzulassen und von dort aus, genüsslich ein Bier nach dem anderen trinkend, die Menschen, die eine große Faszination auf mich ausübten, zu beobachten. Da ich als Verleger tätig war und mich darüber hinaus zuweilen auch auf dem Gebiete der Dichtkunst betätigte, trug ich stets ein kleines Notizbuch bei mir, um mir plötzliche Einfälle zu notieren und somit sicherzustellen, dass diese nicht im Labyrinth meines Kopfes verloren gingen. Die nächtlichen Aufenthalte im *Schwarzen Ritter* trugen zu meiner Kreativität bei und übten eine inspirierende Wirkung auf mich aus. Nirgends kann ich besser schreiben, als an diesem Ort, der von derart vielen unterschiedlichen Menschen aufgesucht wird.

An jenem verhängnisvollen Abend wich ich allerdings von meiner Gewohnheit ab und suchte die Gesellschaft eines bestimmten Mannes. Nie zuvor, so kann ich versichern, hat eine Person in solch kurzer Zeit einen derart großen Einfluss auf mich gehabt.

Der Abend war bereits fortgeschritten, als plötzlich ein

großgewachsener, breitschultriger Mann, dessen vom Regen völlig durchnässte Kleidung schwer an ihm herabhing, durch die Tür hinein polterte und in einen hysterischen Hustenanfall ausbrach.

Außer mir, der ich schließlich nahe der Tür an meinem Stammtisch saß, schenkte dem Fremden niemand Beachtung, doch mich zog er direkt in seinen Bann. Er war mir vollkommen unbekannt, doch niemals in meinem Leben werde ich seine Gesichtszüge vergessen, hatten sie doch in wenigen Augenblicken einen nachhaltigen Eindruck bei mir hinterlassen. Jedes kleinste Detail seines Antlitzes bin ich auch jetzt noch in der Lage mit an mathematischer Genauigkeit grenzender Präzision wiederzugeben. Eine wie der Schnabel eines Vogels gebogene Nase schloss sich an eine breite, faltige und offene Stirn mit kleinen Narben über den buschigen Augenbrauen, unter denen dunkle, tiefsinnige Augen erschrocken hervorblitzten. Die Farbe seiner Haut hatte seltsam grau erscheinende Züge angenommen, die Lippen waren dünn und farblos. Das weich geformte, von harten Bartstoppeln übersäte Kinn kontrastierte mit den eingefallenen Wangen. Das schwarze, fettige Haar hing wie ein Vorhang an den Seiten seines großen Kopfes herab. Ein sonderbares Muskelspiel brachte die verzerrten Gesichtszüge hervor, die auf große Anstrengung und psychische Belastung schließen ließen und den Eindruck nahelegten, der Mann habe unter etwas schwer zu leiden.

Dies weckte augenblicklich mein Interesse, die Neugierde packte mich. Ich wollte wissen, was um alles in der Welt einen solch kräftig gebauten Kerl derartig verstören und in die Verzweiflung treiben konnte, war dem Blick der Augen, die ruhelos hin und her wanderten doch eindeutig zu entnehmen, dass er unter gewaltigem Schock stand.

Entgegen meiner eigentlichen Neigung, erhob ich mich also von meinem Stuhl, grüßte den Fremden freundlich und bat ihn, an meinem Tische Platz zu nehmen, seien doch ansonsten schon alle Tische belegt.

Das Entsetzen stand dem Mann wahrlich ins Gesicht geschrieben. Wie ein scheues Reh, das im Wald auf einen Menschen trifft, wich er vor mir zurück, riss die Augen weit auf und hielt sich die tellergroßen, haarigen Hände schützend vor das Gesicht.

"Guter Mann", sprach ich mit ruhigem Ton in der Nähe, die Hände meinerseits entschuldigend heben. "Ich bitte um Verzeihung! Es war nicht meine Absicht, ihnen einen Schrecken einzujagen. Vielmehr erhoffe ich mir ihre Gesellschaft, bin ich doch des ständigen Alleinseins müde."

Der Fremde, der mich nun offenbar nicht mehr für ein Gespenst hielt, atmete erleichtert auf. Seine Gesichtszüge wurden sanft, der Körper entspannte sich. Mit einer tiefen Stimme brummte er wie ein Bär: "Ich danke Ihnen recht herzlich! Bitte bedenken Sie, dass meine Reaktion nicht auf ihr Verhalten zurückzuführen ist. Ich war nur sehr nervös und bin es noch! Meine Nerven sind angeschlagen. Ich wollte nicht unfreundlich sein, sehr gerne geselle ich mich zu Ihnen."

Freudig nahm ich wieder Platz. Der Unbekannte, der seinen durchnässten Mantel abstreifte, setzte sich mir gegenüber.

Er stellte sich mir als ein gewisser Herr Karlsberg vor, einen Namen, den ich nie zuvor gehört hatte. Er meinte, er stamme nicht aus der Gegend, sei den ganzen Tag unterwegs gewesen, auf der Flucht! Seinen Heimatort wollte er mir dagegen nicht mitteilen, genauso wenig wie seinen Vornamen, weshalb ich diesbezüglich auch keine weiteren Nachfragen anstellte. Um ehrlich zu sein, interessierten mich diese irrelevanten Informationen ohnehin nicht, galt meine gesamte Neugierde doch nach wie vor der Ursache seines verstörten

Gemütszustandes.

"Ich weiß nicht, ob ich Ihnen davon erzählen soll", erwiderte er auf meine drängenden Nachfragen. "Diese Erlebnisse sind wahrlich zu erschütternd, um sie einem Fremden preiszugeben. Mir wäre es nicht recht, ihre Stimmung an diesem Abend zu trüben, guter Herr!"

"Seien Sie unbesorgt", beruhigte ich ihn. "Ich bin Verleger, müssen Sie wissen. Ich kann ihre Erlebnisse der Öffentlichkeit zugänglich machen, was mit fürstlichen Entlohnungen für sie einhergehen würde."

"Es ist nicht das, woran ich interessiert bin. Doch würde ich mich gerne einem offenen Ohr anvertrauen."

"Gewiss mein lieber Herr Karlsberg. Sobald man über etwas spricht, verliert es seinen Schrecken, glauben Sie mir!"

"Wahrscheinlich haben Sie recht. Offen gesagt, habe ich diesen Ort auch mit der Absicht aufgesucht, endlich meine Seele zu reinigen. Ich habe gehofft, dass mir jemand seine Aufmerksamkeit anbietet. Erlauben Sie mir also, die Schilderungen aufzunehmen?"

"Ich bitte doch darum!"

Mein Glück kaum fassend, zückte ich in aller Eile meine Schreibutensilien.

"Doch ich muss Sie warnen! Meine Erlebnisse sind von solcher Grausamkeit, dass sie kaum zu verkraften sind!"

Karlsberg Hände zitterten, er schwitzte. Beruhigend fasste ich seine eiskalte Hand, sah ihm tief in die Augen und sagte: "Beruhigen Sie sich! Sie sind außer Gefahr und haben nichts zu befürchten. Ich bin für Sie da!"

In des Mannes Augen regte sich etwas. Ein kurzes Aufleuchten.

"Sie sind so gut zu mir! Ich danke Ihnen, mein Herr. Nun, denn. Lassen Sie mich bitte erzählen."

Und als er sich wieder beruhigt hatte, erfolgten seine Ausführungen, denen ich mit größter Aufmerksamkeit folgte, mich bemühend, alles sorgfältig mitzuschreiben. Das ein oder andere mag mir entgangen sein, doch mein Bericht scheint der Originalerzählung recht nahe zu kommen. Nicht einzufangen in der Lage bin ich unglücklicherweise jedoch die unvergleichbare Atmosphäre, die in unserem Gespräch vorlag. Der Leser möge sich bitte so gut, wie es ihm möglich ist, das Flackern in den Augen des Fremden vorstellen, die lebhaften Schilderungen, der Schein der Kerze, der bedrohliche Schatten auf des Mannes Gesicht warf und das Donnern der Regentropfen gegen das Fenster der Unterkunft, welche im Innern durch den durch das Fenster scheinenden Vollmond erhellt wurde...

Bericht des Herrn Karlsberg

Wie heftig zerrissen doch die vergangenen Wochen und Monate mein Innerstes, wie sehr zehrten sie doch an meinen armen Nerven und entzogen somit meinem gepeinigten Herzen jedwede Lebensfreude.

Lange Zeit war ich ein glücklicher Mensch, anders vermag ich es nicht auszudrücken. Erste düstere Wolken zogen durch mein Leben, als ich meine Mutter verlor, die elendig an einer unbekannten Krankheit zugrunde ging.

Wie froh war ich doch, als kurze Zeit darauf ein holdes Weib in mein Leben trat, deren wahren Namen ich nicht preisgeben möchte, die ich aber Mathilde zu nennen gedenke. All mein Kummer war wie weggeblasen, die Sorgen lösten sich vor meinen Augen wie Rauchwolken auf und gewahrten mir einen klaren Blick auf die Dinge. Zu meinem großen Glück wurden die heftigen Gefühle, die ich Mathilde entgegenbrachte nach anfänglichen Unsicherheiten, die ich mithilfe der Ausdauer meines Werbens beseitigte, auch erwidert. Wir heirateten noch im selben Jahr.

Seit meiner Kindheit galt ich als besonders aufopferungsvoller Mensch, was mir oftmals einiges an Hohn und Spott einbrachte. Überglücklich war ich folglich, in Mathilde ein mir verwandtes Gemüt gefunden zu haben. Endlich war ich mit jemandem zusammen, der meine tiefen Gefühle nicht nur verstand, sondern sie sogar teilte. Dementsprechend liebten wir mit einer Innigkeit, die ich kaum wiederzugeben in der Lage bin. Ebenso war uns beiden die Hingezogenheit zu allerlei zahmen Getier zu eigen, weshalb wir uns dazu entschieden, eine Katze anzuschaffen. Es war ein großes Tier, schwarz wie die Nacht, mit aufmerksamen, hell leuchtenden smaragdgründen Augen und zu meiner außerordentlichen Freude, erstaunlich klug, sodass ich ihr allerhand Geschicke beizubringen vermochte. Sowohl Mathilde als auch ich erfreuten uns der eleganten Bewegungen des Tieres und genossen es, die Katze zu liebkosen und zu füttern.

Unserer kleinen Familie mangelte es an nichts, wir führten ein von Liebe und Zuneigung geprägtes Leben. Eine Zeit lang war alles gut, so lange bis eine feindliche Macht in unser Dasein trat und alles zerstörte, was wir uns mühsam über die Jahre aufgebaut hatten.

Wie sehr verfluche ich jenen Tag, an dem es geschah! Wie sehr wünsche ich mir, dies alles rückgängig zu machen!

Es war ein schöner sonniger Tag mitten im August. Wie immer

zu dieser Zeit des Jahres, eröffnete in unserem Heimatort ein großer Jahrmarkt, welchem Schaulustige aus aller Welt mit großer Begeisterung beiwohnten. Auch Mathilde und ich waren zugegen. Mit viel Freude, besahen wir die unterschiedlichen Stände, erfreuten uns der zahlreichen Attraktionen und Vorführungen, beobachteten fasziniert die exotischen Tiere, die in einem Zirkus auftraten, genossen die herrlichsten Leckereien aus aller Welt und erwarben den ein oder anderen Schnickschnack. Araber verkauften per Hand gewebte Teppiche, selbst hergestellte Vasen und allerhand Spielzeuge aus Holz oder Porzellan.

Schließlich kamen wir an einem Stand vorbei, den ich nicht weiter beachtet hätte, wäre Mathilde nicht fasziniert stehen geblieben.

"Treten Sie näher, treten Sie näher", skandierte ein Araber, der in ein orientalisches Gewand und einen auffälligen Turban gehüllt war. "Wir haben Puppen, Figuren und vieles mehr! Treten Sie näher und sehen Sie sich unsere Werke an!"

Meiner Absicht, den Mann zu ignorieren, zum Trotz, näherte sich meine Frau dem seltsam anmutenden Stand. Es war nicht zu übersehen, dass irgendetwas ihre Aufmerksamkeit erregt hatte, da ihre Augen starr auf etwas gerichtet waren. Der Richtung ihres Blickes folgend, stellte ich fest, dass sie eine Puppe fixierte. Ich schenkte selbiger keine weitere Beachtung und war, ungeduldig wie ich war, im Begriff, weiterzugehen, als Mathilde mich am Arm packte, auf eben jene Puppe zeigte und mich innigst darum bat, sie ihr zu kaufen.

Wenngleich ich für derartigen Plunder nicht viel übrig hatte und den Preis darüber hinaus für vollkommen überteuert hielt, konnte ich meiner über alles geliebten Frau, diesen Herzenswunsch unmöglich ausschlagen. Ich kaufte die Puppe, sehr zur Freude des arabischen Käufers, der hämisch grinste und uns viel

Freude mit seinem Werk wünschte. Gewiss hatte ich ihm die Puppe viel zu teuer abgekauft, daran bestand kein Zweifel, was auch seine Schadenfreude über das aus seiner Sicht gelungene Geschäft erklärte. Zunächst ärgerte ich mich noch darüber, meine Wut wich allerdings schnell wieder, was auf Mathildes große Freude über den Kauf und ihre dankbaren Liebkosungen zurückzuführen war.

Erst zuhause gewährte Mathilde mir, einen genaueren Blick auf die Puppe zu werfen. Sie war nicht von besonderer Größe, jedoch äußerst fein verarbeitet. Sie stellte eine weibliche Person dar, die mich seltsamerweise an meine verstorbene Mutter erinnerte. Diesen Gedanken schnell verwerfend, inspizierte ich unsere Neuerwerbung intensiver.

Die Puppe war nicht aus Holz oder Porzellan. Sie war aus einem anderen, mir nicht bekannten Stoff hergestellt. Ihr Antlitz sah, das musste ich zugeben, täuschend echt aus. Die langen blonden Haaren passten gut zu dem blauen Kleidchen, das sie trug. Dennoch breitete sich in meiner Brust ein nicht zu ignorierendes Gefühl der Unbehaglichkeit aus, das der Anblick der Puppe in mir auslöste. Wenngleich die vollen, blutroten Lippen, die feine spitze Nase, die angeklebten Wimpern und die reinen Gesichtszüge durchaus schön anzusehen waren, so war mir doch die entsetzliche Starre in dem Blick ihrer azurblauen Augen in höchstem Grade zuwider. Die leblosen Augen verliehen der gesamten Gestalt etwas derart Beängstigendes, das sich mir auch jetzt noch allein bei dem Gedanken daran, die Nackenhaare aufrichten und mir ein eiskalter Schauer über den Rücken läuft.

Meiner Abneigung der Puppe gegenüber, die Mathilde auf den Namen Peggy taufte, tat ich in aller Deutlichkeit kund. Meine Frau verspottete mich dafür, lachte mich aus und spielte, beinahe wie ein kleines Mädchen in ihrer Freizeit mit dem furchtbaren Ding.

In dieser Zeit fasste ich eine noch tiefere Zuneigung zu unserer Katze, mit der ich mich auseinandersetzte, wenn Mathilde mit Peggy beschäftigt war. Jedes Mal verlor ich mich aufs Neue in des Tieres wunderschönen Augen, in denen sich meine eigene Existenz widerspiegelte. Ich liebte das zarte Geschöpf aufgrund seiner Lebendigkeit, die im starken Kontrast zu der Künstlichkeit der Puppe stand.

Mathilde schien die Leblosigkeit Peggys, ganz im Gegensatz zu mir, keineswegs zu stören. Stattdessen behandelte sie die Puppe wie ein Lebewesen. Peggy saß gemeinsam mit uns am Tisch und schlief, was mir vor allem zuwider war, gar mit uns in unserem Bett. Mathilde meinte ständig, sie müsse sich gut um Peggy kümmern, da sie nur das Beste verdient habe. Auf meine Erläuterungen, wonach es sich bei ihr nur um ein unbelebtes Objekt handelte, entgegnete meine Frau nur, dass ich mir diesbezüglich nicht so sicher sein sollte. Sie fühle, dass Peggy lebe und sei ganz darauf bedacht, sie bestmöglich zu umsorgen.

Ich lernte bald, dass ich es unterlassen sollte, Mathilde zu versuchen, vom Gegenteil zu überzeugen, denn als ich es einmal tat, verlor sie vollkommen die Beherrschung. Eine nicht für möglich gehaltene Bosheit bemächtigte sich ihrer und äußerte sich in ihrem Verhalten. Sie schrie mich wütend an, warf mir die schlimmsten Beleidigungen an den Kopf und verteidigte ihre Puppe mit allen Mitteln der Kunst.

Zu meinem Entsetzen fand bei meiner einst so liebenswürdigen, gutherzigen Frau ein besorgniserregender Sinneswandel statt. Ihr vormals heiteres Gemüt, verwandelte sich in tiefen, melancholischen Ernst. Es dauerte nicht lange, bis sie Peggy kaum noch aus der Hand legen konnte. Selbst, wenn ich Mathilde direkt gegenübersaß, würdigte sie mich keines Blickes. Viele Minuten harrte sie aus, ohne auch nur die geringste Bewegung ihrer Gliedmaßen vorzunehmen, die weit geöffneten Augen fasziniert in die Augen der Puppe blickend. Zumeist erfolgte gar keine Reaktion, wenn ich Mathilde besorgt ansprach. Ich pflegte dann, mich zu entfernen, mich mit Arbeit von der entsetzlichen Veränderung meiner Frau abzulenken oder Zeit mit unserer Katze zu verbringen, die mir viel Trost in dieser tristen Zeit bot und deren Zuneigung mittlerweile weitaus inniger war, als die Mathildes.

So kam es, dass meine Frau und ich uns immer mehr auseinanderlebten. Obwohl wir uns nach wie vor die Wohnung teilten, so waren Momente der Zweisamkeit doch eine regelrechte Rarität geworden, da sie die Gesellschaft der Puppe vorzog.

Mathilde begann mir, wenn wir uns doch mal unterhielten, wirre Ereignisse zu schildern. Sie träume des Nachts davon, dass Peggy tatsächlich lebe und sie mit ihr eine Bindung eingehe. Außerdem sei ihr neulich aufgefallen, dass Peggy in der Tat Lebenszeichen von sich gebe. Neuerdings höre sie andauernd ein seltsames Pfeifen, das von der Puppe stamme. Es war nicht zu vergleichen mit dem Pfeifen eines Menschen oder eines Vogels, sondern klang vielmehr wie das Zischen einer Eisenbahn.

Voller Entsetzen musste ich feststellen, dass meine Frau den Verstand zu verlieren drohte, denn natürlich gab Peggy kein Pfeifen von sich. Verletzend waren Mathildes grobe Äußerungen, wonach sie, hätte sie noch die Wahl, viel lieber Peggy geheiratet hätte, als mich. Jedwede Versuche, meine Frau wieder auf die rechte Bahn zurückzubringen, scheiterten. Sie ließ nicht mit sich reden. Für sie gab es nur noch Peggy, nichts anderes, nicht einmal mehr mich. Ich schien für sie kaum noch existent zu sein. Wahrlich, mittlerweile grauste selbst mir, der für gewöhnlich nicht so leicht zu erschrecken ist, vor dem Anblick, den Mathilde bot. Ihre Augen schienen mittlerweile dieselbe Leblosigkeit und Starre eingenommen zu haben, wie die der Puppe. Der Mund stand ihr fast immer offen, sodass der

Speichel aus selbigem hinauslief und ihr Kinn hinunterrann. Ihrem Gesicht war sämtliche Farbe gewichen, sie war bleich wie Kreide. Ihr Zustand verschlimmerte sich stetig, je mehr Zeit sie mit Peggy verbrachte. Und das war mittlerweile beinahe rund um die Uhr. Ich schlief nur noch alleine in unserem Bett. Mathilde blieb in ihrem Gemach und wachte über Peggy, wobei sie stundenlang in der gleichen, starren Haltung verweilte.

Jetzt war auch mir, der ansonsten völlig frei von abergläubigen Anwandlungen ist, endgültig klar, dass mit dieser seltsamen Puppe irgendetwas nicht stimmte. Sie hatte mir meine Frau genommen, weshalb ich einen ungeheuren Hass auf das verfluchte Objekt entwickelte. Dennoch überwog die schier irrationale Furcht. Ich suchte nach logischen Erklärungen, bemühte mich meinen Verstand einzusetzen, doch kam zu keinem zufriedenstellenden Ergebnis. Die Puppe, Peggy, musste verhext sein. Es gab schlichtweg keine andere Möglichkeit!

Ich kann versichern, dass wenn nicht die Katze, mein treuer Begleiter stets in meiner Nähe gewesen wäre, ich ohne Zweifel vollkommen den Verstand verloren hätte. Ebenso, wie ich vernachlässigt wurde, kümmerte sich Mathilde auch nicht mehr im Geringsten um ihr vormals so geliebtes Haustier. Sie vernachlässigte überhaupt sämtliche Pflichten zugunsten Peggys, schien an nichts mehr Freude zu haben, ja, an überhaupt nichts anderes auch nur denken zu können, als die elende Puppe.

Eines Nachts, als ich tief und fest schlief, von Albträumen geplagt, geschah etwas entsetzliches! Ich träumte, dass Mathilde die Katze ermordete und das auf bestialische Art und Weise mit einem Messer! Wie vom Blitz getroffen, fuhr ich aus dem Schlaf hoch, sprang augenblicklich auf die Beine und suchte im Haus nach der Katze, die ich verzweifelt rief und deren Gegenwart ich nun mehr als jemals zuvor bedurfte. Meine schreckliche Vorahnung wurde zu meinem Leidwesen bestätigt.

Ich fand das geliebte Tier tot vor in einer entlegenen Ecke des Hauses. Ein Auge war ausgestochen, aus dem anderen das Leben gewichen. Die Katze lag mit aufgeschnittenem Bauch, die Beine in einem unnatürlichen Winkel verkrampft, auf dem Rücken. Ich stürzte mich auf das leblose Wesen und vergoss Tränen der Verzweiflung und tiefsten Trauer. Der einzige Halt in meinem Leben war mir genommen wurden und alles war, wie ich genaustens wusste, auf Peggy zurückzuführen.

Am nächsten Morgen erklärte Mathilde mir, dass sie die Katze umbringen musste, weil Peggy es ihr befohlen hatte. Nun erfolgten wüste Beschimpfungen meinerseits, doch meine Frau kümmerte sich nicht darum. Ihr Blick war wieder nur auf die Puppe gerichtet.

"Hörst du nicht, wie sie spricht? Sie redet mit mir. Peggy lebt, ich spüre es! Bald wird sie stark genug sein, um ein eigenständiges Leben zu führen!"

Fortan fand ich keine Ruhe mehr. Ich weinte stundenlang. Die Kraft entwich meinem Körper, ich war nur noch ein Schatten meiner selbst. Im Haus lag eine gespenstische Ruhe, eine schier unerträgliche Totenstille, die nur gelegentlich durch das wahnsinnige Murmeln meiner Frau unterbrochen wurde, die unverständliche Worte an Peggy richtete, die sie fest in den dürren Händen umklammert hielt und liebevoll liebkoste. Wie ein Geist schlich sie durchs Haus und ließ mich jedes Mal, wenn ich ihrer ansichtig wurde, auf entsetzliche Art erschaudern. Mathilde war ebenso wenig wiederzuerkennen, wie ich selbst es war.

Von Peggy ging ein schwarzer, düsterer Zauber aus, der sich wie ein Schatten über unsere Existenz legte und mir das Leben zur Hölle machte. Ich sehnte mich förmlich nach dem Tod, nach Erlösung von meinen Leiden. Doch gleichzeitig keimte in meinem Innern ein starkes Gefühl von Verantwortung und Verpflichtung Mathilde gegenüber auf, die dem magischen Bann dieses verfluchten Gegenstandes hilflos ausgeliefert war. Tief in meinem Innern war ich davon überzeugt, dass sie keinerlei Schuld traf und sie für ihr Handeln nicht zu verantworten war. Sie wurde fremdgesteuert, Peggy hatte die Kontrolle über sie. Zwar war mir unerklärlich, wie eine derartige unkontrollierbare Macht von einer Puppe ausgehen konnte, doch es war die einzig logische Erklärung, hatte meine Frau zuvor niemals auch nur die geringsten Anzeichen von Unzurechnungsfähigkeit oder Wahnsinn aufgewiesen. Doch als Peggy in unser beider Leben getreten war, hatte sich alles verändert, beginnend ab der ersten Begegnung auf dem Jahrmarkt. Wie lange lag dies mittlerweile nun schon zurück? Wie lange dauerte dieser schrecklichste aller Albträume bereits an? Ich wusste es nicht mehr, so stark war mein Verstand von düsteren Fantasien benebelt.

Als erwartungsgemäß in absehbarer Zeit keine Besserung der Situation eintrat, sondern sich im Gegenteil der Zustand meiner Frau noch verschlechterte, fasste ich, meiner furchtbaren Angst zum Trotz, den Entschluss, diesem Albtraum eigenhändig ein Ende zu setzen. Hatte die Furcht mich zuvor noch gelähmt und regelrecht in Ketten gelegt und somit handlungsunfähig gemacht, so war mein Wille doch jetzt so stark wie nie zuvor! Ich würde meine Frau retten! Peggy musste beseitigt werden.

Doch dieses Unterfangen stellte sich alsbald als überaus schwierig heraus, denn Mathilde ließ Peggy fast nie aus dem Blickfeld und nahm sie überall hin mit. Sich ihr zu nähern, wenn die Puppe bei ihr war, geschweige denn, ihr selbige gar zu entreißen, war unmöglich! Der dunkle Zauber verlieh ihr übernatürliche Kräfte, sodass ich bei dem Versuch, sie direkt zu konfrontieren, wohl gestorben wäre. Folglich musste ich einen geeigneten Zeitpunkt abwarten. Mathilde schien kaum noch zu schlafen, doch geduldig wartete ich, selbst gänzlich auf Schlaf verzichtend, einen Moment der Ruhe ab. Und tatsächlich, an einem Abend fand ich meine Frau, die kaum noch als selbige identifizierbar war, sondern einer Mumie glich, an ihrem Schreibtisch schlafend vor. Die Puppe saß aufrecht vor ihr, der starre Blick genau auf mich gerichtet, was mich zutiefst ängstigte. Nichtsdestotrotz nahm ich all meinen Mut zusammen, packte Peggy und entriss sie der Schlafenden.

Ohne so richtig zu wissen weshalb, eilte ich zum Dachgeschoss, öffnete das Fenster, kroch zusammen mit der Puppe aus selbigem hinaus und fand mich schließlich auf dem Dach wieder. In vollen Zügen sog ich die eiskalte Nachtluft ein. Die Sterne flackerten unregelmäßig, der Vollmond bestrahlte mein ausgemergeltes Gesicht. Es verging eine Weile bis ich mich fragte, was ich hier überhaupt tat. Ich erschauderte bei dem Gedanken, Peggy habe mich dazu verleitet und nun ebenfalls die Macht über mich. Ein furchtbares, ohrenbetäubendes Pfeifen ertönte plötzlich und riss mich aus meinen Überlegungen.

Erschrocken hielt ich inne, blickte die Puppe an, sah in ihre azurblauen, toten Augen, sah wie der wollüstige Mund sich zu einem entsetzlichen Grinsen verzerrte! Wahrscheinlich hätte ich unter normalen Umständen geschrien aber in diesem Moment existierte für mich nichts Faszinierenderes als Peggy. Ich verlor mich in ihren Augen, hielt sie fest umklammert, konnte an nichts anderes mehr denken. Seltsamerweise bekam ich es keineswegs mit der Angst zu tun. Ein plötzliches Gefühl der Zuneigung bemächtigte sich meiner und auf einmal liebte ich die Puppe über alles.

"Peggy hat mich davor gewarnt!"

Eine schrille Stimme, die durch Mark und Bein ging, ertönte von hinten. Erneut wurde ich aus meinen Träumen gerissen und wandte mich um. Mathilde stand wenige Meter hinter mir. Sie war offenbar erwacht und mir auf das Dach gefolgt. Ich wollte etwas entgegnen, doch der Kloß in meinem Hals machte mir das Sprechen unmöglich.

"Peggy hat gesagt, dass du sie hasst und du dich ihrer zu entledigen gedenkst. Ich wollte dies nicht wahrhaben, habe ich doch immer an das Gute in dir geglaubt. Doch, wie immer, Peggy hatte recht! Du bist ein böser Mensch, dafür muss ich dich bestrafen!"

Erst jetzt gewahrte ich, dass Mathilde, ebenso wie Peggy ein blaues Kleid tragend und ihr auf furchtbare Weise enorm stark ähnelnd, ein blutverschmiertes Messer in der Hand hatte, womit sie sich auf mich stürzte. Sie zielte auf meine Augen, doch glücklicherweise gelang es mir noch schnell genug zu reagieren. Ich bückte mich, sodass das Messer nur meine Stirn streifte und das ursprüngliche Ziel verfehlte. Warmes Blut rann aus der getroffenen Stelle und lief mein Gesicht hinunter, doch Schmerzen verspürte ich nicht.

In einen hysterischen Anfall verfallend, schrie Mathilde aus Leibeskräften: "Peggy will, dass ich dich umbringe und das werde ich! Dann kann uns nichts mehr trennen, nichts mehr aufhalten! Wir werden für immer zusammen sein!"

Mit der freien Hand griff sie, zähnefletschend, einen wahnsinnigen Blick aufgesetzt, nach Peggy, doch ich hielt sie mit aller Kraft fest.

Es entstand ein heftiger Kampf auf dem Dach. Wir rangen um die Puppe, schlugen uns gegenseitig. Ich wich ihren wütenden Messerhieben aus, aufpassend, auf dem hohen Dach nicht das Gleichgewicht zu verlieren.

"Gib sie mir, gib sie mir! Peggy ist mein! Sie ist mein für immerdar!"

Just in diesem Augenblick ertönte erneut das Pfeifen, diesmal lauter als je zuvor. Ich hatte das Gefühl, mein Trommelfell würde platzen. Vor Schmerz schrie ich auf, ließ die Puppe los, um mir die Ohren zuzuhalten. Mathilde, die mit unglaublicher Kraft an Peggy gezogen hatte, verlor, bedingt durch mein Loslassen, augenblicklich das Gleichgewicht und stürzte, zusammen mit der Puppe, die sie fest umklammert hielt, wahnsinnig kreischend und sadistisch lachend vom Dach.

Als ich wieder zu mir gekommen war, warf ich einen verstohlenen Blick hinunter. Mathilde lag mit zerschmettertem Kopf auf dem Boden, die Mundwinkel zu einem hämischen Grinsen verzerrt. Peggy blieb unbeschadet. Sie lag direkt neben meiner Frau, ihr starrer Blick von unten auf mich gerichtet.

Nun selbst vollkommen wahnsinnig, kletterte ich vom Dach und machte mich auf dem Weg davon. Ich rannte durch die Nacht und den strömenden Regen, dem Schein des Mondes folgend. Am nächsten Tag machte ich ausgiebigen Gebrauch von Mitreisegelegenheiten mit anderen Wanderern, Heimatlosen oder Vertriebenen, bis ich schließlich hier, in diesem Gasthaus ankam und auf dich traf...

Als Herr Karlsberg geendet hatte, ließ er sich völlig erschöpft aber sichtlich erleichtert in seinen Stuhl zurückfallen. Die Nacht war bereits weit fortgeschritten. Viele Minuten lang sahen wir beide uns gegenseitig an.

Schließlich meinte er: "Und? Glauben Sie mir?"

Ich erwiderte: "Überaus bedauerlich, dass Sie kein Literat sind, verehrter Herr Karlsberg! Ihre außerordentliche Einbildungskraft ist bemerkenswert!"

Obwohl ich den Ausführungen dieses seltsamen Mannes mit großer Neugierde gefolgt war und gar zwischendurch Fragen stellte, so glaubte ich ihm doch kein Wort. Zu surreal, zu wahnhaft klangen seine Schilderungen, als dass ich sie hätte glauben können.

Der Fremde machte zu meinem Erstaunen einen recht gleichgültigen Eindruck.

"Wenn Ihnen mein Anblick nicht Beweis genug ist, für die schlimmen Erlebnisse, die ich mitmachen musste, kann ich Ihnen auch nicht weiterhelfen. Mir ist durchaus bewusst, wie unglaublich meine Geschichte erscheint, doch ist sie doch wahr! Aber wenn sie mir nicht glauben, kann ich Ihnen dies nicht einmal verübeln, da..."

Plötzlich stockte der Mann. Ich bemerkte, wie sich sein Blick auf etwas hinter mir richtete. Seine Augen weiteten sich vor Entsetzen, die blanke Angst stand ihm ins Gesicht geschrieben.

Langsam drehte ich mich um, um seinem Blick zu folgen und erschrak meinerseits heftig. Das Blut in meinen Adern schien zu gefrieren, das Herz hörte für einige Augenblicke auf zu schlagen und hämmerte danach nur noch heftiger.

Draußen vor dem Fenster kauerte ein Geschöpf, das ich nur mit Mühe als einäugige Katze zu identifizieren in der Lage war. Ihr schwarzes Fell war mit der draußen vorherrschenden Dunkelheit verschmolzen, nur das eine grüne Auge leuchtete und hob sich somit von der vollkommenen Finsternis ab.

Ich gewahrte, wie Herr Karlsbad vom Stuhl fiel. Er hyperventilierte. Sofort eilte ich zu ihm, um Hilfsmaßnahmen zu ergreifen. Andere Gäste eilten herbei. Gemeinsam versuchten wir mit aller Mühe, den Mann zu retten, doch es nützte alles nichts. Wenige Augenblicke später verstarb er, offenbar hatte er einen Herzstillstand erlitten. Die Katze vor dem Fenster war in die Nacht, aus der sie herkam, entschwunden.

Vollkommen unter Schock stehend, verließ ich eine halbe Stunde später, als man den Leichnam weggebracht und sich alle wieder einigermaßen beruhigt hatten, das Gasthaus und machte mich, tief nachdenkend auf den Heimweg. Wahrlich hätten diese sonderbaren Vorkommnisse schon ausgereicht, um mich von der Wahrheit des Erzählten zu überzeugen, doch es war etwas anderes, das schließlich den Ausschlag dafür gab, die niedergeschriebene Geschichte auch zu veröffentlichen. Erklärte ich mir das Erscheinen der schwarzen Katze noch als einen, wenngleich höchst eigentümlichen Zufall und die Schilderungen des Unbekannten für die krankhaften Vorstellungen eines Wahnsinnigen, so geschah doch auf meinem Heimweg durch die finstere Nacht etwas, das endgültig mein gesamtes Weltbild erschütterte.

Aus weiter Ferne aber für meine guten Ohren nach wie vor deutlich vernehmbar, erklang plötzlich ein unmenschliches Pfeifen, das unmöglich von einem Tier oder dergleichen stammen konnte und mich sofort an das Zischen einer Eisenbahn erinnerte...

11 Über Schuld, Reue und das Gewissen oder Der Richter

Wie kann ich der Sinnlosigkeit allen Seins entkommen? Gibt es etwas, das mich glücklich macht? Dies fragte ich mich, verehrter Leser. Liebe ist eine Lüge! Moral existiert nicht! Es gibt keinen Frieden, nur Hass! Es gibt keine Gerechtigkeit, da alles dem Prinzip des Zufalls untergeordnet ist. Wie kann man der Sinnlosigkeit einen Sinn abgewinnen? Dunkelheit, nur Dunkelheit, sonst nichts.

Regeln und Gesetze binden uns. Sie verhindern die Entfaltung der menschlichen Triebe, seiner niedersten Bedürfnisse. Doch ich wollte frei sein, frei von jeglichen Einschränkungen, frei von allen Normen und gesellschaftlichen, moralischen Zwängen. Ich begriff, dass die einzige weltliche Ordnung die Unordnung ist, Chaos die einzige Konstante und dass man in dieser grausamen Welt viel besser ohne Regeln lebt. Und weißt du, der da diese Zeilen liest, worin der Sinn in meinem Leben bestand? Darin, die Abgründe der menschlichen Existenz zu erkunden. Darin, zu zeigen, dass alles Bestreben nach Gerechtigkeit, Liebe und Ordnung vergebens ist! Der Mensch sollte niemals eingeschränkt werden, das wollte ich zeigen. Es gibt nichts, woran es sich zu glauben lohnt, außer dem Glauben an sich. Also tat ich, was ich schon immer hatte tun wollen. Wenn nicht jetzt, wann dann, dachte ich mir. Es war Zeit meine Bestimmung zu erfüllen. Dies, verehrter Leser, ist meine Geschichte.

Mein Vater war ein törichter alter Mann. Geschwächt von seiner Krankheit, verbrachte er den ganzen Tag nur im Bett. Wir wohnten alleine zusammen. Ich pflegte ihn, war ihm ein guter

Sohn. Es war nie sein vieles Geld, nach dem ich mich sehnte. Es war nie seine Zuneigung, an der es mir mangelte. Wahrlich, da ich ihm stets ein guter Sohn war, so hatte er mich doch in sein Herz geschlossen, so sagte er jedenfalls. Doch Liebe ist eine Lüge!

Seine Zuneigung bedeutete mir nichts. Ich pflegte ihn nur aus mir schleierhaften Gründen, solche, die ich nicht begriff. Irgendetwas schien mich zu steuern, unbewusst zu diesen Handlungen zu drängen. Ich pflegte den Kranken aus krankhaften Motiven des Mitleids. Unbegreiflich, wie ich dies freiwillig tun konnte. Doch "freiwillig" ist die falsche Bezeichnung. Letztendlich tat ich all dies nicht aus freien Stücken, sondern weil der innere Richter mich dazu gezwungen hat. Nun, verehrter Leser ist es wohl kaum erwähnenswert, dass mir diese Tatsache missfiel. Wollte ich doch frei von allen Hemmungen und Einschränkungen leben! Ich muss etwas tun, womit ich mich nicht identifizieren kann und das musste schleunigst aufhören, denn ich selber wollte verantwortlich für mein Handeln sein, indem ich es mir bewusst aussuchte.

Doch meine Regeln, die mich selbst fesselten, hielten meine menschlichen Instinkte zurück. Ich fürchtete weder Strafe noch Tod. Ich fürchtete einzig und allein die Macht des inneren Richters. Ich fürchtete meines inneren Richters Undurchschaubarkeit. Die Angst vor ihm, der da hauste in den Tiefen meines dunklen Verstandes, hielt mich zurück. Doch wusste ich genau, dass diese Angst ich zu überwinden hatte. Um der Freiheit willen! Um mich von meinen Fesseln zu lösen, um meinen Moralkodex Lügen zu strafen! Denn ich wollte im Recht sein und nicht gegen den inneren Richter das Nachsehen haben. Meine Lebensaufgabe bestand darin, zu beweisen, dass Moral eine Lüge ist. Damit wollte ich die Sinnlosigkeit allen Seins beweisen. Und ich wusste genau, was ich dafür tun musste und auch, wie ich es zu tun hatte!

Es war alles so klar vor mir. In Gedanken ging ich den genauen Ablauf mehrere Male durch. Im Geiste war ich schon immer frei, einzig mein Denken und mein Handeln musste ich in Einklang bringen, um somit zur absoluten Freiheit zu gelangen, nach der ich mich so sehnte. Endlich das tun, was ich mir in Gedanken so oft ausgemalt! Endlich frei sein und den inneren Richter schlagen!

Mein Vater spielte in diesen Überlegungen eine zentrale Rolle. Er sollte das Instrument darstellen, welches mich in die Freiheit führte, welches mich erlöst vom Leid, welches meine Fesseln löst. Doch schildern werde ich meine Gedanken nicht. Ich spreche nicht gerne über Pläne. So lasset uns gemeinsam betrachten, was ich tat, anstelle von dem, was ich dachte. Taten sind immer wichtiger als Worte. Und ich versichere dir, verehrter Leser, ich ließ zu jener Zeit Taten folgen. Nun, jedem würde ich diese Geschichte zweifellos nicht erzählen, doch schweigen darf ich nicht länger, jedenfalls noch nicht. Dein Gemüt wird dies verkraften, dessen bin ich sicher! Nun höre, was ich zu sagen habe. Dies ist meine Geschichte!

Was wäre wohl die geeignetste Tat, um die Standhaftigkeit des inneren Richters herauszufordern, fragte ich mich. Nun, lange musste ich nicht überlegen. Ich wusste, was zu tun war. Hatte ich es nicht schon immer gewusst? Wenn eines gegen die Ordnung, gegen die Gesellschaft verstößt, dann ist es Mord! Als abscheulich empfunden von all den Scheinheiligen und doch ist es etwas Urmenschliches. Ich nahm mir vor, nicht länger zu verbergen, wer wir in Wahrheit sind. Ich verstand mich selber als Kämpfer für die Freiheit des Menschen. Der zivilisierte Mensch hat vergessen, was es heißt, Mensch zu sein. Die Zivilisation hat ihn abgestumpft, regelrecht einer Gehirnwäsche unterzogen. Um meine Andersartigkeit zu demonstrieren, entschied ich mich, die Tat durchzuführen. Nichts konnte mich mehr aufhalten. Mein

Entschluss stand fest!

Was ist die beste Art ein Leben zu beenden, fragte ich mich. Nun, lange musste ich nicht überlegen. Ich wusste, was zu tun war. Hatte ich es nicht schon immer gewusst? Das Opfer darf nicht damit rechnen, muss überrascht werden. Am besten war der Mord ein nahestehender Mensch. Mord alleine reicht nicht. Der Mensch muss unverhofft und mit aller Gewalt aus dem Leben gerissen werden. Und es musste ohne Waffen geschehen. Waffen sind primitiv, ehrlos. Es geht einfach zu schnell, dabei muss der Prozess des Mordens vollständig genossen, die Überlegenheit bis zuletzt ausgekostet werden. Waffen sind ehrlos, merk dir das, verehrter Leser, solltest du in die gleiche Situation geraten wie ich, wenn du für etwas kämpfst und keine andere Möglichkeit hast, als zu morden! Nicht um des Opfer, sondern um des Täters willen, denn dieser ist es, der seine Ehre bewahren muss! Nur so wird der innere Richter herausgefordert!

Nun, wie bereits angedeutet, traf alles auf eine bestimmte Person zu. Ich hatte mein Opfer bereits ausgewählt, noch bevor es mich als potentiellen Täter überhaupt ausmachen konnte, so glaubte ich jedenfalls. Es war mein Vater, musste mein Vater sein. Nicht etwa, weil ich ihn hasste. Das zwar auch, doch in erster Linie, weil es so vorherbestimmt war. Der alte Mann war krank, wofür sollte er also noch leben? Seine einzige Funktion war, seinem Sohn die Erfüllung seines Schicksals zu ermöglichen. Nur dafür war der Kranke so lange am Leben geblieben. Also, sprach ich, so soll es geschehen!

An jenem verhängnisvollen Abend sollte es geschehen. Ich spürte es! Wie immer brachte ich dem alten Mann das Essen ans Bett. Müde und schwach war er. Alleine aufstehen, konnte er nicht mehr. Seine Haut war grau und faltig, die blassen Augen eingefallen. Ich setzte mich an die Bettkante und beobachtete die armselige Gestalt beim Essen mit wachsamen Augen. Als mein Vater geendigt hatte, nahm ich das Tablett mit dem leeren Teller in Empfang und stellte es auf die Kommode neben dem Bett. Der Alte sah mich an und ich ihn.

"Du bist so gut zu deinem Vater", sprach er mit zittriger Stimme. Noch bin ich das, dachte ich. Wie konnte der Kranke immer noch denken, dass ich ihn freiwillig pflegte? Mein Handeln war nicht auf die Güte meines Herzens zurückzuführen, sondern einzig und allein auf den inneren Richter, der mich wahrlich dazu zwang. Doch damit sollte es jetzt ein Ende haben, verehrter Leser, denn ich wollte mir nicht länger Vorschriften machen lassen, von niemandem, nie mehr! Auch wenn alles Sein sinnlos ist, so wollte ich doch zumindest frei sein. Einfach um selber über mein Schicksal bestimmen zu können. Nach einer längeren Pause sagte ich schließlich: "Du siehst müde aus, alter Mann."

Der Kranke versuchte ein Lächeln aufzusetzen, was ihm jedoch nicht gelang.

"Ich werde bald sterben, mein Sohn."

"Hast du keine Angst vor dem Tod, alter Mann?"

Der Alte blickte wieder zu mir hoch. Tatsächlich hatte ich diese Frage nicht aus gespieltem, sondern aus wahrhaftigem Interesse gestellt. Der Alte stammelte vor sich hin. Das Sprechen viel ihm sichtlich schwer und dennoch verstand ich jedes seiner Worte.

"Nein. Ich bin jederzeit bereit zu sterben. Sollte dies mein letzter Tag sein, so soll es geschehen! Ich bereue nichts, habe mein Leben frei und meinen Vorstellungen entsprechend gelebt. Nicht immer ist mir alles gelungen und dennoch konnte ich viele meiner Träume verwirklichen. Ich kann mir nichts vorwerfen, da ich aus meinen Möglichkeiten und Anlagen stets das Beste gemacht habe. Ich habe mein Talent nicht verschwendet und mein Potential voll ausgeschöpft. Ich bin mit mir selbst im Reinen, habe inneren Frieden gefunden und ein sehr glückliches Leben geführt. Wenn die Zeit kommt, so werde ich diese Welt glücklich und zufrieden verlassen. Ich bin frei!"

Es dauerte eine Ewigkeit bis mein Vater diese Worte ausgesprochen hatte, doch gebannt hörte ich ihm bis zuletzt zu. Er war ein sehr erfolgreicher Dichter und Philosoph, doch diese Zeit war vorüber. Nur noch ein Schatten seiner selbst war er. Und dennoch fühlte er sich frei, obwohl er doch an gewisse äußere Faktoren wie seine schwere Krankheit gebunden war. Ich begriff nicht! Wie konnte er trotz dessen noch glücklich sein? Während ein solch gesunder, attraktiver junger Mann wie dein getreuer Erzähler so unglücklich war? Es musste am inneren Richter liegen. Ja, dies war ganz sicher der einzige Grund für meine Unzufriedenheit! Und ich wusste, was ich dagegen tun konnte. Schon bald würde ich frei und glücklich sein und somit der allgemeinen Sinnlosigkeit des Daseins trotzen.

"Wenn das so ist, werde ich den Tod herbeiführen, alter Mann", antwortete ich endlich.

"Nur zu, mein Junge. Ich wusste schon immer, dass du es eines Tages tun würdest."

Das überraschte mich. Ich wurde also überrascht, ich der Täter und nicht er, das Opfer obwohl es eigentlich so hätte sein müssen. Er hatte also doch schon mit allem gerechnet.

"Sage mir, woher du das wusstest, und dann werde ich deinem elenden Leben ein Ende bereiten, alter Mann!"

"Auch wenn ich mir nie etwas anmerken ließ, sah ich jeden Tag diesen Durst in deinen Augen. Diese unstillbare Gier! Deine hasserfüllten, unglücklichen Augen haben dich verraten. Die Zeit ist gekommen, mein Sohn. Erfülle deine Bestimmung!"

"Der Sohn muss den Vater töten. Um der Freiheit willen!"

Die Zeit des alten Mannes war abgelaufen, so wie die Zeit eines jeden von uns irgendwann abgelaufen ist. Der Tod nahte, das Ende. Und je länger ich in dieses kranke Gesicht blickte, desto größer wurde der Hass auf meinen Vater. Ich beneidete ihn dafür, dass er Freiheit und inneren Frieden im Gegensatz zu mir schon erlangt hatte. Meine eigene Sehnsucht nach eben jener Freiheit stieg mit jeder Sekunde an.

"Du wirst für einen guten Zweck sterben. Dir nehme ich das Leben, um es mir selber einzuhauchen. Ich muss dich deiner Freiheit berauben, um meine eigene zu erlangen. Leb wohl, alter Mann", sagte ich, als ich meinem Vater das Kissen unter dem Kopf wegzog und sein Kopf hart auf der Bettkante aufschlug. Er wehrte sich nicht und starrte mich nur an. Seine wässrigen Augen waren ganz ruhig, so ruhig wie das Meer an einem schönen Sommertag. Tatsächlich keine Anzeichen von Angst, Reue oder Fassungslosigkeit. Dieser innere Friede, den mein Vater ausstrahlte und mir fehlte, machte mich wütend. Ich begann innerlich zu brodeln. Meine wilden Augen blickten in seine ruhigen und die Wut übermannte mich endgültig.

"Versuch es nur", waren des alten Mannes letzten Worte, bevor ich das Kissen mit aller Gewalt gegen sein Gesicht presste. Nur seine Augen ließ ich unbedeckt, denn ich wollte sehen, wie die Ruhe der Verzweiflung und Panik wich. Ich wollte sehen wie das Licht in seinen Augen für immer erlischt. Doch nichts dergleichen geschah. Ich drückte dem Kranken langsam aber sicher mit dem Kissen die Luft ab und dennoch sahen seine Augen mich nach wie vor seelenruhig an. Es regte sich nichts. Unheimlich war das, verehrter Leser, sehr unheimlich. Im Angesicht des Todes, seinem Peiniger gegenüberstehend, leistete der alte Mann nicht den Geringsten Widerstand. Er bemühte sich gar nicht, mich von meinem teuflischen und unmoralischen Vorhaben abzubringen. Er wusste, dass er nichts ändern konnte und ließ es daher einfach geschehen. Statt den Tod zu fürchten, begrüßte er ihn.

Ich musste meine Niederlage eingestehen. Der alte Mann würde die Welt im Einklang mit sich und überhaupt allem verlassen und daran konnte ich bedauerlicherweise nichts ändern. Mein Vorhaben, ihn wahrlich aus dem Leben zu reißen und mit Bedauern sterben zu lassen, damit er so viel wie möglich leidet, war gescheitert. Also setzte ich zum erlösenden Todesstoß an. Ich stemmte mich mit meinem ganzen Gewicht auf das Kissen und mein Vater bekam endgültig keine Luft mehr. In dieser Position verharrte ich einige Sekunden und mein Vater schloss die Augen. Somit konnte ich nicht einmal sehen, wie sein Blick starr und leer wurde. Auch das war mir nicht vergönnt, was wurde ich nur gedemütigt!

Glücklicherweise aber schwieg der innere Richter und das war schließlich die Hauptsache. Wenigstens gegen ihn hatte ich gesiegt, wenn ich es schon gegen meinen Vater nicht geschafft hatte. Nun war es vollbracht. Ich löste den Druck und warf das Kissen beiseite. Der alte Mann war tot. Umgekommen durch meine Hand (ganz ohne Waffen, denn Waffen sind ehrlos, merke dir das verehrter Leser). Ich war endlich frei!

Müde aber erleichtert nahm ich auf dem Stuhl Platz, der neben dem Bett stand. Dabei stieß ich in meinem Rausch versehentlich das Tablett um, welches ich zuvor auf der Kommode abgestellt hatte. Scheppernd fiel es zu Boden und ich stolperte beinahe darüber, aber nur beinahe. Ich lehnte mich schwer atmend gegen die Rückenlehne des Stuhles. Einen Mord zu begehen ist wirklich anstrengend, harte Arbeit. Mit ruhigen Augen betrachtete ich die Leiche meines Vaters, die da lag auf dem Bette vor mir. Jetzt war ich doch froh, dass er kurz vor seinem

Ableben doch noch die Augen geschlossen hatte, denn glücklicherweise musste ich sie nicht mehr sehen. Ich bezweifelte, ob ich den Anblick ertragen hätte.

Mein Kopf war leer, ich wusste nicht, was ich als nächstes hätte tun können. Ich musste mich nur erholen, das war alles! Bald würde ich auch wieder klar denken können. Doch ein noch unerfahrener Mörder, wie es dein getreuer Erzähler war, musste das alles zunächst verarbeiten. Das ist schließlich normal nach so einer Anstrengung, dachte ich. Schließlich brachte man ja nicht jeden Tag seinen Vater um. Ich war mir auch nicht sicher, ob es überhaupt genug Väter geben könnte, um meinen Durst zu stillen. Also beschloss ich zu warten. Nichts als warten würde mir helfen.

Doch, worauf wartete ich eigentlich? Warum tat ich dies alles? Da fiel es mir wieder ein! Ich wartete auf die Erlösung, auf den inneren Frieden, darauf, dass ich endlich glücklich wurde. Ich hatte beseitigt, was meinem Glück im Wege stand, ich hatte den inneren Richter besiegt. Folglich mussten sich meine Fesseln bald lösen, jeden Augenblick musste es soweit sein. Dann wäre ich frei. Alles, was ich jemals sein wollte. Frei, einfach nur frei.

Also saß ich in dem Stuhl und wartete. Die Freiheit würde sich zu erkennen geben, ganz von alleine, dessen war ich sicher. Ich würde spüren, wenn es soweit war, ganz sicher.

Die Zeit verging und es tat sich nichts. Die Uhr im Zimmer tickte unaufhörlich. Ich warf einen nervösen Blick auf das Ziffernblatt und stellte erstaunt fest, dass ich bereits sechs Stunden einfach nur still dasaß, ins Nichts schaute, über eine Leiche wachte und die Freiheit immer noch nicht eingetroffen war.

Es war Mitternacht! Die Uhr schlug zwölf. Draußen hörte ich das Läuten der Glocken des Kirchturms. Und ich saß alleine in der dunklen Kammer, zusammen mit einer Leiche. Auf einmal wurde mir elend zumute. Mein Herz schlug schneller, ich schwitzte, der Blutdruck stieg. Merkwürdig, dachte ich, so hatte ich doch zuvor die ganze Zeit über nichts dergleichen gespürt. Vielleicht war es auch ein gutes Zeichen. Vielleicht kam in diesem Augenblick die Freiheit über mich. Sie schlug sich in körperlichen Symptomen nieder. Gleich würde es mir dafür richtig gut gehen. Gleich würde ich wissen, was es heißt, glücklich und frei zu sein. Doch anstatt abzufallen, stieg die Anspannung immer weiter. Was war nur mit mir los?

Unruhig wippte ich auf meinem Stuhl hin und her. Vorsichtig warf ich der Leiche des alten Mannes einen Blick zu, nur um sicherzustellen, dass sie noch da war. Man konnte ja nie wissen. Und sie war noch da, doch etwas war anders. Sehr anders sogar.

Ich erschrak heftig, denn ob du es mir glaubst oder nicht, verehrter Leser, die Augen des Toten waren plötzlich weit geöffnet. Die gleiche Ruhe lag in seinen blassen Augen, wie zu dem Zeitpunkt seines Todes. Doch war ich mir nicht sicher, dass die Augen zuvor geschlossen waren? Hatte ich das nicht gesagt? Jetzt wusste ich nur noch eines, die Augen waren in diesem Moment definitiv geöffnet.

Vor Schreck fiel ich beinahe vom Stuhl, konnte mich aber noch rechtzeitig festhalten. Die Glocken in der Kirche läuteten immer noch. 10, 11, 12. Es war vorbei! Mitternacht, ich war alleine mit einer Leiche, deren Augen geöffnet waren. Doch es kam tatsächlich noch schlimmer!

Es geschah etwas, das ich niemals für möglich gehalten hätte, nicht in meinen schlimmsten Albträumen. Die Augen waren wahrscheinlich die ganze Zeit geöffnet. Ich hatte mir vermutlich nur eingebildet, der alte Mann hätte sie geschlossen. Doch der Tote drehte plötzlich den Kopf in meine Richtung und das war keine Einbildung, glaube mir verehrter Leser! Die Leiche starrte mich mit ruhigen Augen an. Die Augen traten aus ihren Höhlen hervor, der Mund verzerrte sich zu einer fürchterlichen unbeschreiblichen Grimasse. Da fehlten gar mir die Worte. Die ohnehin schon verschrumpelte Haut nahm unmenschliche Falten an. Ich regte mich nicht, konnte mich nicht regen. Meine Kinnlade klappte herunter, in meinen Augen lag blankes Entsetzen und unvorstellbare Angst. Das Herz in meiner Brust raste so sehr, dass es wahrlich zu bersten drohte.

"Was ist das für ein Spiel", schrie ich verzweifelt auf, als ich endlich in der Lage war. einen Ton hervorzubringen. Auf dem Stuhl hielt mich nichts mehr. Sobald ich fähig war mich zu rühren, sprang ich auf und wich einige Meter zurück. Ich presste mich mit dem Rücken gegen die kalte Wand, den Toten nicht aus dem Blick lassend.

"Ich komme wieder, dich zu richten, mein Sohn", sprach der Tote. Ich konnte meinen Augen kaum trauen, doch ich versichere dir verehrter Leser bei allem was mir heilig ist, es ist wahr! Der Tote erhob sich aufreizend langsam und kam auf mich zu. Erst jetzt fiel mir auf, dass er eine Perücke auf dem Kopf trug. War sie etwa die ganze Zeit da, ich konnte mich beim besten Willen nicht entsinnen. Ich war einfach nicht mehr zurechnungsfähig.

Mein Vater streckte seine verfaulte und verblichene Hand nach mir aus. Die Fingernägel waren abgefallen, die Haut hatte eine nicht definierbare unfassbar ekelhafte Farbe angenommen und doch sah ich, wie die violett angelaufenen Adern zu pulsieren begannen. Der Tote lebte! Es war alles real!

Aus meinem Gesicht wich jegliche Farbe. Die Beine wurden so weich, dass sie die Last meines Körpers nicht mehr trugen und ich an der Wand zusammensackte. Verzweifelt wie ich war stammelte ich: "Aber, du, du bist tot. Ich habe den alten Mann umgebracht. Wie? Wie nur ist dies möglich?"

Der Tote entgegnete mit seiner krächzenden, nicht mehr menschlichen Stimme: "Ich lebe in dir weiter, mein Sohn. Ich werde immer in dir weiterleben, dich heimsuchen und schänden! Du kannst dich mir nicht widersetzen! Ich bin jetzt ein Teil von dir, versteckt in deinem Unterbewusstsein und ich werde dich niemals in Ruhe lassen, niemals! Nie mehr wirst du Frieden finden, mein Sohn! Ich folge dir auf Schritt und Tritt. Du bist nicht alleine!"

Das hat mir endgültig den Rest gegeben. Da ich den Anblick meines Vaters, besonders seiner ruhigen Augen nicht länger ertragen konnte, schloss ich die meinen und kniff sie fest zusammen, sodass sie auch bloß geschlossen blieben. Ich spürte, wie die kalte Hand meinen Hals umklammerte, nahm den verfaulten übel riechenden Atem des Toten wahr, dessen Gesicht sich direkt vor meinem befinden musste. Das Verlangen, die Augen zu öffnen, war groß, doch ich blieb standhaft. Mein Vater vergönnte es mir nicht zu sehen, wie das Licht des Lebens aus seinen Augen wich, als ich ihn ermordete, also wollte ich ihm diesen Triumph auch nicht gönnen. Sein Griff wurde fester und mir blieb die Luft weg. Ich wurde ohnmächtig.

An dieser Stelle sollte meine Geschichte enden, könnte man meinen, doch dem ist nicht so. Schließlich bin ich doch noch hier, um sie zu erzählen.

Tatsächlich wachte ich einige Stunden später wieder auf. Es war nach wie vor mitten in der Nacht. Zunächst wusste ich nicht, wo ich war, doch dann fiel es mir wieder ein und ich erschauderte. Ich lag auf dem Boden, vor mir der umgekippte Stuhl und das Tablett, das auf den Boden gefallen war. Als ich wieder zu mir kam sprang ich wie von der Tarantel gestochen auf. Wo war er? Befand er sich noch in diesem Raum? Ich erblickte ihn nirgends, was mich nur noch mehr ängstigte. Irgendwo, so war ich mir sicher, lauerte er und wartete nur darauf, dass er meinem Leben endlich ein Ende bereiten konnte. Freiheit würde ich niemals finden. Das hatte ich jetzt aufgegeben. Es war mir einfach nicht vergönnt. Der innere Richter hatte doch gesiegt. Dann sah ich die Leiche meines Vaters. Sie lag auf dem Bett. Die Augen waren geschlossen. Und da begriff ich endlich! Alles was ich wollte, war Ruhe. Ewige Ruhe. Nie mehr konnte ich jetzt inneren Frieden und Glück finden. Nie mehr!

Ich wollte nicht länger mit meiner Schuld leben, denn so lange ich am Leben war, würde mein Vater mich heimsuchen, genauso wie er es angekündigt hatte. Es zerfraß und zerriss mich innerlich und aus all dem Unheil gab es kein Entrinnen. Es war vorbei! Mir wurde in diesem Augenblick mehr als je zuvor die Sinnlosigkeit allen Seins bewusst. Wie konnte ich nur so dumm sein zu glauben, dass Hass und Zerstörung dem Leben einen Sinn gibt? Nichts macht Sinn, einfach nichts! Letztendlich ist auch das, genau wie alles andere, eine Lüge! Und zu sprechen über meine Schuld änderte nichts, also musste ich über das Unaussprechliche schweigen.

Ich wusste was zu tun war, hatte ich es nicht tief in meinem inneren immer gewusst? Wie konnte man der Sinnlosigkeit entrinnen? Ganz einfach, indem man das irdische Leben hinter sich lässt. Was tat ich also, verehrter Leser? Ich begab mich zum Fenster, öffnete es. Nicht länger konnte ich mit meiner Reue leben, also schrie ich so laut ich konnte in die finsterste Nacht: "Ich war es! Ich habe ihn getötet! So verzeihet mir doch, so verzeihet mir doch! Ich wusste nicht, was ich tat! Ich bin schuldig! Der innere Richter hat gewonnen! Ich habe meinen Vater getötet! Doch ich wurde gezwungen, gezwungen von der inneren Motivation etwas zu finden, was es gar nicht gibt! Freiheit ist eine Lüge! So verzeihet mir doch!"

Mit diesen Worten sprang ich voller Überzeugung mit dem Kopf voran in die Dunkelheit. Am Ende sah ich Licht. Alles wurde hell!

An dieser Stelle fragst du dich verehrter Leser bestimmt, wie ich trotzdem diese Geschichte erzählen kann. Nun, ich sitze hier, in einem Gerichtssaal und werde gerade just in diesem Augenblick zur Rechenschaft gezogen. Hier tragen alle Perücken. Mein Vater ist übrigens auch hier. Und warum erzähle ich ausgerechnet dir meine Geschichte? Weil du der Richter bist, der das Urteil fällen muss und über mich zu richten hat. Das ist deine Aufgabe. Alles was mir bleibt ist Schweigen. Ich habe nichts mehr zu sagen!

Schlussworte:

Aus welchem Grund fühlen wir uns heutzutage noch derart zu Geschichten hingezogen, die von Grausamkeiten und Verbrechen handeln? Liegt es womöglich daran, dass sie unsere verborgenen Sehnsüchte und geheimen Triebe ansprechen, dass etwas urmenschliches in uns beim Konsum von Horrorgeschichten jedweder Art aktiviert wird? Oder ist es einfach der harmlose Wunsch nach Abwechslung und Ablenkung von unserem zumeist eintönigen Alltag, weshalb wir uns gerne in übernatürliche, gruselige, phantastische Geschichten stürzen? Wie auch immer die Antwort ausfallen mag, Horror ist in auch im aufgeklärten 21. Jahrhundert noch in Mode. Anders ließe sich der Erfolg von derartigen Filmen und Büchern nicht erklären.

Ich hoffe, dass ich mit diesem Werk einen Beitrag zur Unterhaltung in dieser Hinsicht liefern konnte und dass Sie vielleicht für wenige Minuten oder Stunden Ihrem Alltagsstress entkommen konnten und in eine fiktive Welt eintauchen konnten.

Ich bedanke mich bei Ihnen für den Erwerb dieses Buches und ende mit dem Angebot, mich auf meinem weiteren Weg zu begleiten, wobei ich gerne auf meine anderen Werke verweise!

Für Rückfragen, Anregungen und Feedback stehe ich selbstverständlich gerne zur Verfügung.

Ich verbleibe mit einem Zitat des romantischen Dichters Novalis, der einst sagte:

„Die Welt muss romantisiert werden. So findet man den ursprünglichen Sinn wieder.“